EL CONTRATO PROHIBIDO

ROCES ARDIENTES Y BESOS EN EL CUELLO CON EL JEFE MILLONARIO

BIANCA DE SANTIS

BD
BIANCA DE SANTIS

DERECHOS DE AUTOR

ACERCA DEL AUTOR

Bianca De Santis es una escritora emergente de romance contemporáneo. Puedes encontrar todos sus trabajos en la plataforma de Amazon, sección Kindle.

AGRADECIMIENTOS

Sin vosotras nada de mi trabajo e imaginación sería posible.

Gracias por dedicar vuestro valioso tiempo a leer cada una de mis líneas y compartirlo con más gente.

Gracias a cada una de ustedes, mis fieles amigas.

ALEJANDRO

Sobre la habitación se posó la tenue luz del sol. Esa mañana, el sol brillaba más que nunca, y los colores cual arcoíris se reflejaban en el suelo. Sí, era claro que no era casual la cita, y que mi padre siempre se había decantado por el drama.

Me sentí un poco incómodo al recordarlo. Una reunión a primeras horas de la mañana de un sábado era especialmente dramática. Se notaba el toque de tensión de papá. Era algo característico de él.

Aún sentía los efectos del alcohol en mi sangre por todas esas botellas que había ingerido la noche anterior. Bueno, en realidad, los sentía *bastante,* pero para poder ir a la reunión pude disimularlo.

Excepto con mis ojos, bajo los cuales se mostraban grandes ojeras como símbolos de mi trasnocho.

—Parece que no ha dormido bien—, me dijo con una generosa sonrisa Alicia, nuestra ama de llaves.

Me conocía hacía muchísimos años, así que sabía que necesitaría café. Me dio una gran taza.

—No tienes que llamarme señor Smith. Y gracias por el café. Lo necesito más que nunca—, dije respondiendo a su sonrisa—. Puedes llamar así a mi padre, pero conmigo no es necesario.

Desde mi infancia, Alicia ha sido nuestra ama de llaves. Incluso antes de que yo naciera, ya estaba con nosotros. El paso del tiempo había dejado marcas en su piel y su cabello. Me atrevería a decir que Alicia era mayor que mi padre, aunque no podría decirlo a ciencia cierta. Y también se conservaba mejor que mi vetusto papá.

—Bueno, serás el jefe de esta familia muy pronto—, me dijo—. Deberás acostumbrarte a que te digan señor Smith, director ejecutivo de las Empresas Smith.

—Bueno, no es exactamente algo a lo que pueda acostumbrarme—, le dije.

Quizás por su experiencia, Alicia sabía lo que ocurriría. La salud de mi padre empeoraba, así que allí podría estar la razón de la reunión familiar, convocada precipitadamente por mi madre. Aunque claro estaba, detrás de ella estaba la voz de mi padre.

Alicia estaba frente a mí, como si su majestuosidad y su presencia no corrieran el riesgo de extinguirse nunca.

Tomaba té en lugar de café. Nunca le hizo falta beber algo que le diera energía: a pesar de su edad, seguía tan animada como siempre.

Podía con todas sus fuerzas arreglar su cabello y lucir esbelta. Repentinamente, empezó a hacer gestos para mostrarme algo. Entonces lo supe. Alguien venía.

—Espero que tengan buenos días, familia Molina—, nos dijo Marcos. Entró como si fuese el dueño del salón.

Me sonrió y continuó su camino para sentarse. Llevaba a una chica bajo su brazo, pero ella evitó mirarme. Sin embargo, sentí que su rostro me golpeaba.

—¿Eres Vanessa?—, le pregunté.

Era mi exnovia, y estaba acompañando a Marcos. Me quedé impresionado. Habíamos terminado el día anterior, y ya estaba en los brazos de mi hermano, como si no sintiera nada o el pasado no existiera.

Evitó mirarme y sus ojos recorrían el espacio, como si buscara respuestas a sus dudas. Marcos la besó con lujuria. Lo hacía para burlarse de mí. Ella correspondió su beso y la vi emocionada. Me molestó la escena. Me pareció que no era el lugar para hacer eso, y por esa misma razón frené mi deseo de golpearlo.

—Hermano, ¿o debo llamarte medio hermano? A fin de cuentas, es lo que somos—, me dijo mientras se separaba de Vanessa, y continuó: —¿Te sorprende mi presencia?.

—Claro que no—, le respondí.

En realidad, no me sorprendía. Pero ver a Vanessa sí me sorprendió. Y verla con él me dejó aún más estupefacto. Después de ese saludo de Marcos, Vanessa finalmente me miró y mi piel se erizó. Cada vez que me miraba me producía ese efecto.

Vanessa estaba radiante, con sus cabellos lisos cayendo ligeramente sobre sus hombros. Usaba tacones que la hacían ver más alta, y un vestido que se ceñía a su cuerpo y dejaba escapar su delgadez. Una delgadez causada por sus labores como modelo, que apenas estaban comenzando. Yo siempre la preferí más voluptuosa.

—¿En serio lo dices? Porque tienes una cara de sorpresa—, me dijo Marcos con ironía, mientras me daba palmadas en la espalda.

Ambos contemplamos la cara de Vanessa. Me miraba lascivamente, con deseo, pero al mismo tiempo me mostraba frialdad. Era como si nada le interesara.

—Ah… claro—, me dijo—. Pero me dijo que lo de ustedes era ya historia, así que fui hacia adelante con ella.

—Sí es historia—, le dije, con hidalguía—. Puedes divertirte con ella porque ya no me importa.

Otra vez llevó su mano a mi espalda y se apoyó sobre mí.

—Alejandro, tranquilo. Terminaremos y podrás volver con ella. No tenemos nada serio. Ella no lo quiere y yo tampoco. Es solo placer—.

Si antes Marcos me parecía un imbécil, en ese momento me pareció más. Y yo entendía la raíz de ese comportamiento. Ser el bastardo de una familia haría que cualquiera se sintiera molesto o se comportara como un pendejo.

Si consideran que "tienes sangre azul" o "eres de la familia real", mucha gente se molestaría. A mí me sucedía. Pero en su caso era diferente. Parecía disfrutar llevando esa característica a un punto extremo.

Teníamos madres distintas y habíamos nacido con un año de diferencia. Él había nacido un año antes. Mi padre, a escondidas de nosotros, mantuvo la relación con su madre durante mucho tiempo. Por esa razón, mi madre jamás lo había considerado un miembro de la familia. Para ella, era como un oscuro secreto que mi padre había tratado de meter bajo la alfombra.

Sin embargo, Marcos no tenía la culpa de estar inmerso en ese ambiente ni permanecer ahí, así que siempre fui educado con él. Pero él se esmeraba en hacerlo muy difícil para mí, con sus comentarios y sus estupideces a cada rato. Siempre había sentido que trataba de provocarme para que yo reaccionara. Y sí, peleamos mucho durante la infancia, pero ya no éramos niños. Había distancia ente nosotros, y me había esforzado por mantenerme lejos de él, aunque con respeto.

Alicia había abierto la puerta el día que Marcos llegó sin avisar a nuestra casa. Su rostro parecía un témpano de hielo cuando se acercó a mi padre y dijo algo en su oído que ninguno de nosotros pudo escuchar. Algo imprevisto sucedía. Era evidente. En la puerta de nuestra casa, su hijo bastardo lo aguardaba, y ya nuestras vidas jamás volverían a ser las mismas.

—Marcos, puedes tenerla por el resto de tu vida si la quieres—, le dije—. No quiero que vuelva conmigo jamás.

Quise ser más sarcástico, nublarla de dolor con un comentario, pero evité hacerlo. Recordé que debía ser un caballero, aunque quisiera soltar improperios. Pero no pude evitar mirarla. Ella me miraba y escuchaba mis palabras, pero no reaccionó cuando dije esa última frase. Y si lo hizo, supo disimular muy bien.

Los dejé y fui al sofá, a sentarme con mi madre. Sus ojos se perdían en el fuego de la chimenea. Tomaba su té y trataba de imaginar que Marcos no estaba ahí, molestándonos. Entendí su actitud pues su presencia era incómoda, aunque yo nunca reaccioné igual. Su adorado esposo había irrespetado el compromiso de fidelidad y Marcos era la muestra viviente de ello. Y ahí estaba, a unos pasos de ella, como si fuese también un hijo nacido de su vientre.

Por mi parte, sentí siempre que trataba de justificar su comportamiento y diciéndome que no era su culpa.

Y claramente no lo era. Pero sí era responsable por su trato con mi madre. Él sabía que no era bienvenido, pero cada vez que podía hacerlo, le restregaba a mi madre que su esposo había sido infiel. Se comportaba como si nunca hubiera crecido y mostraba su deseo de venganza con mi madre. Quise pensar que, si él hubiera actuado de forma distinta, con más educación y respeto, ella hubiera podido aceptarlo e incluso tomarle cariño.

Pero no fue así, y ella se distanció aún más. Cada reunión familiar era más incómoda que la anterior por esa situación.

Fui hacia ella y la abracé. Ella sonrió y sentí que estaba más relajada. Puse mi boca en su oído derecho para decirle algo.

—¿Tú sabías que él vendría?—, le pregunté.

Ella negó con su cabeza.

—No vino porque yo lo haya invitado—, me dijo en voz baja—. Debe haber sido tu padre.

Volví a notar su tensión. Llevé nuestras bebidas a la mesa y entrelacé nuestras manos para calmarla.

—¿Por qué estamos todos aquí?—, le pregunté con curiosidad—. ¿Te anticipó algo?.

Mi madre no había dicho nada sobre la reunión familiar desde que me había informado que debía venir. Encontré en su mirada un brillo que me decía que sabía la razón, pero se negaba a decírmelo, seguramente porque mi padre se lo había prohibido tajantemente.

—Tu padre está con su abogado. Cuando termine, les explicará todo—, me dijo.

Franklin Juárez, el abogado de mi padre, estaba con él en su oficina hacía al menos noventa minutos. Mi madre tampoco ofrecía datos al respecto. El secretismo de los eventos me hizo pensar que detrás de todo se escondía la firma de su testamento, si bien no estaba a punto de morir. Su salud iba de mal en peor, pero no había señales de una posible muerte en los días siguientes como para reunirnos a todos.

Yo pensaba en esas preguntas mientras me sentía nervioso y atribulado por las circunstancias que sentí que ignoraba. ¿Estaba mi padre mal y no nos había dicho? ¿Estaba a punto de morir?. Cada pregunta incrementaba mi temor y sentí que nada mejoraría.

Mi madre notó mi miedo y trató de calmarme, apretando mi mano con fuerza. Le sonreí y le mostré una reverencia, agradeciéndole su consuelo en medio de ese caos.

La puerta de la oficina de mi padre se abrió lentamente. Mis pensamientos saltaron como rayos y me sentí más ansioso que antes. Se oyeron pasos lentos. El abogado salió solo. Fue hacia mi madre y evitó nuestras miradas de curiosidad. Tomó su mano, le sonrió con cierta compasión y empezó a hablar.

—Ya puede hablar contigo—, le dijo.

El abogado me miró fijamente y me saludó.

—Alejandro, qué gusto verte—.

—Lo mismo digo, Franklin—, le respondí.

Vi sus ojos, buscando alguna señal, pero él vio a mi madre de nuevo.

—Ya preparamos todo—, le dijo.

—¿Para qué?—, le pregunté con curiosidad.

La mirada de mi madre era una puerta a la tristeza. Esa profunda tristeza que se asomaba en sus ojos negros desató una desolación en mi cuello, que bajó por mis hombros y se instaló en mi corazón. Quedé sin aire y mis temores se acumulaban en mi estómago.

—Lo sabrás cuando tu padre te lo diga—, me respondió.

El abogado guardó un silencio abismal y volvió hacia la oficina de mi padre. Debíamos seguirlo. Marcos fue en primer lugar, con Vanessa a su lado, y nosotros seguimos.

—Cariño, deberás esperar afuera—, le dijo, besándola y mostrándole una silla para que se sentara a esperar—. Es un tema familiar.

Vanessa aceptó, pero se notaba molesta. Podía entrar a todas las reuniones y veladas familiares mientras había sido mi novia, si bien no habíamos anunciado que nos casaríamos ni nada por el estilo. Pero todos en mi familia presentían que eso sucedería y la habían aceptado ya como una integrante más.

Pero habíamos terminado lo nuestro, ella estaba con Marcos, y era como una extraña recién llegada o un adorno en la mesa, por lo que no merecía ser considerada parte de la familia. Me parecía algo maleducado, pero al mismo tiempo me alegraba. Fui a la oficina y evité verla, pero sujetó mi brazo mientras pasaba a su lado.

—Alejandro, ¿crees que podamos hablar cuando termine la reunión?—, me preguntó.

Halé mi brazo y no le respondí. Sentí que no había nada que decirle, ni en ese momento ni después. Abrí la puerta a mi madre para que entrara. Ella me miró extrañada.

—¿Sucedió algo, cariño?—.

—Te contaré luego—, le respondí.

Eventualmente, todos debían saber lo que había pasado con Vanessa, pero quise concederme algo más de tiempo. Ellos ya la habían aceptado, la veían como una buena novia para mí, y contarles que ya no estábamos juntos sería una triste noticia. Ahora estaba con Marcos, y estaba claro que todos se darían cuenta. Podría darme a mí mismo unos días para decirles todo, pero de todas formas lo lamentarían. La verdad sería cruda.

Entré en la oficina de mi padre y cerré la puerta. Vanessa quedó fuera. No había sido lo suficientemente madura como para ser considerada parte de la familia. Me había traicionado y se merecía lo que la pasaba. Yo valoraba su presencia y su compañía, y ella había estropeado todo.

¿Ahora estaba con mi hermanastro, a solo un día después de que acabara lo nuestro?

¿Así se comportaba?

Incluso, ella no había tocado fondo de una manera tan horrible. De todas formas, a partir de ese momento nada me sorprendería. Podía llegar más bajo si se lo proponía, y yo no podía rebajarme a su nivel.

Pasamos a la oficina de mi padre, un lugar que siempre habíamos considerado un espacio sagrado. *Su* espacio sagrado, en el cual no podíamos profanar bajo ninguna circunstancia, en otras palabras. De hecho, yo no había podido entrar hasta que pude empezar a trabajar para él.

Solo fue posible cuando cumplí quince años. Llegaba de la escuela y empezaba a trabajar, en momentos en los que mis compañeros jugaban al fútbol, iban al cine o hacían todo lo que los jóvenes de esa edad hacían para divertirse.

Pero mi padre era un hombre testarudo e insistió en que debía aprender todo sobre el negocio desde temprana edad, en lugar de "distraerme". Y cómo me hubiese gustado salir con una chica o compartir con mis amigos. Pero ahí estaba siempre, trabajando, hasta que fui a Sol Dorado, a la universidad. Aprendí todo lo que me enseñó sobre el negocio, cada detalle que consideraba importante, e incluso fui más lejos, conociendo las labores de cada empleado.

El tiempo había pasado, pero su oficina seguía cortándome la respiración. Inhalé para recobrar mi aliento mientras volvía a iluminarme con la majestuosidad de la sala. Había una energía mística y de divinidad en ese espacio, quizás porque no había podido entrar hasta que mi padre había considerado que ya tenía la madurez para hacerlo.

Un color oscuro en las paredes y los pisos de madera fina inundaban mis ojos. En el piso, una alfombra de gris solemne soportaba nuestros pasos. Y a la derecha, escoltado por libros con tapas gruesas, estaba mi padre, en su silla detrás del escritorio. Allí nos esperaba, sin pronunciar una palabra.

En ese espacio no había nada personal, nada familiar como un retrato. A mí, por el contrario, me gustaría tener imágenes de mi familia en mi oficina. Quizás porque él lo consideraba un lugar esencialmente de trabajo, no quería tener ninguno de esos tesoros en su oficina. Para él, la familia debía estar separada del trabajo. No tenía tiempo para emocionarse porque sus negocios iban primero.

Marcos se sentó en el sofá de cuero negro sin que nadie se lo pidiera y miró a mi padre. Mi mamá se sentó junto a mi padre detrás de su escritorio, acompañándolo con formalidad, con su mano cayendo sobre su hombro. Ambos parecían esperar que alguien les tomara una fotografía para un álbum familiar. El abogado estaba al otro lado de mi padre y esperaba en silencio.

Todos esperaron que yo me sentara. En el sofá estaba Marcos, pero no quería sentarme con él bajo ninguna circunstancia, y menos con su mirada socarrona. Decidí quedarme de pie, a unos pocos pasos del escritorio de mi padre. El abogado extendió una silla para mí, una de las dos de cuero que quedaban vacías a los lados del escritorio, pero me negué. Recordé nuevamente que no quería armar una escena de ira con Marcos.

—Me gustaría quedarme de pie—, les dije.

—De acuerdo—, dijo.

Me sonrió y se sentó de nuevo junto a mi padre. En los ojos de mi padre se notaba el insomnio, a pesar de que él, a diferencia de mí, no había bebido la noche anterior.

Él dormía poco, pero me intrigó ver tanto agotamiento en su cara. Estaba más delgado y canoso de lo que mi mente podía recordar. Tenía el mismo azul que mis ojos en los suyos y la gente decía con frecuencia que yo era una fotocopia de él, solo que más joven.

En mi cara estaban los mismos ojos azules y cabello rubio de su lejana adolescencia. Sabía que mi padre había sido un hombre musculoso y bien parecido durante su adolescencia, por lo que esas palabras me halagaban.

Papá se preparó para hablar y todos esperamos. Incluso Marcos se levantó con educación. Sonrió con vanidad, y también se mostró con ganas de oír. Cómo me hubiera gustado arrancar esa sonrisa a punta de golpes. Quizás él creía que la reunión tenía que ver con el testamento de papá. Él, con su infinita avaricia, quería parte del pastel.

Supe que sus pensamientos navegaban ya por la riqueza que recibiría y los yates que se compraría.

—Todos ustedes están al tanto de mi visita al médico hace unos días, lo que hice para ver los resultados de algunos exámenes que me habían solicitado—, dijo.

Todavía se oía con fuerza. La oficina se inundó con su autoridad.

—Esperábamos que los resultados de las pruebas no fuesen malos, pero lamentablemente, así fue—, continuó.

Mamá empezó a llorar y tocó el hombro de papá mientras secaba sus sollozos con la otra. Fui hacia ella, pero me detuvo de una vez con su mano.

Le hice caso, como siempre.

—Encontraron un tumor en mi cerebro—, nos dijo—. Puede que sea benigno, pero no pueden removerlo por su ubicación—.

Casi me caigo con sus palabras, y tuve que apoyarme en el escritorio. Me fui hacia adelante y sentí cómo mis hombros se caían por la fuerza de la mala noticia. Sí, sabía que algo malo podía pasar, pero no algo tan extremo. Fue como si una avalancha me arrancara del piso y arrebatara mis sentidos.

—Benigno significa que no es canceroso, ¿cierto?—, le pregunté.

Mi padre me miró con ternura. Sujetó la mano de mi madre y la apretó suavemente. Su boca volvió a abrirse con parsimonia.

—Ciertamente, no es canceroso como dices—, me dijo—. Pero como está en mi cerebro, puede generarme otros problemas graves—.

—¿'Otros problemas graves'? ¿Qué quieres decir con 'otros problemas graves'?—.

Mi padre no pudo responderme de inmediato, lo que me sorprendió y entristeció profundamente. Él nunca se mostraba así. De hecho, no recordaba haberlo visto llorar nunca. Exponerse así era una evidencia de que sentía que lo peor estaba ante sus ojos y no podía hacer nada para revertirlo.

Mi mamá se esforzó para tomar la palabra.

—Tu padre quiere decir que tendrá algunas dificultades mentales inevitables debido a la localización del tumor—, me lanzó.

—Algunas dificultades mentales—.

Los términos me parecían lejanos e incomprensibles.

Tanto, que todos lo notaron en mi cara. Nada encajaba en mi mente, no sabía si por el impacto o por mi renuencia a aceptar las cosas. Era como si hubiese entrado en otra dimensión. Negué todo lo que me decían, pero lo vi de nuevo cuando recuperé algo de calma y sus rostros seguían impasibles. Entonces el alud de dolor me derribó otra vez y me quedé impotente.

Nada había podido derrotar a mi padre, pero ahora un tumor cerebral se asomaba ante nosotros. Siempre lo había visto como un ser humano invencible, capaz de sobreponerse a las peores dificultades con ciertas capacidades sobrehumanas que yo entendía que Dios le había dado.

Fui testigo de cómo inició su empresa desde el piso, cuando no tenía nada. Lo hizo paso a paso, la convirtió en una empresa rentable, una referencia en el sector farmacéutico. Incluso cuando la economía iba por mal camino, mi padre se enfrentó estoicamente a todos los problemas que iban surgiendo y los superó con creces. Jamás mostró deseos de retroceder ni rendirse.

«Un tumor no acabaría con él». Al menos eso pensé.

Después de un rato, mi padre retomó sus palabras.

—Tendré convulsiones, amnesia, demencia senil y luego moriré—, me dijo con su crudeza habitual—. Alejandro, mis médicos me han dicho que moriré dentro de dos años como máximo. Debemos estar preparados.

Rasgué con tanta fuerza la mesa de su escritorio que una astilla se clavó en mi uña. Reaccioné ante la dosis de realidad cuando el dolor en mi dedo se hizo insoportable.

—¿Cómo es posible que un tumor te cause todo eso?—, le pregunté—. No entiendo, ese tumor no es cancerígeno.

—No tiene que ser maligno para matarme—, me explicó—. Está afectando a uno de los órganos más complejos del cuerpo, el cerebro.

Su muerte era inevitable, pero parecía asumirlo con coraje. Hablaba de su tumor con razonamiento lógico y no evitaba responder mis preguntas emocionales. Se mostraba como siempre, con entereza, con valor, con temple de acero.

Incluso con la muerte tocando su puerta.

—Tendré más tiempo, lo que no sucedería si fuese maligno, Alejandro—, me dijo.

—Cuando los doctores me dieron esta noticia, entendí que he dedicado tanto tiempo a mi empresa que me he olvidado de ustedes, las personas que están conmigo en este momento y que son lo más importante de mi vida. Mi muerte se acerca, y hasta ahora he pasado casi toda mi vida tratando de construir una empresa próspera y dejarles un valioso legado. Pero ustedes son lo que más aprecio.

—Papá, siempre has sido un gran padre—, le dije—. No tienes que excusarte ni arrepentirte de nada.

Marcos me miró con ganas de decir algo, pero se contuvo. Su silencio había sido notable desde el comienzo de la reunión. Lucía tenso, a pesar de que su rostro denotaba tranquilidad. Se veía lejano y aburrido con lo que estaba contándonos papá.

Parecía que el sufrimiento de mi padre no le importara, quizás porque había heredado su coraje o porque él sencillamente no le importaba.

Era nuestro padre, y aunque me costaba llamarlo así, evité pensar qué pasaba realmente por la cabeza de Marcos en un momento tan emocional como ese. De todas formas, sentí que estaba molesto por su reacción tan distante. Quise empuñar mis manos y tomarlo por el cuello de su camisa para preguntarle qué pasaba.

No lo hice. Mi cabeza estaba tan sorprendida que quise digerir todo y calmarme.

. . .

—Siempre he considerado que mi familia es un activo importante, así como pensaba mi padre—, continuó papá—. Los he descuidado, y creo que es hora de pedirles algo, solo una cosa, a ustedes, mis amados hijos.

—Pide lo que quieras, querido padre—, le dije. Marcos calló, como era de esperarse.

—Solo tendré unos meses más—, nos dijo.

—Quiero tener la certeza de que mi apellido y mi legado continuarán pase lo que pase, y que ustedes se encargarán de cuidarlos.

Marcos se paró más recto. Estaba sintiéndose más interesado por las palabras de papá.

—Por lo que ahora hablaré de la herencia que voy a dejarles—, nos dijo.

—Creo que este es el mejor momento para compartir mi riqueza con ustedes, pero antes de eso quiero que me aseguren que el apellido Smith seguirá con fuerza a pesar del paso de los años.

—Papá, ¿qué quieres decir?.

Marcos hizo la pregunta que yo también quería hacerle, pero si algo había aprendido trabajando con mi padre era a no interrumpirle. Era mejor dejar que explicara todo con detalle. Pero Marcos no había aprendido esa lección.

Mi papá se sentó y alzó la voz, que se oía con más dureza:

—Que espero que ambos me hagan abuelo mientras todavía estoy en esta tierra. Antes de que la demencia me ataque con fuerza y no pueda saber quiénes son mis nietos, y mucho menos ustedes. Mis doctores me aseguraron que eso podría sucederme en un año, o tal vez menos, pero también me dijeron que ese tiempo podría variar.

Marcos resopló, pero yo busqué en la cara de mi padre alguna expresión de consuelo.

Marcos dijo con voz irónica: —Un año... o menos. ¿Sabes en cuánto tiempo se tiene un hijo?.

Mi padre miró a Marcos con molestia. Mi mamá también lo miró, como si acabara de recordar su presencia, o como si hubiese querido olvidarla. Noté cierto asombro en sus rostros con la pregunta de Marcos, y sentí alivio de no ser yo quien hiciera esas declaraciones tan ofensivas en medio de ese momento familiar tan difícil.

La voz fogosa de papá volvió a llenar la oficina.

—Entonces ponte a trabajar en ello.

El abogado abrió un documento frente a él, en el escritorio, y se preparó para decir unas palabras.

Nos dio a Marcos y a mí copias del testamento de nuestro padre. Apenas leí la palabra testamento sentí que una punzada de dolor agudo estremecía mi estómago.

_Me gustaría que lo leyeran—, nos dijo el abogado—. Y si tienen alguna duda, pónganse en contacto conmigo. Podré ayudarlos a entender los términos legales y orientarlos.

Papá se levantó junto a mamá.

—Gracias, Franklin—, le dijo—. Te llevaré a la salida.

Se dirigieron a la puerta y papá se detuvo a darme una palmada en el hombro. Susurró a mi oído antes de seguir.

—De todos modos, creo que ya era el momento de que le pidieras matrimonio a esa chica linda y la embarazaras—, me dijo mientras me mostraba una mueca de complicidad.

Él hablaba de Vanessa. Mi exnovia Vanessa. Carajo, él no sabía lo que había pasado.

El abogado y mi padre salieron y quedamos los tres en la oficina. Aún trataba de aclarar mi mente y entender cómo era posible que nos hubiera dado esas noticas tan graves sobre la cercanía de su muerte.

—Mamá, por favor dime que no es cierto lo que nos dijo.

—Sí es cierto, Alejandro—, me dijo.

—Y siempre ha querido tener nietos, pero creímos que ya habría tiempo para eso. Ahora, con su enfermedad, quiere tenerlos cuanto antes porque todo ha cambiado—, agregó.

Tener mis propios hijos siempre había estado en mis planes, pero para el futuro. Vanessa y yo nos casaríamos, tendríamos varios hijos y seríamos felices. Ese era mi proyecto a largo plazo, pero se había ido por la borda en un santiamén.

Después de lo que me había hecho, había descartado seguir a su lado, y por supuesto, la idea de tener hijos había quedado en el olvido después de su actitud. Para siempre.

—¿Viste todo lo que dice el testamento?—, me preguntó Marcos.

—Podemos perder nuestra herencia si no le damos al viejo lo que más desea. Si uno de los dos lo logra, se queda con todo.

—Y si los dos lo logran—, interrumpió mi mamá bruscamente—, lo dividen todo, a partes iguales. Alejandro sería el accionista mayoritario, y Marcos controlaría parte del negocio. Una parte suficiente como para ejercer poder sobre Alejandro.

Al escuchar esa noticia, tan fuerte como la anterior, me quedé tan molesto que golpeé el escritorio con rabia.

—¿Entonces tengo que embarazar a una mujer para poder dirigir la empresa por la que me he esforzado toda la vida?—, le pregunté molesto.

—Será mejor que lo conversemos luego—, me dijo mamá para calmarme.

Quise replicarle, pero se acercó para calmarme. Con su mirada limitó mi respuesta. Sabía con su expresión que yo debía callar y contenerme.

Yo quería dirigir la compañía. Era mi sueño desde siempre, y no podía dejar que Marcos me controlara con sus ambiciones.

Si se lo permitía, todo se derrumbaría. Con sus acciones y su comportamiento atroz, yo vería cómo la compañía que mi padre se esforzó tanto para construir se caería como un castillo de papel.

—Podrías tener un hijo sin tener que casarte ni comprometerte, Alejandro—.

Me miraba con sabiduría y gentileza. Mientras hablábamos, Marcos leía el testamento, abstraído seguramente entre su lista mental de mujeres que podrían darle un hijo. Mamá lo miró para comprobar que no podía oírnos y siguió hablándome con sencillez.

—Alejandro, no tienes que buscar una mujer para casarte con ella —, me dijo—. Solo...

—Podrías preñar a una mujer que conozcas en un bar—, nos dijo Marcos, apoyándose relajadamente en el escritorio de mi padre. —Si lo haces de esa manera, pronto tendrás a un bebé babeando en los pies del viejo.

Vi a mamá bastante irritada ante los comentarios de Marcos. Pero él tenía algo de razón. Hizo un esfuerzo para no responderle a Marcos y mirarme para que yo tampoco lo hiciera. Ella sabía que, si no seguía hablando conmigo, yo podría perder los estribos.

—También puedes subrogar un vientre. Él solo quiere que su legado se mantenga. Podemos buscar alguno en las agencias para ti, que te parezca el adecuado—, me aseguró.

Asentí con la cabeza, pero por dentro me sentí bastante presionado y nervioso. Antes de lo que me hubiera imaginado, sería padre. Alquilaría un vientre, buscaría a una chica en un bar o buscaría otro método. Pero sería padre pronto.

Ya sabía que no podría permitirme el lujo de dejar que otra persona, y menos un ser tan inepto y descarado como Marcos, se hiciera cargo de la empresa en la que yo había trabajado desde mi adolescencia. A él no le importaba el negocio ni la familia. Solo quería malgastar dinero y aparentar algo que ni siquiera se había esforzado en conseguir.

Marcos era mi hermano y, sin duda, tenía derecho a recibir parte de la herencia de mi padre, pero también era mi derecho encabezar la compañía después de tantos años de esfuerzo y todo lo que había dejado de lado. Preñar a una chica, como él decía, no era razón de peso para encargarse de la compañía. No. Absolutamente no.

—Tranquila, mamá. Ya lo resolveré—, le dije.

Transmitía alivio con mis palabras, pero no me sentía para nada calmado. La abracé y le pedí que saliera de la oficina. Recogí mis copias del testamento y me quedé a solas con Marcos, que parecía estar convencido de haber ganado la carrera antes de empezar.

Salimos y su expresión solo se mostró más amplia en su rostro. Estaba sonriendo cuando salimos de la oficina de mi padre. Vanessa se levantó cuando nos vio y luego fue hacia mí.

La evité una vez más y mi madre se puso a mi lado. Atrás dejamos a Vanessa y a su nuevo novio en la oficina de mi padre.

2

GABRIELA

—Gabriela, ¿podrías pasarme ese vaso?—, le pidió José detrás de la barra.

—Parece que a alguien se le olvidó lavarlo—.

—Espero que me disculpes—, le dije—. ¿Necesitas que haga algo más?.

Estaba agotada, con ganas de ir cuanto antes a la cama por los dolores musculares cada vez más fuertes y poderosos. Apenas había descansado y de nuevo estaba trabajando. Ganaba una buena suma de dinero, pero tenía que trabajar tanto que siempre me sentía exhausta.

Mis piernas siempre estaban cansadas de sostenerme y mis zapatos hacían que me dolieran los pies. Y esa noche parecía que tendría otra extensa jornada laboral.

—No te preocupes—, me dijo, esbozando una sonrisa y subiendo sus manos.

—No necesito que hagas más nada por ahora—.

—Estoy agotada—, le dije—. Disculpa mi mal humor.

Entregué el vaso que me pedía y sus dedos rozaron mi mano.

Sentí un leve placer con ese roce, aunque fue solo una caricia. José me guiñó el ojo, tal vez porque también se sintió atraído hacia mí con la caricia. Era el hijo del propietario del lugar, así que no tenía que trabajar tantas horas y descansar más. Un privilegio que yo no tenía.

Y su apariencia también se parecía a la de su padre, con una cara hermosa y un lindo cuerpo, una imagen que refrescaba mi cara en las horas de trabajo. Oscuros y fuertes hombros y pectorales bien formados. Cualquier mujer querría acostarse con él, y él era consciente de sus atributos. En consecuencia, actuaba como un imbécil.

—Si te parece buena idea, una de esas noches, cuando terminemos de trabajar, quizás podríamos....

Interrumpí sus frases levantando la palma de mi mano derecha. Presentí que me haría misma pregunta de siempre, ante la que yo siempre me negaba.

—Conoces mi respuesta—, le contesté.

—Tu respuesta es no. Y la dices siempre porque trabajas todo el tiempo—.

—José, debo ganar dinero para pagar las cuentas y poder vivir—, le respondí—. A diferencia de otras personas, mis padres no son dueños de nada ni me dan todos los gustos.

—Podrías tener un padre rico si supieras cómo conseguirlo—, me dijo mientras me guiñaba un ojo.

Reí con su descarada afirmación. José no se alegró tanto, más bien parecía sorprendido. Se sentía ofendido si alguien se reía de él en su cara. Pretendía que todas las mujeres se arrodillaran ante él y se rindieran ante sus deseos.

La vida puede ser injusta en muchas ocasiones. Algunos son unos ricos imbéciles y los demás somos pobres.

—José, disculpa. Es solo que me parece que si vives de tus padres no deberías salir con mujeres ni tratar de conquistarlas—, le dije—. Creo que el mundo funciona de otra forma, jovencito.

Me alejé de él, aun sonriendo. Sentí su mirada lasciva en mis nalgas, y balanceé mis caderas con más movimiento. Quería mofarme de él.

—¿Me dijiste 'jovencito'?—, me preguntó.

Aunque apenas yo era mayor que él, la diferencia de edades no era notable. Esa era la realidad, distinta para personas de mundos diferentes: una podía vivir y satisfacer todos sus caprichos y la otra tenía que trabajar sin parar para sobrevivir. De todas formas, nada de eso me molestaba.

Con esa realidad, en ocasiones olvidaba que solo contaba con veintitrés años. En mis noches de insomnio sentía que tenía el doble de edad, con mi mente azotada por el pago de la hipoteca, el dinero para pagar las cuentas, el saldo de mi cuenta bancaria o cómo ayudar a mis hermanos.

Eso sí me hacía sentir muy mal. Solo era mayor que José por unos doce meses, pero yo tenía mucha más experiencia, y él apenas comenzaba un camino tallado con el dinero de sus padres.

—Cariño, ¿cómo estás?—, me dijo "Muñeca". Sonreía y trataba de arreglarse su despeinado cabello—. ¿Qué tal estuvo la jornada de anoche?.

—Bueno, hiciste falta. Todo estuvo muy aburrido—, dije, mientras tocaba su brazo con gracia.

Aún no empezaba su turno laboral. Estaba sentada en una de las sillas del bar, con sus pies reclinados en el asiento. Me invitaba a sentarme, y como ya prácticamente también estaba fuera de mi horario laboral, aunque solo sería por unos diez minutos, me senté a su lado.

Comía una mezcla de naranja triturada con apio, y un fuerte olor a ajo casi escondía el fuerte aroma a perfume barato de su pecho. Casi, pero no lo lograba.

Ambos aromas eran insoportables, muy fuertes, y casi me hicieron vomitar. Pero "Muñeca" siempre se comportaba así. O la amabas o la odiabas.

—¿Qué carajos tienes ahí?—, le pregunté con extrañeza.

Me mostró el plato, pero lo alejé.

—Es humus—, dijo entre sonrisas. Como no le entendí nada, me dijo—: Son garbanzos mezclados con ajo y salsa de sésamo.

Seguía sin entender nada de lo que me decía. Era como si me hablara en otra lengua o me hablara en términos médicos. Volvió a reír, pero ya su sonrisa era de sorpresa.

—¿Estás diciéndome que nunca, jamás en tu vida, has comido humus?—, me preguntó, como si yo le hubiera dicho que jamás había ido al cine.

—Sí. La comida vegetariana no forma parte de mi dieta—, le dije—. Bueno, si a eso se le puede llamar comida.

—Es comida para todo tipo de personas, no solo para los vegetarianos—, dijo.

Tomó un trozo de apio, lo introdujo en la mezcla y lo llevó hacia mi boca, como cuando un padre trata de convencer a su hijo moviendo una cuchara, semejando un avión.

—Anda, cómelo. Sabes que te encantará—.

Me negué.

—Te lo agradezco, pero no—, le dije.

—Me pides dar un paso difícil y además soy alérgica a los garbanzos… creo—.

—¿Garbanzos? Obviamente no conoces el humus, porque no tienen nada que ver con garbanzos. Bueno, no importa. Así puedo comer más—, me dijo en voz alta mientras sonreía y luego comía.

—¿Hoy trabajarás en la parte de atrás?—, le pregunté.

—¿Cómo lo sabes?—, me preguntó sorprendida.

Señalé la ropa que cargaba. La falda negra corta y la blusa blanca del uniforme de camarera no estaba sobre su cuerpo, y en vez de esa ropa vestía una falda larga y una camisa sin mangas. Eso quería decir que no trabajaría sirviendo tragos esa noche.

—Protesté por ese uniforme de prostituta y me pusieron aquí—, dijo ella, señalando la parte trasera del bar—. Una orden típica de machitos, como los dueños de este lugar. Lo único que me consuela es que tengo un empleo aún, pero no sé si sea un consuelo de tontos.

—Entre lavar los platos sucios y usar el uniforme de camarera, ¿te quedas con los platos sucios?—, le pregunté.

—Oh, el uniforme ni siquiera cuenta como opción—, dijo ella entre risas—. No hace falta que muestre el culo a los babosos que vienen acá para ganarme la vida dignamente.

—Ojalá todas pudiéramos decidir lo mismo que tú—/, dije, casi como un susurro.

"Muñeca" podía lavar los platos. Ella tenía padres adinerados que la ayudaban con frecuencia.

Era privilegiada, al igual que José. Así, ella no necesitaría trabajar como camarera, donde realmente se podía ganar más dinero gracias a las generosas propinas.

"Muñeca" empezó a sentirse molesta por el uniforme cuando los dueños habían cambiado el anterior y habían decidido que debíamos vestir de una forma más provocativa.

Nuestras viejas camisetas, que ya de hecho mostraban buena parte de nuestro abdomen, habían sido reemplazadas por camisetas aún más cortas y minifaldas que apenas cubrían algo de nuestros traseros.

Con esa decisión muy intencionada, los dueños querían que los hombres se fijaran más en nosotras y bebieran más, aún a costa de nuestro confort.

Entonces "Muñeca" decidió empezar a lavar los platos. La entendí en muchas ocasiones, cuando me tocaba estar rodeada de hombres viejos y poco amables que me veían como una presa a devorar.

Otros, más atrevidos, tocaban mis muslos o mi trasero después de beber unas copas o creer que eso estaba permitido en el bar. No era una situación para nada agradable.

Pero necesitaba las propinas para sobrevivir. No tenía más ingresos, así que solo así podía seguir pagando las cuentas. Tenía muchas ganas de decirle al dueño que se metiera sus uniformes por el trasero, pero no podía hacerlo.

—¿Anoche vino el tipo que está super bueno?—, me preguntó "Muñeca" con sus manos buscando otro trozo de apio.

—¿Hablas del tipo adinerado?—, le pregunté.

—Sí, hablo de ese, el que solo te mira a ti.

—No me mira solo a mí, mientes—. Me asombré con su afirmación.

—Tiene novia y ha venido con él dos o tres veces. No podría interesarse en mí—.

—El hecho de que venga acompañado no quiere decir que no se sienta atraído locamente por ti—.

—No me gusta la idea de estar con un hombre que tenga varias mujeres—, le dije—. Tampoco creo que su novia quiera compartirlo. Él luce como un tipo de esos a los que les gusta dominar, poseer lo que quiere.

—Bueno, respeto tu opinión—, dijo con sus hombros encogidos—. El amor sin ataduras es una de las mejores cosas que puedes vivir y estás perdiéndotelo.

Vimos nuestros celulares al mismo tiempo para comprar qué hora era.

—Carajo—, me quejé al ver la hora—. Ya es hora de empezar y no me había dado cuenta.

—Comienza otra jornada infernal—, dijo "Muñeca".

Tenía razón.

* * *

—Cariño, toma, las bebidas—, dijo José, señalando una bandeja de tragos.

—Muchas gracias, José.

"Cariño" no era una de mis palabras favoritas, y menos viniendo de sus labios.

Sin embargo, estaba muy ocupada y debía atender a los clientes que ya estaban en el bar, así como a los que estaban llegando, como el grupo de hombres que pasaba por la puerta y ya empezaban a tocar a mis compañeras.

Uno de ellos, bastante alto, se acercó a Francis con morbo y le tocó el trasero, sin parpadear.

Después me miró con lujuria. Me parecía conocido, pero no recordaba dónde lo había visto.

Fui a atenderlos y a llevarles sus bebidas, y sus compañeros abrieron paso para que yo pudiera servir los tragos que debía haber servido Francis y no había podido tras el intenso toqueteo del hombre alto.

Francis lloraba detrás de la barra y decidí atender a los hombres recién llegados. Francis era una de las camareras más jóvenes y aún no tenía el carácter para enfrentarse a esas situaciones. A ella la costaba aceptar que un hombre la tocase de manera impropia.

Obviamente, ninguna mujer debería aceptarlo, pero con nuestra experiencia habíamos aprendido a manejarnos en ese tipo de ambiente. Y también sabíamos cómo hacer que esos pendejos pusieran sus pies sobre la tierra.

—¿Para quién es el whisky?—, dije, entregando cada una de las bebidas de la bandeja.

Habían pasado a una mesa en la zona privada del bar. Protegían al hombre que sentí que conocía, quien se sentó en el fondo de la mesa. Confirmaba así mis sospechas: era una persona conocida y querían mantenerlo oculto.

—Creo que fuiste tú quien pidió whisky, Elías—, dijo "Tortuga".

—Yo quiero una piña colada.

—Perfecto. Aquí está su bebida. Busqué el trago y se lo entregué.

—¿Puedo saber dónde está Francis?—, me preguntó mientras su rostro mostraba una sonrisa malvada. Dios, cómo quise abofetearlo para quitarle la sonrisa.

—Es su hora de descanso—, le dije, con una sonrisa tan falsa como mis palabras—. Yo los atenderé de ahora en adelante.

—No hay problema—, me dijo "Tortuga". Su mirada recorrió con tanta fuerza mi cuerpo que sentí que me desnudaba—. Las rubias son mis predilectas, pero las chicas morenas y lindas como tú también me atraen.

Apenas había terminado de hablar y llevó su mano a mi cabellera castaño oscuro, enredándolo entre sus dedos. Sus manos y sus brazos eran enormes, así como el resto de su cuerpo. Era uno de los hombres más altos y corpulentos que había entrado en el bar o había visto en toda mi vida. Parecía un gigante sacado de una película de ciencia ficción.

Agité mi cabeza para sacar sus dedos de mi cabello, fingí que no había oído su atroz comentario y me concentré en entregar las bebidas que faltaban.

—¿Cuál es tu nombre?—, me preguntó "Tortuga".

—Me llamo Gabriela—, le respondí.

—Gabriela, ¿me conoces de alguna parte?.

Sostuve mi mirada sobre "Tortuga" mientras colocaba la bandeja, ya sin bebidas, sobre la mesa.

—Supongo que eres importante y conocido, y quizás eres muy seguro de ti mismo—, le respondí—. Pero como no sé quién eres, supongo que me lo dirás.

Sus compañeros de mesa rieron con cierta incomodidad. Uno de ellos tocó su antebrazo.

—Vaya, Tony, parece que te atrapó—, dijo.

Su nombre era Tony, aunque hasta ese momento le habían llamado "Tortuga". Después de escuchar esa frase, empezó a mostrarse reservado. Me vio de arriba a abajo y su rostro era un mar de tensión.

Quise retirarme de la mesa, pero Tony tomó mi brazo, por lo que quedé frente a él, sin poder mirar a otro lado o a sus compañeros. Mi respuesta no le había resultado graciosa.

—Soy Tony Fernández—, dijo, con su voz apenas audible—. ¿Has escuchado mi nombre?.

—Oh… claro que sí—, le dije, sacando mi brazo de su poder. Sonreí levemente y lo miré con cercanía—. Lo sé todo sobre ti.

Tony Fernández era un famoso jugador de fútbol que había estado en varios equipos como los Leones o los Rojos, un conjunto de la ciudad de Castillo Azul, o al menos eso creía.

Nunca había sido fanática de ningún equipo de fútbol ni me entusiasmaba ningún deporte. Los nombres de los equipos y los jugadores eran lo único que conocía, pero más que esos nombres, conocía muy bien las reputaciones de los jugadores, y muchas de ellas no eran buenas.

Mi conciencia me indicaba que era el momento de abandonar la mesa para no meterme en problemas, pero una parte de mí, la más atrevida, me convenció de seguir. Mis palabras salían como cuchillos implacables de mi boca y no podía contenerlas.

—Hasta donde sé, te deleitas golpeando a las mujeres—, le dije—. Eres un hombre fuerte y alto, y golpeas a una chica mucho más baja que tú. Ahora entiendo por qué estuvo varios días inconsciente en el hospital. Y ahora, debes sentirte autorrealizado por agredir a una chica linda como esa y estar aquí como si nada hubiese pasado.

Tony se levantó y su cara parecía un volcán en erupción. Pateó la mesa mientras se levantaba y casi la derriba.

No me acobardé en ningún momento, a pesar de que se levantó frente a mí, con su poderosa estatura de casi dos metros y su enorme contextura de unos ciento veinte kilos. Pudo haberme derribado y enviarme al hospital también si lo hubiese querido… o asesinado.

Pero ese tipo de hombres no me amilana, y menos en público o en el bar. Miré al gigante que se paraba frente a mí, esperando su respuesta o sus acciones, pero una voz detrás de mí cortó el silencio. Era mi jefe.

—Gabriela, ¿puedes venir aquí?.

Le sonreí a Tony y a sus amigos y les dije: —Debo volver al trabajo. Espero que me disculpen. No soy millonaria por correr en una cancha.

Tony me sujetó cuando estaba a punto de retirarme. Sabía que lo haría, así que halé mi abrazo mientras me acercaba a mi jefe, Adrián, el padre de José. Se veía muy molesto, con su ceño fruncido y su cabeza temblando. Tenía los hombros tensos.

—Adrián, ¿qué ocurre?—, le pregunté con un tono dulce, tratando de suavizarlo.

—¿Te enfrentabas a un cliente de la zona privada? ¿Uno de los que más consume en el bar? ¿Otra vez?.

—Claro que no—, dije, y me reí—. ¿Por qué haría eso?.

Decía esas palabras, pero estaba consciente de que Tony, un cliente importante para el bar, contaría una versión diferente del incidente.

Solo esperaba que Adrián no hablara con él para pedirle esa versión, porque él no tendría razón, pero Adrián siempre les daba la razón a todos los clientes, especialmente a los más "importantes", que se sentaban en la zona privada durante toda la noche. Y Tony Fernández era uno de esos clientes. Dejaba parte de sus jugosas ganancias en el bar.

—Conversamos y nos dijimos algunos chistes. Eso fue todo—, le comenté—. ¿Acaso no me pagas para eso? ¿Para que los clientes pasen un buen rato?.

Adrián vio la zona privada y luego giró para verme. No creyó ni una palabra de lo que decía. Qué cagada.

—Hemos conversado sobre tu actitud, ¿no es así?—, me preguntó.

—Así es. Siempre me has dicho que, si quiero mantener este empleo, debo evitar a toda costa discutir con los clientes. Puede que me vea bien con mi uniforme, pero siempre trae problemas para el negocio—, le dije repitiendo textualmente sus palabras.

En mis pensamientos me entretuve imaginando a Adrián ataviado con minifalda y tacones, pero él lamentablemente no se entretuvo tanto como yo. Si Adrián tuviera sentido del humor, todo sería distinto y la pasaríamos mejor en el bar.

—Ten cuidado, Gabriela—, me dijo—. Estás al límite y estoy advirtiéndote por última vez.

Me molesté con esa advertencia. El pendejo de Tony había cometido un error manoseando a Francis y hablándome inadecuadamente. Pero Adrián, el dueño del bar, que debería protegernos, lo favorecía a él por unos fajos de dinero. Eran dos hijos de puta, cada uno a su manera.

—¿Cómo puedes saber con seguridad si me dirigí a él...?.

Interrumpió mis palabras con un gesto de su mano para que mirara la zona privada. Vi al grupo de hombres que rodeaba a Tony levantándose para salir. Tony salió en último lugar, con sus ojos llenos del odio más irracional.

Sentí que quería asesinarme con la mirada, y también comprobé que su cuerpo estaba lleno de esteroides. Incluso su mirada emanaba esas sustancias.

—Tal vez se van por otra razón.

Adrián seguía sin creerme un atisbo de lo que yo decía. De todos modos, mi mente insistía en que yo tenía razón. Adrián seguía molesto.

—Si vuelves a cagarla, te vas. Solo tienes una oportunidad más. Solo una—, dijo con tristeza.

—Y solamente te la doy porque José me pidió que lo hiciera. Dice que siempre podemos contar contigo y haces un buen trabajo. Él es la razón por la que aún tengo cierta confianza en ti.

José me vio con una expresión tonta en su rostro. Escuchó todo lo que conversé con Adrián, y resultaba que él había intercedido por mí para que conservara mi empleo. Ahora le debía un favor. Pero Adrián seguía enojado.

—Te entiendo, Adrián. Voy a mejorar mi actitud de ahora en adelante—, le prometí mientras extendía mi mano.

Giró mostrando una expresión de inconformidad. Fue hacia la otra esquina y yo quedé allí sola. Me había salvado una vez más de quedar en la calle, sin empleo ni dinero para las cuentas, pero con la molestia de sentir que había hecho lo correcto para defenderme y mi jefe no lo había reconocido.

Sabía que me costaría callarme y no defender mis valores. Jamás me había arrodillado ante nadie, y menos ante patanes como Tony. Tampoco tenía intención de hacerlo. Sin embargo, sabía que gracias a las propinas podía comer tres veces al día y pagar las cuentas.

Recordé que podía solicitar empleo en otros bares, pero El Círculo era el bar más conocido de Las Colinas. Solo en ese bar podría recibir propinas lo suficientemente altas como para pagar el alquiler de una ciudad como Castillo Azul y ayudar a mis hermanos.

No tenía más alternativa: debía quedarme en ese bar y soportar a esos pendejos con dinero. Para ello, debía hacer todo lo posible para calmar mi carácter y subir mi falda, aunque solo fuesen unos milímetros.

Me quejé en mis pensamientos. ¿Por qué carajos tenía que tener la naturaleza arisca de mi papá?

¿Por qué eso había sido lo único que había heredado de ese cabrón y no algo más benevolente?

3

ALEJANDRO

Mamá y yo contemplábamos el mar frente a nosotros en Los Arroyos, a orillas del océano.

Mirábamos la hermosa vista mientras el aroma del mar chocando en el rompeolas frente a nosotros bañaba nuestras narices y me traía recuerdos de mi infancia, cuando jugaba a construir castillos de arena en la playa.

Cuántas veces caminé de la mano de mi padre por el muelle y nos tomamos fotografías que luego no volví a ver. Construimos castillos de arena junto a otros niños que hacían lo mismo.

Esos castillos durante el anochecer se tornaban azules por la luz del cielo. Ese espectáculo visual y tradicional le había dado el nombre a nuestra ciudad hacía cientos de años.

Pero luego mi padre se hundió en su empresa y la oficina consumía todo su tiempo. No tenía tiempo para mí o mi madre, que ya en ese punto éramos un tema secundario. Ya mis recuerdos eran lejanos, y solo venían a mí cuando me acercaba a la playa.

Mi memoria se zambullía en el olor de las tortas de fresa, mi temor a subir a la montaña rusa que finalmente vencí y mis caminatas por el muelle. Esos eran los recuerdos que más atesoraba en mi memoria. Tiempos que la vida no me había permitido vivir de nuevo.

Yo esperaba tener hijos y llevarlos a esos mismos lugares, y al mismo tiempo permitirme a mí mismo pasar más tiempo con ellos. Y por las circunstancias, parecía que esos días se presentarían más rápido de lo que yo había pensado.

Yo sentía que no estaba preparado para enfrentar esos momentos, pero me tocaría ser padre pronto, lo quisiera o no.

Mamá tomó mis manos y cortó mis pensamientos.

—Debemos hacer todo lo posible para que Marcos no dirija la empresa—, me dijo seriamente.

—Tienes toda la razón, mamá—, le dije.

—Desde que era un adolescente trabajo para mi padre, y no voy a permitir que me aparten así de la empresa, y menos por un idiota como Marcos.

—Alejandro, no te van a separar de la empresa. Tu padre y yo simplemente consideramos que debes… asentarte—, dijo, con cierto desdén en su cara—.Pensé que, con los planes que tenía en mente tu padre, que me parecieron una buena idea, te decidirías a casarte con Vanessa. Pero ahora….

—Pero ahora que sabes lo que pasó, las cosas cambian, ¿no?—, le pregunté.

Ella asintió. —Nunca pensé que estaba haciéndote eso.

—Solo estaba conmigo por mi cuenta bancaria—, le dije.

Miré mis manos entre las de mi madre y sentí cómo la rabia crecía dentro de mi cuerpo. Pero me contuve una vez más, y recurrí a mi amabilidad para seguir hablando con mi madre. Tanto ella como mi padre se merecían el mejor trato posible.

—Estuve casi seis años con ella y no valió la pena—, le dije—. Después de todo ese tiempo supe que no me amaba ni sentía nada por mí.

Sentí que había estado distante y extraña conmigo las últimas semanas. Sospeché que algo andaba mal. Así que revisé su celular buscando respuestas, aun sabiendo que estaba violando su privacidad. Había estado actuando como si quisiera dejarme.

Su celular empezó a sonar un día mientras ella se daba una ducha larga.

Sonó repetidas veces, por los mensajes de texto que entraban incesantemente.

Estaba consciente de que no debía revisarlo, pero lo hice. Entonces supe lo que sentía realmente por mí, o, mejor dicho, por *otro* hombre. Un pendejo llamado Henry le escribía miles de veces.

Henry, al que sí le había dicho que lo amaba. Henry, que sabía todo sobre mí y se burlaba en cada mensaje. Y yo que no sabía nada sobre ellos, pero mi dinero los mantenía juntos.

—Nadie lo sabía—, me dijo mamá.

—No había forma de saberlo—.

Mamá apretó mi mano con más fuerza y me consoló. Era la única mujer en el mundo con la que podía abrirme y mostrar mi alma, sin temor a ser juzgado o a que ella revelara mis secretos.

Sabía todo sobre mí y entendía lo que me pasaba, algo que no sabía si tendría el valor de contarle a alguien más. Me costaba mostrarme así, tan vulnerable, con cualquier otra persona, por mis defectos, mi dificultad para confiar en otras personas y mi certeza de que se acercarían a mí por mi dinero.

—Te entiendo, pero igual me siento burlado—, le dije.

Tomé el último sorbo de vino que quedaba en mi copa. Mi mamá llamó al camarero y pidió más vino para ambos.

—¿Podrías hablar con papá?—, le pedí—. Tratar de convencerlo que me dé algo más de tiempo.

Mamá vio hacia abajo, buscando sus manos, y yo supe que se negaría. Siempre había obedecido a mi padre, por lo que yo sabía que no hablaría por su cuenta para tratar de convencerlo de cambiar una decisión ya tomada.

No obstante, yo sabía que la situación era muy compleja y no podíamos tomar decisiones con la sangre caliente ni con la presión del tiempo sobre nosotros. Era mi vida, sí, lo que nos jugábamos, pero también la conducción de la empresa de nuestra familia a mediano y largo plazo.

—No se trata solamente de la compañía de mi padre—, le dije en un último intento desesperado.

—También es mía y tuya.

En sus labios se asomó una sonrisa y sus ojos casi rompen en llanto. Un llanto que había aguardado años por salir.

—Alejandro, esa no es la opinión de muchas personas—, dijo, con un tono de voz apenas audible.

—Mamá, no tienes que negarlo. Papá creció en el negocio gracias a ti—, le dije—. Tu opinión es tan válida como la suya.

—Alejandro, cómo me gustaría que tuvieras razón—, me dijo—, Pero sabes que tu padre ya tomó su decisión.

—Pero si hablas con él te oirá. Él te presta más atención a ti que a nadie—, le argumenté.

—Te equivocas, Alejandro. Hemos vivido años duros recientemente. Desde que...

Se calló, pero yo sabía lo que iba a decir después.

Todo había sido más difícil para ellos desde que Marcos llegó a casa.

Llegó y rompió el equilibrio familiar, y su presencia había alterado la salud mental de todos. La rabia mutua destruyó la armonía que había tardado años en edificarse. Marcos sabía que había asolado a mi familia y se sentía feliz por eso.

Durante algunos meses, sentí que el divorcio de mis padres era cuestión de tiempo. Pero, de algún modo, se habían sobrepuesto a la crisis causada por la llegada de Marcos. Eso, sin embargo, había relegado a mi madre a un segundo plano.

Había quedado atrás en todos los aspectos familiares, incluyendo la empresa, y apenas si conversaba con mi padre. Seguía en casa, pero cada vez se veía más lejana, como un espectro.

Pensé que no era justo para ella salvar su matrimonio a costa de su alegría o su participación en los asuntos de la familia.

Había sido una buena madre y merecía algo mejor después de tantos años dedicados a nuestro bienestar. Pero, sobre todo, era una gran mujer, que merecía un sitial de honor en todo lo que tuviera que ver con nosotros o el futuro de la compañía, que también debía su crecimiento gracias a su esfuerzo para criarme o soportar al imbécil de Marcos.

—Me parece que debes obedecer a tu padre, Alejandro. Haz lo que está ordenándote y sigue adelante—, me dijo con voz cariñosa.

—Sé que siempre has querido tener hijos, cariño. Incluso planeaste con Vanessa una fiesta para recibir al bebé y los nombres que les pondrían a sus hijos. Ahora solo tienes que hacerlo sin ella.

Sentí rabia cuando oí el nombre de mi exnovia. Ciertamente, planeábamos tener hijos y hasta habíamos escogido algunos nombres para ellos, para niños y para niñas.

Nuestro plan era tener varios hijos, niños y niñas. Vanessa quería tener al menos cuatro y yo quería solo dos, máximo tres. Pero el plan era flexible, y queríamos ver cómo nos iba con el primero para luego decidir.

Ahora, mi vida había cambiado por completo. Sentía que ahora debía buscar cualquier mujer para complacer los deseos de mi padre, una mujer que no me ayudaría a olvidar a Vanessa y con la que no sentiría ninguna conexión emocional. Eso me desolaba.

—Pedí una cita en una agencia de subrogación—, me informó—. El lunes podremos ir.

Encogí mis hombros.

—Para ser honesto contigo, no me siento cómodo haciendo esto de alquilar vientres contigo—, le dije.

—Puedo hacer los arreglos por mi cuenta. A fin de cuentas, es mi hijo.

Se mostró triste cuando le dije eso.

Quise hundirme en la tierra.

Ayudándome se sentía útil y tenía una misión en su vida, o al menos eso parecía. Al decirle eso, era como si le hubiera arrebatado de un solo golpe su intención de ayudarme y sentirse útil otra vez.

—Mamá… es un poco incómodo para mí. Ponte en mi lugar—, le dije.

—Mi mamá me acompaña a una clínica donde hablaré con un doctor sobre…

Me corté, porque sentí que hablar de semen con mi madre, en un lugar público, era totalmente inadecuado. No había posibilidades de continuar hablando de ese tema con ella.

—Te entiendo, hijo—, me dijo ella—. Bueno, la cita es el lunes a las ocho y media de la mañana. Puedes ir solo para que te sientas más tranquilo. Te enviaré por teléfono la dirección exacta.

—Te lo agradezco mucho, mamá—, le dije.

No era precisamente gratitud lo que sentía.

El alquiler de un vientre se presentaba como una opción, pero yo no estaba todavía seguro de querer tener un hijo por esa vía. Por otro lado, el tiempo iba en mi contra, y Vanessa ya no formaba parte de mi vida.

De manera que, aunque no estaba del todo convencido, esa era mi primera alternativa, a menos que hubiera una manera de convencer a papá de cambiar sus planes.

Sonó mi teléfono y lo revisé. Vanessa, me dije mientras borraba mi mensaje.

—Parece que todavía quiere hablar conmigo. Quizás Marcos le habló de los detalles del testamento y se ofreció para ayudarme. Sí, Vanessa, puedes ayudarme. Pero no creo que puedas darme la certeza de que el bebé llegue a ser mío y no de Marcos.

—¿Vanessa te contó por qué había ido a la casa con Marcos?—, me preguntó.

Negué con mi cabeza.

—Ella dijo que quería verme, pero él la sujetaba de una forma tan íntima que lo dudé en todo momento—, le dije.

—Ella solo deseaba vengarse, darme celos. Me conoce y sabe que mi relación con Marcos no es muy óptima.

—Es una zorrita con ganas de manipularte—, dijo mi madre murmurando.

Reí un poco con sus palabras subidas de tono. Pocas veces oía esas groserías de su boca, pero cuando se trataba de demostrar su lealtad hacia mí, no tenía reparos en expresarse de esa manera. Me encantaba esa parte de ella

Tomé una última copa y vi mi reloj.

—Es hora de irme, mamá. Deberás disculparme—, le dije—. Esta noche saldré con Osvaldo.

—¿Irán de copas otra vez?—, dijo sorprendida—. Deberás renunciar a esa vida para tener un hijo.

—Esa es precisamente la razón por la que debo divertirme, antes de empezar a cambiar pañales y responsabilizarme por un bebé—, le dije. Guiñé mi ojo y seguí—:Pero puedes estar tranquila. Iremos temprano.

—¿El lunes irás a la cita?.

—Claro que sí—, le dije.

Era importante que mi familia me ofreciera opciones, sobre todo si era mi madre quien las buscaba y trataba de ayudarme, porque sabía que de esa forma se sentía bien y útil. A fin de cuentas, debía tener un hijo cuanto antes, pues de lo contrario Marcos tomaría el control de la empresa familiar que ayudé a construir. Él no se merecía ese puesto tanto como yo.

Pero eso no sucedería, a menos que en corto tiempo conociera a una chica que llenara mi corazón y me enamorara de ella, engendráramos un bebé y todo saliera bien durante el embarazo. No era un escenario favorable.

Tenía más posibilidades de ser impactado por un rayo o ganar la lotería que de resultar favorecido en esas circunstancias. Mi padre había sido un buen hombre, pero esto era una locura. Mierda.

* * *

EL CÍRCULO ERA el lugar de moda. Allí iban todos los hombres con dinero de la ciudad, y por eso Osvaldo adoraba el lugar. Por su estratégica ubicación en el corazón de Las Colinas, todos los ricos iban y se sentían como en casa, rodeado de amigos o de personas que les encantaría conocer.

Había una zona privada para los más famosos, en el fondo del bar, justo frente a unas cascadas bastante altas y protegidas con vidrios gruesos.

El vidrio reflejaba el agua y producía un vistoso efecto lumínico, una maravilla que deleitaba los ojos de todos. Valía la pena ir a disfrutar esa obra de arte y aprovechar para esconderse cuando se requería algo de privacidad.

Las maravillas del mundo moderno ahora eran esas.

Las camareras del bar también era un atractivo. Con sus nuevos uniformes, ahora más diminutos, Osvaldo se interesaba por ir allí con más frecuencia.

Empezó a preguntarme por una chica mientras ellas buscaban algo en los bolsillos de sus uniformes, quizás sus teléfonos.

—¿De qué chica me hablas?—, dije, contemplando a todas las bellezas que nos rodeaban—. Todas me parecen sexys.

—Tú sabes de cuál hablo—, dijo emocionado—. La chica con carácter fuerte, que se le planta a cualquiera para defender lo que piensa.

Yo sabía cuál era la chica por la que Osvaldo me preguntaba, y tenía razón, ella defendía sus principios delante de quien fuese, por mucho dinero que tuviese.

Era de estatura pequeña, pero con un temperamento fuerte.

Y me parecía excitante.

Entendía la tensión de Osvaldo al hablar de la chica en cuestión.

—¿Cómo se llama? ¿Nataly?.

—Se llama Gabriela—, dije.

Osvaldo sonrió y me dio una palmada en el hombro.

—Oye… sabes su nombre—, me dijo—. Quizás sí puedas olvidar a Vanessa con esta chica después de todo.

—No me parece—, le dije—. No creo que deba buscar a una persona para olvidar a otra.

—Bueno, tú te lo pierdes—, dijo encogiéndose de hombros—. Me la tiraré y luego te diré qué tal es.

—Me convertiré en astronauta antes de que puedas acostarla en tu cama.

Osvaldo se especializaba en los fideicomisos. Tenía muchos años en ese mundo, e incluso se había encargado de manejar el fideicomiso de su padre, solo para aparentar que es de la alta sociedad y podía viajar adonde quisiera en un avión privado.

Los bares y las discotecas incluso le pagaban para que pasara una noche en ellos. Nunca entendí la idea. ¿Querían demostrar que un casanova con dinero solía ir a ese lugar a tomar unos tragos? ¿Eso atraía a las mujeres al bar? No lo sabía, pero para mí no era trabajo.

En cualquier caso, Osvaldo siempre sabía antes que yo cuáles eran los mejores lugares para ir, por lo que me gustaba compartir unas bebidas con él.

La pasábamos bien siempre, aunque en algunas ocasiones presumía de su dinero y actuaba como un idiota. Lo conocía desde la infancia, y sabía que siempre había sido así.

Buscamos una mesa para ambos cerca de la majestuosa pista de baile, donde muchas personas ya bailaban al ritmo de la música y sus cabelleras se bañaban con las luces brillantes y que iluminaban el salón desde el techo.

Bailaban y reían, y las chicas mostraban casi todo su cuerpo, moviéndose al ritmo de la música agitando sus tetas, mostrando sus exquisitas piernas y la fogosidad de su piel. Éramos privilegiados con nuestro ángulo de visión. Observábamos casi todo.

A nuestras espaldas estaba la cascada que siempre me había gustado. El lugar se llamaba El Círculo pues tenía una forma de circunferencia enorme, donde estaba la pista de baile, rodeada asimismo por otros círculos donde estaban las mesas y la barra.

Había además otros pequeños círculos, donde la luz no llegaba, y ya podía imaginar lo que sucedía ahí. Mis oídos habían escuchado muchas historias sobre esos círculos poco visibles.

A Él Círculo también llegaban prostitutas de lujo. Te harían sexo oral mientras llegaba tu bebida. Podías elegir la que quisieras: rubias, morenas, tetonas, caderonas. Incluso había algunas con sus cabellos pintados de varios colores, emulando a una sirena. Había para todos los gustos.

Una de esas chicas con cabellos multicolores se acercó a mí. Nos miramos y sonrió. Vi cómo caminaba con soltura desde la barra hacia nuestra mesa.

—Amigo… creo que ella sí podría ayudarte a olvidar a tu ex—, me dijo Osvaldo mientras veía con lujuria a la chica.

—Nada de ser su novio para olvidar a tu chica. Simplemente la cogerías y ya. A mí me parece una buena técnica para olvidarla y seguir adelante. Acuéstate con ella y olvida a Vanessa. Hazlo y ya.

—Osvaldo, no me hace falta llegar a ese punto—, le dije—. Estoy tan ocupado que ya no tengo tiempo ni para pensar en Vanessa.

La chica sonrió y puso sus codos sobre nuestra mesa. Su sonrisa y su cabello brillaban. Brillaba tanto que quise alejarla. Esa imagen me parecía desafortunada. Me imaginé llenándome de brillo al momento de quitarle la ropa.

—Hola, guapo. Me llamo Liliana—, con una voz parecida a la de una locutora radial.

Siempre me pregunté cómo las prostitutas caras habían desarrollado esa habilidad de hablar de esa forma.

Apenas se presentaban o decían una frase, pero eso bastaba para que derrocharan una sensualidad con su voz que ninguna otra mujer podía mostrar.

¿Liliana?

Ese seguramente no era su nombre.

María, Paola, quizás ese era uno de sus nombres, más comunes, pero ella había buscado otro que sonara más sexy y se maquillaba de esa manera para sobresalir del montón.

—Hola, preciosa. Me llamo Osvaldo—, dijo mi compañero saludándola—. Él es mi amigo Alejandro, que necesita una buena sesión de sexo oral.

—Osvaldo, cállate—, le ordené. Me sentí enfadado y avergonzado.

Liliana, o como se llamará, me miró de arriba a abajo y me preguntó si podía sentarse a mi lado.

—No creo que sea buena idea—, dije.

Ella se quejó levemente.

—No soy de los hombres que pagan por acostarse con una mujer —, le comenté.

Osvaldo me miró con cierta incomodidad y tocó mi hombro cuando terminé de hablar.

—¿Qué pasa, Osvaldo? Solo soy sincero con ella—, le dije.

—Si lo has hecho y te parece bien, adelante. Pero yo no he pagado por llevar una mujer a la cama y espero no hacerlo nunca.

La chica sintió que estaba perdiendo su tiempo y se fue irritada. Osvaldo estaba molesto.

—¿Por qué me miras así? Era mejor que se fuera en vez de hacerle perder su tiempo—, le dije con tono firme—. Pero si quieres cogerla, hazlo. Es tu decisión y la respeto.

—Olvidaba cuán sincero eres, Alejandro.

—Es mejor decir la verdad con toda crudeza—, le recordé—. Esa chica necesita ganar dinero y yo no iba a dárselo. Es mejor para ella que busque a otro cliente que sí esté disponible y tenga el deseo de hacerlo con ella.

Recordé que Vanessa detestaba a los bares, especialmente a El Círculo. Las chicas hermosas te rodeaban, te decían cosas subidas de tono para convencerte.

Además, estaba el alcohol y el ambiente, que emanaba sexualidad.

No obstante, yo siempre me abstuve de caer en las tentaciones. Jamás la engañaría, así las mujeres guapas se acercasen a mí.

Ser infiel iba en contra de todos mis principios. Siempre había considerado que debía ser feliz con mi novia o abandonarla en caso de que ya lo fuera o sintiera algo por otra persona. Ninguna mujer se merecía ser engañada.

Cuando era más joven pensaba distinto, pero al ser testigo del romance de mi padre, que había originado el nacimiento de un pendejo como Marcos, me prometí a mí mismo que jamás seguiría el ejemplo de mi papá.

Quería hacerlo por ella, porque si mi madre se enteraba de que yo andaba en los mismos pasos de mi padre, podría incluso causarle la muerte por el dolor. Yo no me lo perdonaría.

—Vaya. Mira quién llegó—, me dijo Osvaldo.

Corté mis pensamientos y vi la pista de baile buscando a la persona de la que hablaba Osvaldo.

Era Gabriela, la chica con personalidad fuerte, la que no se acobardaba ante cualquier pendejo que quisiera burlarse de ella, la chica de la que habíamos hablado cuando llegamos al bar. Descubrió nuestras miradas y nos sonrió con pureza.

Las luces del bar aterrizaron en sus lindos rizos y me mostraban un panorama de belleza que nunca había visto en una mujer.

Era un gusto ver cómo su cabellera rizada caía con suavidad sobre sus hombros mientras la luz la iluminaba. Era de piel blanca, muy blanca, lo que contrastaba bastante con su cabello oscuro. Pero si algo me gustó más fue su mirada. Eran unos ojos marrones muy penetrantes.

—Acércate y háblale—, me sugirió Osvaldo.

—Osvaldo, ya te dije que no quiero salir con nadie—, le recordé.

—Hay una pila de asuntos familiares que debo resolver, y ocupan todo mi tiempo. Una cita es lo último que quiero tener.

—De acuerdo—, me dijo—. ¿Tiene algo que ver con la importante reunión familiar que tuviste?.

Quise cambiar el tema y tomar un trago fuerte. Hablar sobre la salud de mi padre, incluso con Osvaldo, era algo que me costaba.

A él lo consideraba un amigo, pero a veces su sentido común fallaba.

Además, cuando me hablaba a cada rato sobre la posibilidad de acostarme con una mujer me hacía sentir obligado, presionado, y si le decía sobre la necesidad de tener un bebé, sentí que me presionaría más.

Yo no quería conocer a una mujer en un bar como El Círculo y embarazarla de inmediato. Esa no era mi situación ideal. Sabía que el tiempo estaba en mi contra y no tenía muchas opciones para elegir, pero lo del bar no me gustaba.

—Sí. Sucede que mi padre tiene un tumor cerebral—, le informé.

Gabriela ya estaba cerca de nosotros. Traía una bandeja con dos bebidas. Nunca un trago había sido tan oportuno para mí. Necesitaba algo fuerte en mi garganta para relajarme.

—Mierda, Alejandro—, me dijo—. Lamento la situación.

Gabriela oyó y le preguntó:—¿Qué lamentas?.

Osvaldo respondió y no pude interrumpirlo.

—Es su padre. Está mal de salud. Está a punto de morir.

—Eso no fue lo que dije.

Recordé las palabras de papá, sobre la ubicación del tumor y el daño que le causaría. Gabriela me vio, con dudas en sus ojos, y no sabía si decir algo o simplemente marcharse. Sus ojos eran un océano de pureza y compasión.

—Está bien—, continué—. Tiene un tumor en su cerebro. Es benigno, pero los médicos no pueden operarlo y lo afectará. Vivirá unos dos años más a lo sumo.

Gabriela volvió a mirarme con misericordia y me dijo: —Si necesitas hablar con alguien puedo venir en un rato.

—Gracias, pero no hace falta. Lo que sí necesito es un trago—, le dije mientras le mostraba una sonrisa—. Tráeme lo de siempre.

—Un whisky fuerte con dos hielos—, me dijo ella y miró a Osvaldo.

—¿Y tú qué deseas?.

Osvaldo se movió para verle el culo. Ni siquiera trató de disimular. Sonrió con una lujuria que me pareció enfermiza.

—Sorpréndeme—, le dijo Osvaldo. Se sentiría bien tomando cualquier cosa.

Gabriela se animó más y sonrió con más fuerza que antes.

—Podría sorprenderte de muchas formas, pero no podrías con tanto.

Habló con sarcasmo y una risa escapó de mi garganta. Ella sonreía mientras se alejaba, pero Osvaldo parecía haber entendido la frase de otra forma. Se sentía más bien halagado por las palabras de Gabriela. Qué tipo tan idiota.

—¿Lo dices en serio?—, preguntó. Hablaba como un albañil acosando a las mujeres que pasaban.

—Si es así, quisiera tener una oportunidad…

Intentó tocarle el culo, pero ella se dio cuenta y lo atajó rápidamente. *Muy* rápido. Lo sujetó, demostrando que le había tocado defenderse muchas veces de tipos como él. Apretó su antebrazo con fuerza y se veía irritada.

—Óyeme bien, pendejo. Me topé recientemente con Tony Fernández. Sí, el jugador de fútbol—, se mofó—. Te aseguro que delante de él eres la nada. Y si logré que ese idiota saliera de aquí sin hacerme daño, tú tampoco podrás hacer nada. Mantente lejos de mí. Es por tu bien.

Contuve mi reacción mientras Osvaldo ocultaba su espanto por las palabras altisonantes de Gabriela.

—Oye, tranquila. No iba en serio—, le dijo con cierto desánimo—. Tráeme una cerveza.

—Perfecto—, le respondió Gabriela—. Una cerveza para el universitario y un whisky con hielo para un hombre de verdad. Ya regreso con sus bebidas.

Guiñó su ojo cuando la vi. Fue a la barra a buscar los tragos que le habíamos pedido. Osvaldo inclinó su cabeza y humedeció sus labios mientras le miraba el culo con descaro.

—Está loca por mí—, dijo. No sabía nada de lo que pasaba.

—Oh… por supuesto—, le respondí entre risas.

Yo también vi su cuerpo mientras iba a la barra. No podía hacer otra cosa que mirar sus curvas deliciosas y su rico culo. Entendí por qué Osvaldo la miraba tan lascivamente.

—Claro que sí, amigo. Solo está actuando como la chica ruda—, dijo—. Tarde o temprano suplicará que le haga el amor. Dame solo un tiempo. Solo un tiempo y lo verás.

Abrí mis ojos de par en par y recordé que debía evitar a toda costa contarle que debía tener un bebé para satisfacer los deseos de mi padre. Debía evitar tener sus frases de presión sobre mis oídos y que me mostrara a todas las chicas del bar para intentar convencerme de acostarme con alguna. Si ya lo hacía, no podía pensar a qué punto llegaría si le contaba lo del testamento de mi padre y sus planes para la empresa.

Es mejor no contar todo a tus amigos, especialmente si se comportan como Osvaldo.

—Voy al baño. Necesito mear—, me dijo.

Gabriela se había referido a él como un chico universitario y tenía toda la razón. Osvaldo se comportaba como si no tuviera responsabilidades, como si estuviera en la universidad y pudiera beber todos los fines de semana.

Su inmadurez se debía a que jamás había tenido que comprometerse con algo y su padre siempre había estado ahí para sacarlo de todos los aprietos. Aprietos que ocurrían con mucha frecuencia y costaban dinero.

Osvaldo y yo fuimos juntos a la universidad, aunque obtener un título universitario no era precisamente una de sus metas. Solo fue para disfrutar el ambiente, rodearse de chicas y pasar casi todo su tiempo en fiestas.

Sabía que siempre tendría el apoyo de su padre. Era hijo único. Su padre tenía dinero. Era una combinación fructífera para él. Se sentía seguro, y frenar sus impulsos sexuales o sus deseos de beber eran una manera de sentirse exitoso sin tener que recurrir a su papá.

Yo mismo había vivido esa sensación hacía mucho tiempo.

Osvaldo se levantó para ir al baño. Quedé solo. Gabriela volvió con una bandeja y dos bebidas al cabo de unos segundos.

—¿Tu amigo se acobardó?—, me preguntó.

—No. Fue al baño—, le dije—. Estará aquí pronto.

—Tengo suerte entonces—, dijo murmurando.

Sonrió de nuevo, pero se veía obligada.

—¿Puedo hacer algo más por ti? Pero no me digas cumplidos ni nada de eso. Ya he oído suficientes esta noche y todas se repiten.

—Gracias, pero estoy bien—, le dije—. Y te aseguro que no me interesas. Ni tú ni nadie más.

—Excelente—, me dijo—. Me alegra que respetes a tu novia. No todos los hombres son así.

—¿Hablas de Vanessa?—, le pregunté.

Encogió sus hombros.

—Sí, recuerdo a todos los clientes que vienen con cierta frecuencia —, dijo mientras sonreía con gratitud.

—Suelen ser buenos clientes. Lo digo por las propinas.

—Oh, claro. Lo entiendo.

Le comenté que Vanessa y yo ya no estábamos juntos, pero me detuve. A fin de cuentas, no estaba interesada en mi vida personal. Ya me había dicho que solo le gustaba recibir buenas propinas. Entonces saqué algunos billetes de mi billetera y se los extendí.

—¿Ya te retiras?—, me preguntó.

—No. Es una propina—, le dije—. Nos iremos en un rato. Te mereces este dinero por soportar a idiotas como Osvaldo.

Ella sonrió. —Se lo agradezco, señor Smith.

—Alejandro—, le dije—. Puedes llamarme Alejandro.

—Lo tendré en cuenta desde este momento, Alejandro.

—Estoy seguro de que así será.

Sonreímos y me sentí bien con su mirada. Gabriela tenía una perforación en su nariz y un temperamento fuerte. Esas dos características me alejaban de ella. Sentía que no era una chica como para tener una relación.

Ese aro en su nariz haría que mis padres sufrieran infartos si la llevaba a casa para presentarla. Mis padres eran anticuados en cierta forma y ese tipo de imágenes los impactaba.

Osvaldo regresó y se sentó a mi lado. Gabriela lo miró y su cara pasó de mostrar alegría y complicada a tener una expresión de molestia, pero luego volvió a mirarme, y esa cara de alegría volvió a reflejarme cariño.

—¿Lo encontraste?—, le preguntó a Osvaldo. Su rostro estaba alegre.

—¿El baño? Sí, lo encontré.

—Hablaba de tu pene. Cuesta ver cosas pequeñas en el baño, con la poca luz que hay—. Rió y se giró para alejarse mientras recogía su cabello.

Reí sin parar.

—Vaya, amigo. Parece que te jodió.

—El que ríe de último, ríe mejor. La noche es joven. Tenemos toda la noche, amigo. En unas horas podrá conseguir mi gran pene, porque lo tendrá justo dentro de su...

—¡Basta!—, lo interrumpí—. Tu pene en la vagina de Gabriela no me parece una imagen agradable.

Era una imagen fuerte, pero sabía que podía molestarme aún más si la recordaba otra vez. Para él, Gabriela era un objeto, algo con lo cual sentirse a gusto durante la noche. Eso me irritó más todavía.

Osvaldo mostraba su peor cara cuando alguien lo ridiculizaba o lo ponía en su lugar. Si alguien lo molestaba, su humor y sus respuestas empeoraban.

—¿No te gusta hablar de ella? ¿Qué te sucede, amigo? ¿Te sientes celoso?—, me preguntó con malicia.

—Claro que no, ¿por qué me sentiría celoso?—, le pregunté con enfado—. Es una simple camarera.

—Alejandro, noté cómo la veías—, me dijo Osvaldo.

—De todos modos, si no quieres cogerla, yo lo haré con todo gusto. Un culo como ese no debe ser desperdiciado. Sería una lástima.

—Me parece una mujer hermosa, y las mujeres hermosas me agradan y me atraen—, le dije—. Pero ya te dije que mi situación familiar es complicada y no tengo tiempo para andar con alguien.

—De acuerdo, amigo—, me dijo Osvaldo—. Entonces me pertenece.

—Buena suerte—, le dije—. Creo que la necesitarás, aunque no tendrás éxito de todas formas.

Agité mi cabeza y tomé un sorbo de mi bebida. No habría forma de que Osvaldo convenciera a Gabriela de estar con él. Ella no querría estar con un idiota como él y Osvaldo solo quería cogerla una noche. Sin embargo, me resultaba entretenido ver cómo se estrellaba con esa pared de rechazo una y otra vez.

—Anda, amigo—, le dije—. Me asombraré como nunca si logras llevarla a la cama.

El rechazo era una sensación desagradable para Osvaldo. Muchas mujeres se derretían con su físico y su billetera. En mi caso, sentía algo parecido. Cualquier mujer daría lo que fuera por estar conmigo, pero Gabriela era una mujer distinta.

Conquistarla era un reto que no se parecía nada a lo que había vivido. Ella no cedía ante los intentos risibles de Osvaldo, que insistía en usar sus técnicas de siempre, pero que ahora arrojaban resultados negativos.

Me molesté con la actitud de Osvaldo y tomé otro sorbo para relajarme. Nunca había sentido una emoción parecida, y era irritante. Definitivamente, Vanessa me había hecho mucho daño.

—Ahora soy yo quien debe ir al baño—, le dije levantándome— Ya regreso. Espérame y no cometas ningún error.

—Estaré arriba cogiéndome a Gabriela, si regresas y no me ves—, me dijo.

Reí a carcajadas. Sabía que ella no haría algo así. Había evitado decírselo a Osvaldo, pero eso no ocurriría.

Las cosas habían cambiado mucho desde que fuimos a la universidad. Pero si algo seguía siendo igual, era el comportamiento infantil y atorrante con las mujeres que había sido desde que lo conocía.

Yo, por mi parte, sí sentí que había mejorado un poco. Y me alegraba de saberlo.

4

GABRIELA

—Qué tipo tan pendejo—, le dije entre susurros a "Muñeca", quien acompañaba a José en la barra. La miré y me reí.

—Creí que te habían enviado a lavar los platos.

José la miró y negó con su cabeza.

—No puede mantenerse dos segundos lejos de mí—, me dijo—. No puede evitar tener sin sus ojos sobre los míos ni un instante.

—Así es—, dijo "Muñeca" entre risas.

—Parece que estás convencido de que todo tiene que ver contigo.

—No es así. Solo necesitaba relajarme un poco. Estar atrás me enferma.

—Puedes trabajar aquí—, le dijo José—. Yo lo haría.

—¿Y tener que vestirme como una puta buscando un pene?—, le preguntó.

—Gracias por la oferta, pero no puedo rebajarme.

La miré con molestia.

—Qué buena forma de expresarte—, le dije.

"Muñeca" rió con mis palabras y me hizo un gesto con su mano para que me fuera a trabajar.

—No lo dije por ti—, me aclaró—. De todas formas, tengo ganas de irme.

—¿A mitad de turno?—, le dije sorprendida.

—¡Sí!—, dijo con convicción—. Puedo encontrar otro empleo rápidamente. Estar aquí ya me resulta aburrido.

—Parece una buena idea"—, susurré. La vi, con cierta melancolía, y sentí que la extrañaría.

—¿En serio planeas irte y dejarme con él?.

Señalé a José. Servía tragos a dos clientes bronceados que acababan de llegar.

—Pues renuncia tú también—, me sugirió "Muñeca" entrelazando nuestras manos. Sonrió y siguió hablando.

—Tenemos experiencia atendiendo clientes, así que podemos trabajar en una fuente de soda, un restaurante o una cafetería. También podemos trabajar en alguna tienda cerca del muelle de Los Arroyos. Algo que nos permita salir de este agujero de mierda.

—Pero no ganaríamos lo mismo que gano aquí con las propinas—, le dije—. Además, tengo cuentas que pagar y hermanos que ayudar. Suena tentador, pero debo negarme.

—Gabriela, la vida va más allá del dinero—,dijo lamentándose.

—Cierto, hay más cosas en la vida, pero si no tienes ni un centavo para tomar el autobús o llegar a fin de mes, entonces tu vida se reduce al dinero que ganas para sobrevivir.

Volví al trabajo antes de empezar una acalorada discusión. Sus padres habían tenido una adolescencia llena de drogas y una actitud muy liberal, tanto como para llamar a su hija Linda Luz, aunque en el bar todos la llamábamos "Muñeca", pero en su edad adulta habían consolidado cierta fortuna.

Ciertamente, no eran tan ricos como Osvaldo o su amigo Alejandro Smith, pero sí podían darse el lujo de mantener a "Muñeca" por un tiempo y que ella no trabajase.

Habían abierto una tienda de pinturas que tenía una clientela bastante regular.

Siempre había evitado conversar con "Muñeca" sobre ellos, porque si los mencionaba, probablemente ella mencionaría a mis padres. Y lo hacía no solo con ella sino con todo el mundo. No me gustaba para nada hablar de mis progenitores.

Sentí ganas de ir al baño. Había pasado muchas horas desde la última vez que había ido a orinar.

Adrián no estaba ahí, así que pensé que podía ir rápidamente y aprovechar de sentarme unos minutos a descansar. Un descanso que sería lo más breve posible. Fui a los baños femeninos corriendo, tratando de mantener un ojo encima de Adrián.

Mantuve mi mirada sobre mi jefe en lugar de mirar hacia adelante, por lo que tropecé con alguien camino a los sanitarios.

Casi caigo de bruces, pero el sujeto me sostuvo. Maniobró para evitar que cayera al piso y todos pudieran ver mi culo.

—¡Cuidado!—, me dijo.

Era Alejandro Smith. Su rostro hermoso me causó emoción. No pude evitar sentirme así. Era el hombre más espectacular que había pasado frente a mí. Tanto, que despertó en mí cierta simpatía. Me gustaba. Sonrió y vi un hoyuelo en su mejilla izquierda.

No sentía ganas de conocerlo más. Sentía que él estaba en un planeta distinto al mío, con su enorme cuenta bancaria y su actitud de poder. Por otro lado, era amigo de Osvaldo.

Pensé que, al salir con tipos como ese, quedaba clara su personalidad.

Pero mi corazón latía con fuerza de todas formas. Sus ojos azules eran un pedazo de cielo cayendo sobre mis hombros.

—Vaya, te lo agradezco—, le dije. Me levanté. Pero aún estaba sobre sus manos. Creí que tenía temor de soltarme porque todavía podía caer y rodar—. Debo usar el baño. Creo que no lo has notado.

Sí, menuda manera de agradecerle, Gabriela. Decirle que necesitas ir al baño a orinar. Imaginé lo sexy que se oía esa frase en sus oídos.

—De hecho, yo también voy al baño—, me dijo.

Se mantuvo de pie.

Quise reaccionar, decirle algo, cualquier cosa, pero las palabras se atoraban en mi garganta.

Yo también me congelé, cerrando y abriendo mi boca, como si quisiera hacer muecas graciosas cuando en realidad solo quería decir alguna frase.

Después de unos incómodos minutos, pude balbucear una frase para romper el hielo.

—Lamento mucho lo de tu papá.

Si antes había dado mucha información con lo del baño, ahora la había cagado con lo de su padre. Sí, todo marchaba "muy bien". Ahora actuaba como una zorra insensible recordando la salud de su papá.

Su mirada mostró algo de desconsuelo y sorpresa. Pareció recordar lo de su padre y las palabras que habíamos cruzado antes, en la mesa, sobre la enfermedad de su padre, y se mostró triste repentinamente. Vio al suelo, tratando de animarse de nuevo. Pude notar cómo estaba muy unido a sus padres. Eso me encantó.

—Gracias por tus palabras—, me dijo—. En realidad, no sé qué decir en un momento como este. Honestamente, no se me ocurre absolutamente nada. En ningún lugar te enseñan a soportar el dolor que causa una noticia como esa.

—Puede que, si hablas sobre ello, te desahogues y te sientas mejor —, le respondí sin detenerme a pensar. Este hombre adinerado se abriría conmigo, la chica que mostraba el culo mientras servía bebidas de noche en un bar. Sí, claro.

Toqué su hombro con suavidad y él se sorprendió. Yo también me sorprendí.

—Sinceramente, me gustaría...

Adrián gritó y no pude oír nada más.

—¡Gabriela! Te necesito aquí. Limpia este derrame ahora mismo.

Me asusté con el tono de su voz.

—Vaya. Parece que después de todo, no podré ir al baño—, murmuré, queriendo decir algo que sonara chistoso.

Alejandro miró encima de mi hombro y se fijó en Adrián.

—Señor Rojas, la señorita está ayudándome con algo aquí—, le dijo —. ¿Puede quedarse conmigo unos segundos más?—, le preguntó.

Miré a Alejandro con expectativa. Mi cara estaba tensa.

—Señor Smith… Disculpe—, le dijo Adrián. Se acercó—. No sabía que era usted, no lo había visto.

Se saludaron e intercambiaron halagos. Obviamente se conocían. Los miré mientras contenía mis ganas de orinar. El baño estaba ahí, cerca de mí, pero no podía ir y sacar todo.

Adrián me miró y le preguntó en voz baja: —¿La señorita está causándote problemas?.

—Para nada—, resopló Alejandro—. Todo lo contrario, está acompañándome y ayudándome a superar el dolor. Es una chica amistosa y atenta.

Adrián me miró con cierta molestia. Le costaba creer las palabras de Alejandro. Quise decirle que, en algunos casos, era educada con los clientes, cuando eran gentiles conmigo.

Pero me callé, porque sabía que si hablaba estaría en problemas con Adrián otra vez.

Alejandro estaba sacando mis pies del barro, pero Adrián estaba haciendo todo lo posible por sacarme del bar.

—Dejaré que siga conversando con usted, señor Smith—, dijo Adrián poco convencido.

Se retiró de nosotros y pude escuchar cómo le gritaba a "Muñeca", que seguía en el mismo lugar donde la había encontrado antes.

—¡Limpia este desastre ya que estás aquí!—, le gritó.

Miré a "Muñeca" y le dije que lo sentía, con mi voz apenas audible desde la distancia. Me sentí mal por ella. Tenía que lidiar con Adrián y limpiar un derrame de cerveza que yo debía limpiar.

Alejandro se acercó para decirme algo en mi oído. Era un aliento cálido el que emanaba de su boca. Me excité con su cercanía.

—Ve al baño. Lo más rápido que puedas—, me dijo—. Estaré pendiente de Adrián y haré tiempo si regresa.

—Muchas gracias—, le dije. Sentí muchas ganas de besarlo.

Sonrió con soberbia y me despidió con la mano.

Fui velozmente e hice lo que tenía que hacer, tardando el menor tiempo posible. Lavé mis manos y las sequé. Me disponía a regresar cuando un perfume barato y un olor a apio sacudieron mi nariz. Sabía quién era.

—¿'Muñeca'? ¿Eres tú?.

—¡Gracias a Dios soy totalmente libre!—, me dijo. Hablaba en voz alta sin parar.

—Gabriela, te cuento que le dije a Adrián que ya no trabajaría más con él. Que hiciera lo que quisiera. No te imaginas el rostro que puso. Puedes venir conmigo a celebrar. Desayunaremos algo saludable y también podrías renunciar. Eso me haría muy feliz y sé que tú también estarías contenta.

—Me gustaría hacerlo. No te imaginas cuánto. Pero no puedo—, le dije—. Sabes que en este momento no puedo dejar el trabajo.

—Gabriela, acompáñame—. Tomó mis manos y las movió con fuerza—. Podemos desayunar juntas, y hasta podrías traer a ese hombre súper guapo contigo. ¡Podremos disfrutar los tres!.

—Podría ir contigo cuando termine mi turno—, le sugerí—. Sería en aproximadamente una hora.

—Gabriela—, me dijo "Muñeca"—. Puedes estar en un sitio mejor que esta pocilga. Eres una buena mujer, eres joven y tienes un futuro brillante por delante. No tienes que pasar tu juventud soportando las estupideces de Adrián ni a esos babosos tocándote.

—Suena lindo, pero tengo cuentas que pagar y debo ayudar a mis hermanos—, le dije—. No estoy sola en este asunto.

Aunque a veces deseaba estarlo para poder hacer lo mismo que "Muñeca" y desprenderme para siempre del bar. Poder tomar otros rumbos, luchar por mis sueños y trabajar en otro lugar más placentero. Si solo tuviera que pagar mis cuentas, mi mundo sería distinto, ya podría haber buscado otro empleo. Algo nuevo y mejor.

Y quizás en un sitio distinto no ganaría tanto como lo que ganaba en el bar con las propinas jugosas, pero si tuviera únicamente que pagar el dinero del alquiler y mis propios gastos, podría llegar a fin de mes. No era así. Estaba mi hermana menor y mi otro hermano, además de mi madre.

¿Cómo podría dejar de ayudarlos?

Me quedaban pocos días para pagar la cuenta de la electricidad antes de que nos suspendieran el servicio. Todos los meses me sucedía lo mismo con alguna factura.

Mi situación económica escapaba a la comprensión de mi amiga. Sus padres la ayudaban con sus gastos y no tenía a quien mantener. En mi caso, los demás dependían de mí. Y nadie me ayudaba. Estaba sola.

—Tranquila, amiga. Serás tú quien decida cuándo irte.

Para ella era una elección, pero yo no la consideraba así. Estaba atrapada allí y no podría salir, al menos por un tiempo.

Suspiró y luego siguió hablando.

—Estaré en Panes Frescos. Puedo esperarte allí.

Yo solo pensaba en acostarme y relajar mi cuerpo, que ya resentía los días de larga jornadas laborales. Adicionalmente, me vería en la necesidad de gastar dinero en un desayuno callejero en lugar de usarlo para comprar alimentos para toda la semana. Decidí que iría, pero ahorraría ese dinero. Solamente tomaría agua fría o un café pequeño.

—Saldré del trabajo y te veré en Panes Frescos—, le prometí.

"Muñeca" salió brincando, muy emocionada. Vi cómo daba unos pasos y se dirigía hacia Adrián y José. Sonreí viéndola caminar, pero no pude oír nada de lo que decía a sus ya antiguos jefes. Debió haber dicho frases subidas de tono, pues los guardias de seguridad la escoltaron hasta la puerta y esperaron que cruzara la esquina.

—¿Quién era esa chica?—, me preguntó Alejandro sorprendiéndome. Por poco olvido que me aguardaba.

—Es una compañera de trabajo que acaba de renunciar—, le dije.

—Me alegro por ella—, me dijo—. Se ve muy contenta.

—Sé que lo está—, le dije.

Vi la salida. "Muñeca" había salido por esas puertas y los guardias la habían vigilado. También era mi deseo salir por allí y despedirme de

Adrián, diciéndole unos cuantos improperios para nunca más volver. Pero era imposible.

Giré y miré a Alejandro.

—Te agradezco que me ayudaras con lo del baño—, le dije y continué—: Pero debo volver a mis labores. Ya no hay quien lave los platos y tengo que ayudar.

Alejandro tocó mi brazo para frenarme.

—Debo preguntarte algo—, me dijo con un tono de voz suave y continuó—: Aunque ya me imagino que tu respuesta será negativa y me decepcionaré.

Se me hicieron varios nudos en la garganta y me sentí ansiosa. Lo miré con temor. No sabía qué me preguntaría.

—Pero aquí no—, me dijo, viendo hacia otro lado—. ¿Te gustaría que nos viéramos cuando termines de trabajar?.

—Me temo que no puedo aceptar—, le dije susurrando. Había recordado la invitación de mi amiga—. El bar nos prohíbe salir con clientes. La prohibición no es explícita, pero no nos gusta ir en contra de los dueños. Además, sé que si salgo contigo mi vida podría correr peligro. No quiero terminar muerta en un puente. Quiero decir, no creo que tú vayas a matarme, pero sabes cómo es.

Mierda. Gabriela, ¿podrías haber dicho algo peor? ¿Ir más allá de lo inverosímil para negarte a su invitación?

—Disculpa. Lo que pasa es que ya tengo planes—, le dije balbuceando mientras aclaraba mi garganta—. Pero puede que...

—No te preocupes—, me dijo Alejandro. Tomó mi mano y la llevó a su boca. La besó velozmente—. Me excedí, lo siento. Se me ocurrió repentinamente, pero no sé por qué lo dije. Mejor hazte la idea de que no dije nada.

Se retiró para ir al baño y me maldije a mí misma. La había cagado.

Debían llevarme a la cárcel si volvía a hablar así con otra persona.

* * *

—¿De verdad le dijiste que temías que te asesinara?—, me dijo "Muñeca".

Se rió tan fuerte que todo el lugar volteó a mirarla. Noté como mis mejillas se ruborizaban y quise huir del lugar. Aunque tratara de hacer que se callara, era imposible.

No sirvió de nada. Por lo que pude notar, había bebido después de salir del bar. Se había tomado algunas fotos y las había subido a sus redes sociales. Cuando llegué a Panes Frescos, ya estaba muy embriagada.

—Gabriela, eres un angelito. Por eso valoro tu amistad—, me dijo mientras comía una fresa que estaba en el plato que había ordenado.

Panes Frescos apenas ofrecía platos para una persona vegetariana como "Muñeca". Al entrar el lugar, el olor de los panes atrapó mi nariz y quise comer varios panes dulces, pero no había recibido suficientes propinas. Además, estaba la factura de la electricidad.

—Honestamente, no creo que haya querido salir conmigo—, le dije.

Tomé un sorbo de mi café.

Me relajé con la sensación del café caliente en mis dedos.

—Quizás solo buscaba que me casara con él para sacarme de ese mundo. Son muchos los millonarios que creen que todas somos prostitutas en busca de millonarios.

"Muñeca" se sorprendió.

—Lo sé—, me dijo ella—. Afortunadamente, ya no tengo que soportar esa mierda.

—Sí. Eres muy afortunada—, le respondí.

Envidiaba a mi amiga por haber dejado ese trabajo cuando había querido. Esa sensación de envidia era una de las que menos me gustaba sentir, porque sentía que era inútil sentirme así, pero ver a "Muñeca" dejar el bar me hacía sentirme muy celosa.

Dejar un empleo que me diera un buen sueldo sin tener la seguridad de que ya tenía otro mejor remunerado simplemente no era algo aceptable para mí.

No podía dejarme llevar por las emociones. Debía actuar con cabeza fría y recordar a las personas que dependían de mí y me apoyaban para hacer las cosas bien.

Eso me hacía continuar, aunque a veces sentía que la vida se me iba entre facturas.

"Muñeca" vio la hora en su celular y se alarmó.

—Carajo, es hora de irme. Disculpa la interrupción, pero mis abuelos vendrán a visitarme en unas horas.

—No lo sabía, amiga. Pásala bien por mí—, le pedí.

Me abrazó.

—Debemos mantener nuestra amistad, conversar y seguir en contacto. Mientras tanto, ocúpate de conquistar al superguapo que está detrás de ti.

—Lo haré—, le dije. Sonreí con asombro.

No sabría si tendría tiempo para salir o hacer el amor con un hombre, y menos con el "superguapo" del que hablaba mi amiga. No obstante, sí me gustaba sentir que podía apoyarme en alguna amistad, aunque fuese un poco alocada como "Muñeca".

Era muy distinta a mí, con un encanto por la libertad y una fuerza impulsiva dentro de ella que la hacía volar cuando se sentía atrapada o aburrida. Eso me encantaba.

—Parece que no quieres ir a tu casa—, dijo ella mirándome fijamente—. ¿Te sientes bien?—, me preguntó.

—¿Cómo que no quiero volver a casa?—, le pregunté.

Sus ojos me contemplaban mientras yo miraba mi café. Cuando levanté los ojos me percaté de su genuina preocupación por mí. Estaba bastante preocupada, pero sino quería que sintiera algo precisamente eso. Nada de sentir lástima por mí.

—Todo está en orden—, le dije—. Sé que papá ya está bebiendo porque acaba de cobrar su cheque mensual de la seguridad social.

—¿No es mediodía y ya está bebiendo?—, me preguntó "Muñeca" con asombro.

—Sí. Cuando cobra el cheque empieza a beber temprano.

—Lo lamento, Gabriela—, me dijo—. Te invitaría a mi casa, pero hoy…

—Llegan tus abuelos. No te preocupes, lo entiendo—, le dije.

—Igualmente debo ir a casa a buscar a Catherine y Alfonso. Mi padre jamás los llevaría al liceo en esa condición y mi madre ya está en su trabajo. En otras palabras, me toca.

"Muñeca" me miró con empatía. Parecía que finalmente entendía mi situación familiar. Pero esa mirada desapareció rápidamente cuando revisó su celular.

—¡Ya vienen en camino! ¡Mierda!—, me dijo—. Llegarán en una hora. Debo irme ya, amiga. Pero recuerda que siempre puedes contar conmigo. Y siempre quiere decir siempre.

—Te lo agradezco mucho. Significa mucho para mí—, le dije mientras la abrazaba.

—Hasta pronto, amiga.

Me besó en las mejillas y quedé sola, tomando café. Se alejó velozmente, tanto que dejó algunas fresas en su plato. Comí algunos para saciar mi hambre. No me daría el lujo de comprar algo costoso allí. La camarera se acercó a mí.

—¿Quieres más café?—, me preguntó con suavidad.

—Gracias, pero ya no quiero más—, le dije.

Saqué algunos billetes de mis propinas y los puse sobre la mesa.

—Pagaré el café.

Yo también debía irme. Mis hermanos me necesitaban. Tenía que asegurarme de que salieran de casa a tiempo para llegar a clases. Al igual que yo, madrugar no era precisamente una de sus virtudes.

Mi plan era pasar por ellos y luego ir a dormir. Era mi día libre, pero esa noche el bar tenía un evento especial programado y me había ofrecido para trabajar.

Quería tomar mi noche para descansar, como me correspondía, pero las propinas eran más necesarias que nunca.

Tomé lo que quedaba de mi café y salí a tomar el tren. Los

primeros rayos del sol iluminaban el cielo y me sentí feliz de recibirlos en mi piel cuando subí al tren.

En las mañanas era un transporte más tranquilo que durante las noches. Cuando tenía mi uniforme puesto, era aún peor. Algunos pasajeros del tren con frecuencia me abordaban de maneras más impropias que los clientes depravados del bar.

Solía cambiar mi ropa antes de tomar mi tren, aunque eso no cambiaba la forma de esos estúpidos dirigirse hacia mi. Pensaban que yo era una zorra o que simplemente cobraba por una mamada si me ofrecían una buena tarifa.

Pero en la mañana todo era más calmado. El tren se llenaba rápidamente, ocupaban todos los asientos y el resto iba de pie. Al menos así habría más testigos si alguien intentaba acercarse a toquetearme.

Tener un auto para evitar esos viajes incómodos era una de mis metas, pero no por los momentos.

Mi mamá necesitaba un auto, incluso más que yo. No era urgente comprar un auto para mí, pero sí para mi madre, como sucedía con todas mis necesidades. Quedaban relegadas ante las necesidades de mi familia.

Mi familia siempre estaba primero que yo.

5

ALEJANDRO

Era evidente que no pensaba con claridad, quizás por el alcohol o tal vez por un arrebato de locura.

¿En serio pensé hablar con una camarera de un bar de moda para convencerla de tener a mi hijo?

Ni siquiera pude darle los detalles, y ella no había tenido oportunidad de darme su respuesta. Pero la situación ya lucía más extrema de lo que parecía al principio.

Había pensado en esa posibilidad apenas por unos segundos, pero igual me aturdía saber que todo estaba saliéndose de los límites.

Ella había dicho que quería retirarse de su trabajo de pacotilla y buscar algo mejor. Yo necesitaba una madre para mi hijo. Así que hice los cálculos: le daría una buena cantidad de dinero si aceptaba embarazarse de mí y ella resolvería sus problemas económicos.

Yo quedaba como un héroe y resolvía mis problemas familiares. Era la solución perfecta.

O la peor cagada que se me había ocurrido.

Ya eran las ocho de la mañana del lunes, la fecha en la que me reuniría con la agencia de vientres de alquiler "Busca tu vientre", como le había prometido a mi madre. La agencia tenía un nombre más serio, pero yo la llamaba jocosamente de esa forma. Me burlaba de ellos para no reconocer que todo este asunto era más serio de lo que yo imaginaba.

Era un asunto serio y a la vez surreal. Mi idea de gestar un bebé no se parecía en nada a buscar una agencia de vientres en alquiler.

En absolutamente nada. Pero esa agencia parecía la única manera de solucionar mis problemas. El reloj corría y mis opciones para cumplir con los deseos de mi padre y dejar a Marcos en el camino se reducían a esos vientres.

Entré al edificio. En la sala de espera había todo tipo de personas: una pareja joven, quizás con problemas de fecundación, otra pareja de lesbianas y otra pareja que se veía adinerada. Era el único hombre solo en ese espacio, además de ser el único soltero.

Me sentí terriblemente incómodo y quise correr. Fingí tranquilidad mientras veía una revista para familias, llena de fotos con gente feliz y sus mascotas.

Supe que vivíamos tiempos modernos y la estructura familiar había cambiado. Ya no era un padre y una madre. Podían ser dos padres o dos madres. Si eras más liberal, podías incluso tener un padre y dos madres. También abundaban los padres solteros.

Hombres, mujeres, homosexuales y todo tipo de personas podían criar a sus hijos sin ningún problema. Pero no era mi plan tener un hijo sin una mujer.

¿Qué pasaba por la mente de mi padre cuando nos exigió esta basura en su testamento? Me hice esa pregunta una vez más. Ya me la había hecho mil veces. Y no tenía respuesta.

—Ya podemos recibirlo, señor Smith—, me dijo una mujer con una apariencia de cuarenta y tantos años y una linda voz. Se parecía a mi madre, pero a diferencia de ella, su cabello era más claro y se lo recogía detrás. Su sonrisa también manifestaba cierta naturaleza materna y cariñosa.

Fuimos a una oficina privada.

Me dijo que se llamaba Antonia.

—Sí, Antonia, sin apellido, todos somos como una gran familia en esta clínica—, me dijo ella.

En su oficina había cuadros con nubes que me hacían sentir relajado. Una pequeña fuente decorativa estaba en la parte de atrás, y el sonido del agua sobre las rocas cristalinas de las esquinas completaba ese panorama de tranquilidad.

Tenía fotos familiares en su escritorio. Era su esposo, y estaba acompañado de dos pequeños niños, muy parecidos a ella.

—¿Ellos son sus hijos?—. Era obvia su respuesta, pero no encontré nada más que decir.

—¡Sí!—, dijo ella. Miró la foto y me contó—: Son mi esposo Alan y mis dos hijos adorados, Daniel y Ricardo.

—Son una linda familia—, le comenté.

Sí, una linda familia de clase media. Antonia y su esposo Alan y sus dos hijos adorados, Daniel y Ricardo. Era como un sueño hecho realidad. Como una serie de comedia de la antigua televisión en blanco y negro. Solo que era real y la fotografía me lo demostraba. Existían y sus sonrisas eran reales.

—Gracias por su comentario, señor Smith—, me dijo. Sonrió con alegría—. Parece que quieres tener tu propia familia.

—Así es—, respondí.

—Me alegra tu sinceridad y masculinidad. También soy muy sincera. Así que te pido que, por favor, sepas disculpar mi honestidad —, me dijo.

Cruzó sus brazos y los llevó a su regazo, poniendo los codos sobre la silla y continuó hablando.

—¿Sabes que es una decisión seria? ¿La has analizado bien? En su informe se explica que usted es soltero. Además, aún es joven. ¿Por qué quiere buscar un vientre en alquiler si aún tiene tiempo suficiente para tener no solo uno sino varios hijos?.

—La razón es simple: mi padre tiene un tumor cerebral.

—Lo lamento—, me dijo.

Parecía hablar con compasión. En su cara había un rastro genuino de educación y empatía.

—Ha sido un momento duro para todos. Es un tumor benigno. Los doctores creen que le quedan unos dos años de vida, más o menos. Dentro de un año, aproximadamente, empezará a perder sus...—, interrumpí mi frase para tomar fuerza y seguir—, capacidades mentales.

Vi que la tristeza aparecía en su mirada.

—Sí, imagino que debe ser difícil pasar por todo esto. Tu familia y tú deben estar muy deprimidos—, me dijo—. ¿Sientes que tener un hijo en medio de todo es una buena idea después de todo? Sin duda, es un momento de mucho estrés para todos.

—Mi padre nos explicó que su última voluntad es ver a sus nietos antes de morir—, le dije.

Me salté la parte de que necesitaba un hijo para poder dirigir la empresa familiar. No me ayudaría. Debía convencerla de que quería tener un bebé.

—Me gustaría complacerlo—, le comenté—. Que comparta con sus nietos antes que ya no pueda recordar quiénes somos.

—Entiendo—, me dijo—. ¿Pero estás seguro de que realmente quieres hacerlo?.

Me congelé con sus palabras. Quise responderle que me gustaría tener uno o dos bebés, pero de una forma muy distinta. No quería ser un padre soltero para mis hijos. Quería formar una familia. Además, se lo debía a mi madre.

Sentí tensión y dudas en mi cabeza, pero evité a toda costa que se percatara. Debía buscar un vientre en alquiler, me gustase o no, estuviese convencido o no. Lo hacía por mis padres. Lo hacía también por el futuro de nuestra compañía, de mi compañía. Y también lo hacía por mí.

—Totalmente—, le dije—. Ser padre siempre ha sido mi sueño.

Parte de mis afirmaciones eran ciertas. Otra parte era mentira.

—Si estás seguro, no puedo rechazar tu solicitud—, me dijo—.

Pero primero debo estar completamente segura de que sientes que esta es la mejor decisión. Quiero que te quede claro.

—Lo estoy—,le dije y le sonreí. Esperaba que se convenciera —. Y gracias por aclarármelo.

Antonia sacó una carpeta gris de su escritorio y me la entregó. Vi los documentos y escuché sus palabras.

—Estos documentos te explican cómo será el proceso—, me dijo—. Si te decides y aceptas los términos, empezaremos la búsqueda del vientre subrogado que nos parezca más conveniente para ti. También puedes escoger a la madre sustituta y encontrarte con ella. Podrás cerciorarte de que todo esté transcurriendo con normalidad.

—¿Y cuánto demorará todo?—, le pregunté.

—Suele tardar algunos meses encontrar a la madre correcta.

—¿Algunos meses? 'Algunos meses' es mucho tiempo para mí—, le dije con molestia—. Dentro de unos nueve o diez meses, empeorará la salud de mi padre, así que necesito tener un hijo cuanto antes. Me gustaría que pueda compartir con sus hijos antes de... usted me entiende.

Un silencio reflexivo se abrió entre nosotros. Ella pensaba qué decir.

—Te garantizo que podemos hacer todo lo que sea necesario para que encuentres una madre adecuada, pero no puedo darte fechas infalibles—, me dijo. Debemos estar muy seguros de que la madre sustituta que encontremos sea la mejor para ti y para nosotros. Solemos tener una lista de espera para que todo salga bien.

—¿Y qué tal si traigo una?—, le pregunté. Una mujer que ofrezca su vientre para engendrar a mi hijo.

Antonia volvió a quedar en silencio, meditando su respuesta. Luego me dijo:

—Es una alternativa. Si conoces a alguien que cumpla los requisitos, puedes traerla—, me dijo—. Además de los requisitos que contemplamos en la carpeta que te entregué, hay otros que pedimos para chicas nuevas. Hacemos algunos exámenes médicos, y así comprobaremos que todo está bien. Adicionalmente, nos tomamos un lapso de cinco o seis semanas para congelar tu semen. En ese periodo los examinamos a ambos para descartar enfermedades como sida u otras de índole sexual.

Me estremecí. Sería un proceso largo. Primero, debía encontrar a una mujer dispuesta. Segundo, debía realizarme los exámenes médicos. Y luego debía esperar unas seis semanas. Me parecía demasiado tiempo. Respiré profundo y abrí la carpeta para leer los requisitos.

—Haber tenido un embarazo sin ningún problema médico. Tener menos de treinta y cinco años de edad, idealmente menos de treinta. No haber sufrido de alguna enfermedad grave.

Interrumpí la lectura después del tercero.

—Alejandro, ¿te sientes bien?—, me preguntó Antonia.

Negué con mi cabeza.

—Antonia, creo que esto no saldrá bien—, le dije—. ¿Hay alguna manera, cualquier otra manera, de acelerar este infernal proceso? Puedo pagar. Tengo dinero suficiente.

—Alejandro, todos los que vienen a esta oficina tienen dinero. Muchos millonarios han venido antes que tú, y cuando tú te vayas, otros vendrán. Todos deben pasar por el mismo proceso. Lo hacemos para asegurarnos de preservar la salud del bebé y de su madre. Si nos saltamos una parte del proceso, habría problemas y nos lloverían las demandas—, me dijo con seriedad.

Estaba claro al respecto. No había dicho nada incómodo, pero entendía la respuesta negativa. Lo que estaba en juego era una madre que se embarazaría y luego daría a su bebé a otra persona. Debía cumplir todos esos requisitos y largos procesos, así que no creí que pudiera seguir adelante.

Con mis esperanzas por el piso, cerré la voluminosa carpeta y la guardé. Quería enseñársela a mi madre. Ella probablemente se la daría a mi padre y lo convencería de cambiar de opinión ante el funesto presente que se lanzaba sobre mí. No veía más soluciones.

—Antonia, gracias por atenderme—, le dije mientras me levantaba.

Antonia también se levantó y me estrechó la mano.

—En la carpeta tienes una tarjeta con mi número telefónico—, me dijo—. Llámame si quieres preguntarme algo, cualquier cosa. Quisiera ayudarte, claro, si lo deseas.

—Perfecto—, le dije.

Salí de su oficina. Una chica llevaba a la pareja más joven a la oficina para que Antonia los atendiera. Sus ojos brillaban de alegría y sus manos se apretaban fuertemente.

Cómo deseé sentirme tan ilusionado como ellos.

* * *

—No puedo—, dije suspirando.

Llevé mi cabello hacia atrás y ya la tensión se acumulaba en mis hombros.

Miré la mesa del comedor. Ya estaba abrumado por todo lo que me pasaba.

Mamá leía todos los documentos de la carpeta. Escudriñaba cada página para encontrar algún resquicio, una laguna legal o una cláusula ambigua que nos ayudara a resolver el problema que teníamos entre manos. Pero ni con la meticulosidad de mi madre lográbamos encontrar algo, al menos no con el tema de los vientres de alquiler. Estaba tan desilusionada como yo.

—¿Saben que eres soltero?—, me preguntó.

—Sí, se los dije—, le respondí.

Ella tensó su frente.

—Podrías decirles que no lo eres.

La miré con sorpresa.

—Eso no serviría para nada, le dije.

Mamá abrió la carpeta para que yo la viera. Me señaló un párrafo que hablaba sobre las parejas.

—Esta parte indica que, si tienes una pareja, no es necesario esperar seis semanas—, me dijo—. No tienes que esperar ese plazo si tienes novia.

—Qué bueno—, le dije—. Pero hay un problema: no tengo novia.

Aclaró su garganta. Su cara era un manojo de tensión y sorpresa. Se preparó para hablar y yo me preparé para escuchar frases que no me gustarían.

—Habla con Vanessa—, dijo ella con amabilidad.

Ella hablaba con mucho sentido común con bastante frecuencia. Odiaba cuando lo hacía.

El nombre de Vanessa caía de nuevo en mis oídos y un fuerte golpe de tensión y rabia estremeció mi cuerpo.

—No lo haré—, dije con firmeza.

—Alejandro, no tendrás que casarte con ella—, me dijo—. Solo te prestaría su vientre. Cuando dé a luz, podrás seguir con tu vida. Ambos se beneficiarían y luego todo volverá a la normalidad.

—Sí, pero ¿cuánto costará eso?—, le pregunté—. Sabes muy bien que ella no querrá simplemente ser una madre sustituta para mí. Buscaría volver a la familia a cambio de dinero. Y sería una buena suma la que pediría como pago.

Mi madre suspiró, dándome la razón.

—Sí, no es la mejor idea que se nos ocurra, pero quizás es eso o nada—, me dijo.

—Si no lo haces, le allanas el camino a Marcos para que se encargue de la empresa.

—Pero ¿qué pasa si no podemos tener hijos?—, le pregunté—. Marcos no me lleva mucha ventaja. Quizás no podamos hacerlo en tan poco tiempo. ¿Qué sucedería en ese caso?.

—Es un riesgo muy alto, hijo.

—Pero podríamos hablar sobre ese riesgo—, le comenté—. Si no le damos nietos, ¿qué sucede?.

—Solo el abogado de tu padre lo sabe.

—Pues hablaré con él—, le dije—. Debo saber qué pasaría. Quizás esa alternativa sea mejor a esto que vivimos.

—Alejandro, ¿quieres decepcionar a tu padre?—, me preguntó desanimada.

—Su última voluntad es tener nietos y verlos antes de morir. La compañía no es lo único que está en juego. Quiere ver los ojos de sus nietos antes de morir. Los ojos de los nietos son lo más puro que hay en el planeta, hijo mío.

Sí. Ella estaba diciendo la verdad. Pero no teníamos tiempo. Tomé sus manos y las puse entre las mías, contemplando sus ojos de tristeza.

—Mamá, solo quiero preguntarle a Franklin—, le dije, y continué —: Pero seguiré buscando la manera de complacer a mi padre.

Mamá asintió con su cabeza. Alicia entró y nos sirvió dos tazas, una de café a mí y otra de té a mi madre. Guardamos silencio mientras nos servía las bebidas.

Alicia había vivido siempre con nosotros y nos conocía bien, pero queríamos reservarnos ese tema solo para nosotros. Era un tema muy privado y no deseábamos compartirlo con nadie, ni siquiera con ella. Me miró con cariño luego de servir las tazas.

—Alejandro, te ves muy tenso—, me dijo.

—Creo que deberías relajarte. Tu corazón y el resto de tu cuerpo lo necesitan.

—Si fuese fácil, lo haría—, le dije suavemente.

—Alejandro, te he visto crecer—, me dijo ella.

—Siempre has superado tus dificultades, y se te hace más fácil cuando pones tu espíritu y tu esfuerzo para lograrlo. Eres como tu padre.

—Sí, pero quizás esto escape a mis posibilidades—, le contesté.

—Entiendo que tu padre te pidió tener un hijo—, me dijo.

La miré con sorpresa, pero ella me sonrió para calmarme. Sujetó mi hombro y con su otra mano tocó mi mejilla cariñosamente, como lo había hecho tantas veces durante mi infancia que ya no podía recordar la cantidad exacta.

¿Cómo se había enterado?

Era imposible, porque este tema era tan privado que me parecía que no debía haber salido de la oficina de mi padre.

Pero Alicia ya lo sabía, lo que en el fondo me reconfortó. No era mi costumbre esconder mis cosas de ella sabiendo que me quería tanto y me daba consejos con frecuencia. Era como una segunda madre para mí.

—Muchas mujeres querrían tener un hijo contigo, Alejandro—, me dijo—. Puedes garantizar el futuro de un bebé con tu riqueza. Tienes más dinero que muchas personas en el mundo. ¿No crees que muchas madres soñarían con tener una pareja como tú?.

—¿Aunque eso significase dejar todo en mis manos?—, le pregunté, arqueando una ceja.

—No lo creo.

—Lo harían, si les ofreces una buena suma—, me dijo—. Puedes ofrecer una buena cantidad. Solo mira lo que está frente a ti. Míralo como un contrato. Sal de tus esquemas mentales habituales y lo verás.

Alicia y mi madre se miraron un rato y luego giraron para verme a mí. Estaban muy serias y supe que me hablarían con mucha firmeza.

—Tiene razón, cariño. Esto no tiene nada que ver con el amor—, me dijo mamá.

—Muéstrales la billetera. Paga lo que sea y pídele a Franklin que redacte un contrato con el que renuncien a sus derechos. Estos son negocios. Las emociones no cuentan.

Sí, era un negocio más. Solo que este negocio tenía que ver con mi bebé. Era un asunto trascendental para mí. Pero quise plantearme algunas hipótesis y ver si darían resultados positivos.

—Bueno… digamos que todo sale bien y hay una chica dispuesta. ¿Qué pasará entonces?—, les pregunté—. Hay un plazo de seis semanas que hay que respetar.

—¿Cuál clínica?—.

Mamá dijo esa pregunta con una sonrisa de malicia.

—Ya sé que este tema te resulta incómodo, pero entiendo que sabes cómo se gesta un hijo.

Perfecto. Por si algo me faltaba, ahora hablaba de sexo con mi madre y Antonia en mi casa. Era el ingrediente que faltaba para tener un día inolvidable.

—Claro que lo sé, pero acostarme con una mujer en estos términos no garantiza que quede embarazada. Eso no sucederá de inmediato, y necesitamos que todo suceda rápidamente.

—Podemos acelerar las cosas, Alejandro—, me dijo mamá. Se notaba cada vez más complacida.

No entendía ninguna de sus palabras, pero siguió hablando para aclararme todo.

—Empresas Smith es parte del sector farmacéutico y conozco a varias personas—, me dijo con convicción—. Podríamos encontrar medicamentos para aumentar la fertilidad. Encuentras a una chica y yo encuentro las medicinas. Por los caminos verdes, obviamente.

—¿Son medicinas seguras?, le pregunté.

Mamá encogió sus hombros.

—Seguramente sí—, me dijo.

—Solo busca a una mujer sana para que tenga a tus hijos, y yo me encargaré de lo demás. Todo se solucionará antes de que te des cuenta.

Alicia sonrió cuando mi mamá terminó de hablar. Parecía concordar con mi madre en todo. Ambas creían firmemente en la idea de que buscara una mujer para que tuviera relaciones con ella y quedara embarazada, con una buena suma en el medio. ¿Era cierto eso? ¿Qué carajo sucedía?

—Honestamente, no sé si esto funcione. Parece muy bueno como para dar resultado"—, les dije.

—No hay muchas opciones en el panorama, Alejandro—, dijo mi madre—. Marcos hará algo para adueñarse de la empresa. Él buscará el modo de tener un hijo.

Alicia asintió con su cabeza.

—Alejandro, tú mereces dirigir esta empresa, Marcos no. Ni él ni nadie. Solo tú—, me dijo—. Desde que eras un adolescente trabajaste por ella y renunciaste a muchas cosas. Sería injusto si le permitieras que te quitara tu lugar.

Ambas tenían toda la razón. Yo también estaba convencido de que debía dirigir la empresa. Y esa era la razón por la que me quedé sumergido en mis pensamientos.

Me imaginé a mí mismo como líder de la empresa mientras llevaba mis manos a mi cabeza.

Ellas se quedaron incólumes, y yo seguí viendo cómo esa nueva posibilidad de buscar a alguien con la ayuda de ellas. Ya yo lo había pensado, pero me arrepentí porque no creí que Gabriela quisiera ayudarme. Además, sentí que se oiría como una locura de mi parte si se lo pedía.

Pero mi madre y Alicia creían lo contrario. Ambas eran mujeres, y sabían más de mujeres que yo, obviamente.

—Está bien. Déjenme pensarlo y les informaré.

—Piénsalo rápido—, me dijo mamá—. No tienes mucho tiempo.

Tenía razón. Y cuando me lo recordó, afloraron mis nervios otra vez. Era más presión la que ponía sobre mí.

Ciertamente, el tiempo no estaba a mi favor. Si me concentraba un poco, el sonido inclemente de las agujas del reloj llegaba a mis oídos mientras cerraba mis ojos. Era como un golpe en mis orejas.

Sí, el tiempo estaba corriendo. Y corría muy, muy rápido. Debía ponerme manos a la obra para poder ser el jefe de la compañía y sacar a Marcos del panorama. Y debía hacerlo cuanto antes.

6

GABRIELA

ivir en la ciudad de Castillo Azul es el sueño de muchas personas alrededor del mundo, que se sienten atraídas por el ambiente playero, los restaurantes glamorosos y las celebridades. Un ambiente que solo se veían en los medios, pero que no correspondía con la realidad.

No podría negar que algunas personas habían tenido éxito y vivían en las zonas más caras de la ciudad, como Las Colinas o Llano Alto, pero la mayoría vivía en las zonas depauperadas de Castillo Azul. Eran un pequeño grupo, una élite muy rica a la que no le importaba gastar miles de pesos en un almuerzo en cualquier restaurant de Bella Nube.

Mi familia era un claro ejemplo de lo que pasaba con la mayoría de los habitantes de la ciudad. A duras penas podíamos pagar nuestras cuentas. Me habría marchado si hubiera podido desde la década pasada. Pero crecí en ese estado y mi familia estaba aquí. Marcharme en busca de otros destinos parecía una posibilidad muy, muy distante.

Tan distante que parecía que jamás se haría realidad.

Solo me restaba la opción de seguir bajo el techo de mi pequeño apartamento de dos cuartos al final de la zona de mierda conocida como Las Palmas. Ese barrio no era parte de los sectores más lujosos de Castillo Azul. De hecho, era la cara más aterradora de toda la ciudad. Solo se veía pobreza y desolación en mi zona.

Ya El Barrio de las Estrellas, anteriormente un espacio glamoroso, ahora era un lugar muy distinto. Había mucha suciedad en las calles, pero sobre todo pobreza y miseria. Había personas sin vivienda, prostitutas y drogadictos en todas las calles y aceras. Si te encontrabas en alguna calle de esas en horas nocturnas lo mejor que podías hacer era correr para salvar tu vida.

El Barrio de las Estrellas era el lugar donde la noche nos recordaba que ya no había forma de alcanzar nuestros sueños. Quizás yo era la única que sentía que mis sueños se habían destruido.

Catherine, mi hermana adolescente, ya se encontraba haciendo sus asignaciones escolares cuando desperté después de una larga siesta reparadora. Vi mi reloj para comprobar la hora, y supe que Alfonso estaba en su práctica de fútbol. Sabía cada paso que daban y adónde iban.

—¿Cómo se encuentra el señor Cassú? ¿Aún está a cargo de las clases de biología?—, le pregunté a mi hermana.

Fui a la nevera a buscar algo de agua y vi que no había nada. Nadie había comprado alimentos para la semana. Encontré algo de harina que quedaba en la alacena y preparé panqueques. Nada de queso ni miel. Apenas si quedaba algo de margarina. Me molesté un poco mientras ponía mi desayuno sobre el plato.

—Así es. Es uno de los profesores más estrictos—, me dijo cuándo se quitó los auriculares que tenía en sus oídos.

Quitó sus ojos de su cuaderno y los puso sobre los míos. Era la mirada más cándida y hermosa que se había posado sobre mí. Antes de que mi vida empezara a rodar cuesta abajo, muchos me comentaban sobre el tremendo parecido entre nosotras. Pero entonces empecé a trabajar de noche, y mi cara empezó a mostrar agotamiento.

Ya mi cara no se parecía en nada a la de mi hermana ni a la de cualquier ser humano saludable. Era un manojo de estrés.

—Sí. Siempre lo ha sido porque se interesa por sus estudiantes—, le dije mientras acariciaba sus cabellos tersos.

—Él cree que tienes potencial y debes desarrollarlo para valerte por ti misma. Y déjame decirte que yo también pienso lo mismo.

El color de su cabello se parecía al mío, con un tono marrón tan oscuro que casi era negro.

Pero su cabello era diferente, porque era bastante largo y liso. En cambio, mi cabello era más grueso y tenía rizos rebeldes. Definitivamente, necesitaba ir a la misma peluquería que ella.

—Ya lo sé—, me respondió Catherine entre risas.

Unté margarina a mi segunda panqueca y la puse sobre mi plato. Me senté a la mesa, al lado de mi hermana. Ese plato era una especie de almuerzo y cena a la vez, así que las comí todas antes de salir.

Revisé mis bolsillos buscando algo de dinero. Encontré cien pesos, lo único con lo que contaba después de pagar todas las facturas pendientes. Le extendí los billetes a Catherine, suspirando largamente.

—Catherine, compra algo para la cena con este dinero—, les dije—. Pide comida china o lo que les apetezca.

Catherine vio los billetes y luego me vio con ojos desafiantes. Evitó tomar el dinero y empezó a hablar.

—Sabes que no me gusta recibir dinero de ti.

—Es para que te alimentes.

—¿Y tú no piensas alimentarte?.

—Bueno, estoy comiendo en este momento—, le dije mientras le mostraba mi plato.

Sonreí, aunque esa sonrisa se veía un poco falsa.

—Tengo una ventaja que ustedes no tienen: puedo comer algo en el bar.

—Pero mi mamá dijo que mañana comprará comida.

—Sí, mañana. Debes pedir algo para cenar hoy—, le dije.

Tomé los billetes y los puse en sus manos.

—Por cierto, ¿tienes idea de la hora a la que terminará de trabajar mamá?.

Catherine encogió sus hombros y volvió a ver su cuaderno. Se puso de nuevo los auriculares y un leve chillido musical llegó a mis orejas. Podía huir de sus problemas cuando escuchaba música y olvidarse del mundo. Era la misma técnica que yo había usado durante mi juventud.

La vi ahí, sobre sus tareas escolares, y recordé lo inteligente y aplicada que era. Esperaba que pudiera obtener una beca para estudiar en otra secundaria mejor, un instituto en el que pudiera desarrollar todas sus capacidades y formarse para trabajar.

En cambio, Alfonso era un atleta muy talentoso. Pensaba que, si los ayudaba un tiempo más, podrían seguir adelante con sus propios esfuerzos.

Luego serían adultos, irían a una universidad y ya no me necesitarían. Podría continuar con mi vida y buscar un empleo mejor. Escuché un fuerte estruendo viniendo de la habitación de arriba, como si algo se rompiera. Era mi padre llamando a mi madre. Un grito de dolor se ahogó en mi pecho.

—Ana, ¿dónde carajo estás?—, dijo entre gritos.

Catherine interrumpió su lectura y se llenó de miedo.

—Creo que debes ir a tu habitación a terminar tus deberes—, le dije susurrando. No quería que mi padre molesto nos oyera.

Ella aceptó, recogió todos sus materiales escolares con rapidez y subió corriendo a su dormitorio. Era también el dormitorio de Alfonso.

Yo también compartía un cuarto con mi madre, y mi padre dormía en la sala de estar.

Era evidente que se había despertado recientemente y su humor era peor que el de un animal rabioso. Bueno, casi siempre su humor era así.

Cualquier cosa podía irritarlo o causarle un ataque de ira, incluso lo más inverosímil.

Agradecí a Dios en silencio por haber trabajado durante toda la noche y no tener que oír sus frases subidas de tono sobre lo mal que se sentía por cualquier cosa que sintiera que lo afectara. Sentía que el mundo estaba en su contra.

Tras sufrir un accidente que lo había dejado incapacitado para trabajar, no había vuelto a buscar empleo. Sus dolores musculares eran permanentes y agudos, y los usaba como una de sus excusas para estar molesto todo el tiempo y gritarnos todo el tiempo.

—¡Ana!—, gritó papá, más alto, y su voz estremeció las paredes.

Le respondí. —Papá, está trabajando.

Llevé mi plato vació al fregadero, sobre los otros que yacían ahí, sucios. Lavar los platos no era mi prioridad. Lo único que quería hacer era salir de ahí lo más rápido posible.

Mi papá llegó a la cocina sin que pudiera darme cuenta, y buscó un vaso sucio entre la pila de platos.

Giré y fui con prisa hacia la puerta para huir de él, pero me haló con su brazo.

—¿Y tú adónde vas?—, me interrogó.

—Pues a mi trabajo—, le dije.

—¿Con esa ropa?.

Giré y noté que papá no había bebido tanto. Eso me pareció extraño. Se alejó de mí y apoyó sus codos en el fregadero.

Ya se veía más canoso y agotado. Se veía distante, con su mirada perdida y unas inmensas ojeras.

El paso del tiempo le había dejado señales en su cara, pero a pesar de ellas, tenía un semblante de rudeza y fuerza.

Recordé cómo había llenado su cuerpo de drogas y alcohol. Esa era la razón de que luciera más viejo de lo que en realidad era.

Todos lo sabíamos. Pero al estar tan cerca de él lo vi con más claridad. Su cara oscurecida por las cervezas y las drogas era un motivo más que suficiente para que yo evitara consumirlas por el resto de mi existencia.

—Este es mi uniforme—, le respondí.

—Vaya. Ahora mi hija mayor mi hija es una prostituta—, se mofó.

—Qué buena noticia.

—Papá, no soy una...—. Contuve mi respuesta y me obligué a parar mi elocuencia.

Recordé que responder a sus ofensas no me serviría de nada, aunque cada una de ellas me causaba mucha molestia. Él me respondería con un golpe contundente y luego se reiría cuando viera mi cuerpo ensangrentado. Disfrutaba con esas escenas.

Su jornada transcurría entre esos episodios. Era triste ver que su vida se había convertido en eso.

Giré para ir hacia la puerta otra vez, pero nuevamente su voz me frenó.

—Siempre lo supe. Tarde o temprano serías una puta—, dijo, como si me odiara.

—Por esa razón siempre quise tener varones.

Me produjo tanto dolor que casi lloro, pero me contuve, sacando fuerzas sin saber de dónde provenían. No. No le permitiría sentirse feliz por hacerme llorar. Quería herirme con sus frases punzantes, pero no lo lograría.

Llegué a la puerta y quise girar y decirle lo que pensaba, pero sabía que solo quería empezar a golpearme y me dejaría con dolores y lágrimas en mis mejillas. Debía volver a mi trabajo.

A fin de cuentas, solo así podría mantener a mi familia. Debía evitar que me vieran con mi maquillaje deslucido o que me afectaran más sus palabras. Adrián ya me lo había advertido por última vez. Si mi actitud no cambiaba, me botaría.

No era el mejor momento para discutir con mi padre. Había trabajado sin parar durante seis días y debía laborar por lo menos tres días más antes de que llegara mi día libre.

Había un evento especial y no podía faltar. Era el dinero lo que me motivaba. Con esa suma podría pagar gastos como el alquiler, el agua y comprar alimentos para mis hermanos.

Obviamente, mi padre no los compraría.

Escuché los autos cuando finalmente suspiré y salí del apartamento. Sentí un enorme deseo de abandonar todo, escupir la cara de mi padre y no volver a ese sitio nunca. Pero un auto pequeño se detuvo frente a mí, Alfonso salió del asiento trasero y me abrazó mientras sonreía.

Había crecido tanto con sus entrenamientos que su estatura ya casi superaba la mía. No. No podía huir y dejarlos a su suerte, siendo ellos aún adolescentes. No si aborrecía el comportamiento de mi papá y no quería verlo por el resto de mi vida. Pero recordé que ellos estaban creciendo, y en unos años podrían mantenerse por sí mismos y yo podría ser libre.

Solo debo esperar unos años, me recordé. Miré a mi hermano y le sonreí levemente mientras lo saludaba.

Esperaré unos años y luego podré olvidar ese agujero de mierda.

* * *

—Gabriela, te ves agotada—, me dijo José cuando llegué al bar.

—¿En serio? No lo había notado—, le dije. Rió por mis palabras sarcásticas.

—¿Te sientes bien?.

Exhalé profundamente.

—Bueno, he estado aquí seis días seguidos y solo he ido a dormir cuatro horas cada noche—, le dije —. Como entenderás, sí estoy muy cansada.

José me miró con malicia.

—Puedo pedirle a mi padre que nos deje esta noche libre.

—¿A ti y a mí? Prefiero trabajar que estar contigo fuera de aquí—, le dije—. Los clientes son una mierda, pero al menos recibo propinas.

José titubeó y esa expresión de molestia apareció en sus ojos. Se molestaba con mis palabras de rechazo.

Era evidente que se sentía profundamente herido cuando una mujer lo rechazaba.

Seguramente estaba acostumbrado a que las mujeres aceptaran sus propuestas sin chistar. Se veía seguro de sí mismo y parecía que siempre conseguía lo que se proponía. Se jactaba de estar por encima de los demás, de ser de una clase superior.

Adrián habló detrás de mí y mis oídos chillaron de dolor.

—Gabriela, ¿acaso te pago por estar de pie sin hacer nada?. Francis tiene cosas que hacer y alguien tiene que lavar los platos.

Me irrité cuando mencionó los platos. Todos debíamos lavar los platos por turnos desde que "Muñeca" había renunciado. Notaban que tú estabas desocupada o no tenías clientes que atender y te enviaban a lavar la montaña de platos.

Apenas había llegado al bar y mi jefe ya quería que empezara a tomar los pedidos de los clientes. ¿Cómo podía atreverme a detenerme por unos segundos?

—Bueno, creo que debo ir a lavar los platos entonces—, dije lamentándome.

Lavar platos tenía ventajas, como no tener que ver la cara de culo de Adrián, pero me restaba el dinero de las propinas. Adrián me pagaría el sueldo mínimo, pero esa suma era un chiste si la comparaba con las propinas. Solo seguía en ese bar de pacotilla por ellas.

—Puedo lavar los platos esta noche, si quieres, claro—, me dijo José.

Vi su cara, buscando alguna intención oculta.

—¿En serio?—, le pregunté mientras llevaba mis manos a mis caderas—. ¿Cuál es el precio?.

—No tienes que pagarme nada", me dijo.

—Sí, claro.

Sabía que José planeaba algo.

No me ayudaría sin pedirme algo, y menos con una tarea como

lavar los platos, que él consideraba que lo humillaba. Él era un hombre interesado, incapaz de mostrar algo de bondad.

Detrás de cada una de sus propuestas había un interés oculto.

—José, te digo con honestidad que podría aceptar lo que me propones, pero si no tiene que ver con relaciones sexuales. Si lo estás pensando, mejor olvídalo.

—¿De verdad crees eso de mí?—, me dijo, negando con su cabeza—. Mi única intención es ayudar. Hay suficientes camareros para atender a todos los clientes, pero son lentos, así que podrás echarles una mano. No me preocupa lavar los platos de vez en cuando.

Vaya, me quedé tan sorprendida que no sabía qué responder. Era como si me hubiera aplastado con su sorpresiva actitud colaborativa. Jamás habría pensado que querría ayudarme desinteresadamente.

Quizás una parte de él sí era buena, o un poco buena. A no ser que mi pensamiento inicial fuese correcto. Igualmente acepté su propuesta. Necesitaba el dinero de las propinas.

—José, te lo agradezco mucho—, le dije—. Eres muy gentil. Le diré a tu padre que has sido una gran persona conmigo.

Asintió con su cabeza y se marchó a lavar los platos.

Tuve una doble ganancia con ese favor: salía de la cocina y no tenía que lidiar con José.

Los clientes ya se agolpaban en la puerta y el lugar empezaba a llenarse. Parecía que pronto empezaría a recibir buenas propinas.

—¡Gabriela!—, gritó Adrián detrás de mí.

De nuevo, mis oídos dolían.

Giré con velocidad para responderle.

—José está en la cocina. Está lavando los platos por mí. Se ofreció voluntariamente—, le dije—. Vine a atender las mesas. Ocuparé el lugar de Francis.

—¿Me dices que José lava los platos?—, me preguntó, con su mandíbula casi cayendo al piso.

Había olvidado cuánto me encantaba ver la sorpresa en la cara de

Adrián. Debió haber sido la misma expresión en mi cara cuando José se ofreció a hacer mi trabajo en la cocina.

—Así es. Puedes ir a preguntarle—, le respondí.

—Tal vez lo haré—, me dijo, tratando de cambiar su expresión de sorpresa a una de firmeza—. Te pediré que solo trabajes en la zona de Francis. Hay pocos clientes, pero les gusta tomar bastante. Recuerda portarte bien.

"Actúa con educación y habla sin sarcasmo" fue la frase que oí en mi mente.

Nos miramos y quise mostrarme como un angelito, aunque claramente no me creyó.

—Lo haré, Adrián—, le dije—. Siempre lo hago.

—¿Es un chiste?—, me dijo con ironía.

Se volteó y caminó en dirección a la barra.

Fui con velocidad a trabajar en las mesas que me habían asignado. Debía apurarme a atender a los clientes, en caso de que José hubiera cambiado de opinión. Francis se veía ajetreada, incapaz de atender a tantas personas. De hecho, le costaba atender una sola mesa.

Me costaba comprender cómo trabajaba en el bar si no tenía las habilidades para trabajar con tantos clientes, pero luego veía sus enormes tetas que casi salían de sus sostenes, y lo entendía todo.

Solo se requería que sonriera a los clientes y los tratara con gentileza, y de vez en cuando pusiera sus senos sobre las mesas.

La inteligencia no era estrictamente necesaria para trabajar ahí. Parecía sencillo después de todo. Pero incluso a mí, luego de años de experiencia, me costaba. Muchas veces sentí ganas de golpear a varios de esos pendejos.

—Francis, voy a relevarte—, le dije.

—¡Vaya!. No te imaginas cómo te lo agradezco—, me dijo—. En la mesa de la esquina derecha hay dos clientes. Son unos estúpidos infumables. Quisiera patearlos en las bolas.

Vi donde me señalaba Francis. Supe quiénes eran. Sonreí al verlos.

—Los conozco—, le dije—. El de la derecha no es tan patán después de todo.

—Si no me equivoco, es Alejandro Smith.

Asentí con mi cabeza.

—Sí, y es más agradable que su amigo.

Francis encogió sus hombros.

—Bueno, me parece bien si crees eso, pero creo que la elección de los amigos aclara muchas cosas sobre alguien.

Pensé que ella podía tener razón o simplemente se equivocaba al generalizar. No quería creer que Alejandro fuese como su amigo Osvaldo.

Apenas habíamos cruzado palabras, pero me parecía un buen hombre, con principios y respetuoso de las mujeres. Sin embargo, recordé que apenas sabía algunas cosas sobre él. En esos casos, casi todo el mundo parece tener principios y respetar a las chicas.

—Mejor vete—, le dije—. Adrián podría verte y pedirte que trabajes horas extra. Ya lo conoces.

Francis me obedeció y se marchó velozmente.

Quedé de pie ante la mesa. Osvaldo me vio y me sonrió con malicia. Alejandro, en cambio, mantenía la cabeza agachada, concentrado en su teléfono celular.

—Vaya. Al parecer tiene que estar cerca de mí siempre—, les dije con ironía—. Incluso la noche de un lunes. Me alegra causarles tanta emoción.

Vi únicamente a Alejandro cuando pronuncié esas palabras. Puso su celular sobre la mesa y levantó su mirada. Una rara sonrisa se asomó en sus labios y sus ojos brillaban con intensidad.

—Realmente me cuesta estar lejos de ti—, me dijo.

Osvaldo me vio y luego observó a Alejandro. Estaba visiblemente sorprendido. Su boca estaba abierta, pero no podía decir ni una palabra. Mierda, yo tampoco podía. Osvaldo era el que solía decir frases así, no Alejandro.

—¿Les traigo lo de siempre?—, les pregunté, buscando parecer calmada.

Pero Alejandro me miraba con furia y me sentí levemente excitada. Y si continuaba mirándome con tanta intensidad, me sentiría más caliente, así que debía escapar de sus ojos. Debía evitar a toda costa que creyeran que podían intimidarme con sus miradas.

Mi carácter era fuerte, no tenía reparos para decir lo que pensaba y me mostraba molesta ante cualquier abuso. Así me habían visto y quería mantener esa imagen ante ellos.

—Para mí sí—, me dijo Alejandro.

Sentí que sus ojos azules eran como un mar en el que me zambullía. Podría ahogarme en ese profundo océano. Imaginé que miles de chicas habrían sentido lo mismo. Quise hablar, reaccionar, pero sus ojos me afectaban y me impedían pensar con claridad.

Mierda. No podía controlarme.

—Pediré lo mismo que Alejandro—, me informó Osvaldo.

Apenas si me acordaba que Osvaldo estaba ahí. Ese recordatorio me causó un sobresalto. Alejandro volvió a ver su teléfono y sentí cómo la calma volvía a mi cuerpo pausadamente.

—¿Vendrá tu novia más tarde?—, le pregunté, con cierta resequedad repentina en mi garganta.

—De hecho... Mejor olvídalo.

Osvaldo me miró con malicia y movió sus manos.

—Alejandro ya no tiene novia. Ese es el motivo por el cual venimos a este bar con más frecuencia, pero supongo que ya lo has notado. Quiere conocer a alguien y salir.

Alejandro se molestó y guardó su teléfono celular en uno de los bolsillos de su pantalón.

—Osvaldo, eso no es verdad.

—¿Entonces por qué te suscribiste a un servicio de citas por internet?—, le preguntó.

—Buscas en internet una chica—, dije riéndome—. Pensé que los ricos salían a los bares para conquistar mujeres o que los hombres adinerados y decentes buscaban en otros sitios. No creo que en internet puedan conseguir a una mujer seria.

Osvaldo volvió a opinar sin que nadie se lo pidiera.

—Quizás eres muy exigente—, me dijo.

—Puede que tengas razón, pero prefiero ser exigente en vez de que me contagien una enfermedad de transmisión sexual—, le dije mientras lo miraba con molestia.

Osvaldo se veía abrumado.

Me vio con tal furia que sentí temor de lo que pudiera hacerme.

Giré y sentí cómo sus ojos me lanzaban puñaladas de maldad.

Luego me vio de los pies a la cabeza, y sus ojos eran como un zarpazo a mi vestido. Quería desnudarme.

Ya había recibido miles de miradas de ese tipo y sabía que seguiría sucediendo. Pero Osvaldo iba más allá con sus ojos enfermizos.

Me veía con tanta lujuria que sabía que quería llevarme a la cama y hacerme miles de cosas. Humedecía sus ojos mientras su mente vagaba por esos placeres sexuales que yo jamás estaría dispuesta a darle. Él me consideraba un juguete, un cuerpo con dos senos y una vagina que llenar. No me veía como una persona, se notaba en sus ojos.

¿Estaría Osvaldo de mal humor o yo había pasado los límites con mi cruda sinceridad? No me quedaría para disipar mis dudas. Quería huir de su mirada lasciva.

—Iré a buscar sus tragos—, les dije.

Casi corro para estar lejos de esa mesa. Sentí cómo Osvaldo me recorría con sus ojos. Estaba asustada y debí respirar profundo varias veces.

José salió de la cocina y se sirvió una bebida.

—Cariño, ¿te sucede algo?—, preguntó.

—No—, le respondí. Pasé la orden a otra de las camareras.

—¿Estás segura? Parece que te clavaron una estaca en el culo.

—José, ya te dije que no me pasa nada.

Soné más altanera que de costumbre. Me arrepentí de inmediato de expresarme de esa forma, incluso con los antecedentes de José conmigo.

Temprano había sido mi padre, después había sido Osvaldo y ahora era José. Los hombres se habían portado para la mierda ese día y necesitaba tranquilizarme para poder soportar todo el turno, que apenas empezaba. Debía sobrellevar el maltrato de todo el mundo sin perder los estribos. Necesitaba el trabajo.

—Recuerda que me debes un favor—, me dijo José—. ¿Te quedó claro?.

—Me dijiste que no me pedirías nada a cambio—, le respondí con molestia.

Me costaba calmarme, incluso sabiendo que José se había portado bien conmigo recientemente.

—Habría pasado toda la noche lavando esos platos de mierda si hubiera sabido que me lo echarías en cara—, le seguí reprochando.

—Quizás si me debas un favor después de todo, Gabriela—, me dijo José. Sus ojos estaban llenos de rabia.

—¿Sabes qué? No te debo un carajo—, le respondí mientras tomaba las bebidas que la otra camarera había servido.

Giré, pero una fría mano tocó mi culo. Mi piel se erizó y no pude moverme. Las bebidas estaban en mi mano y José buscaba inquietante bajo mi falda. Tocó mis muslos como un depravado y luego subió hacia mis caderas. Puso su boca húmeda sobre mi oído y sentí su aliento lleno de alcohol.

—Sí que me lo debes, Gabriela. Me debes un favor y me lo pagarás si quieres seguir trabajando aquí—, me dijo con lujuria.

Me asusté como nunca, sentí que los escalofríos recorrían mi piel y las bebidas estaban a punto de caer de mis manos. Pero no las dejé caer. Con una intensidad que no había sentido antes, me alejé de él y tomé las bebidas con mi otra mano. Se las arrojé en su cara.

—¡Jamás vuelvas a tocarme, hijo de puta!—, le grité.

Lloré a cántaros.

Estaba tambaleándome mientras golpeaba a José.

Se defendía como podía con sus manos, pero yo rasguñaba sus brazos y seguía golpeándolo.

Caí al suelo y él trató de levantarme, pero continué dándole fuertes puñetazos.

Seguí luchando y luchando, incluso mientras él me levantaba del suelo.

Intentaba sacarme de la barra y llevarme a la cocina, pero yo solo pensaba en huir de él o golpearlo más y más.

La rabia no me permitía pensar.

7

ALEJANDRO

La gente gritaba sin parar, y cuando me levanté para ver qué sucedía, Gabriela estaba entre los brazos de un sujeto alto.

Él trataba de sacarla de la barra y ella lo arañaba con fuerza.

Ambos estaban muy agitados, y ella parecía un animal salvaje.

Osvaldo subió a la mesa para ver mejor. Estaba impactado por lo que veía.

—Mierda. Tal parece que tu chica repentinamente enloqueció—, me dijo.

Salté de la mesa y fui hacia al bar, obedeciendo a un impulso que no sabía de dónde venía.

El sujeto llevó a Gabriela hacia atrás con mucha fuerza. La sangre caía al suelo y en ese momento yo no sabía quién sangraba.

—¡Jamás vuelvas a tocarme! ¡Jamás en tu miserable vida vuelvas a hacerlo!—, gritó ella, señalando al tipo alto.

—Haré lo que quiera—, le respondió él.

Lanzó un golpe y su codo golpeó una de las mejillas de Gabriela. Había visto suficiente como para perder los estribos.

Separé a las personas que veían la escena y protegí a Gabriela del tipo alto antes de que él notara mi presencia. El patán me vio desafiante.

Lo golpeé con toda la fuerza que pude. Resbaló mientras llevaba sus manos a su ensangrentada nariz y lanzaba alaridos de dolor.

Se quitó las manos de la cara y cuando reaccionó me miró sorprendido. Descubrió el río de sangre que salía de su nariz. Se asombró aún más por el líquido cayendo sobre su pecho.

Sentí que era imposible que aceptara que lo había golpeado con tanta contundencia en la nariz. Quizás nadie se había atrevido a ponerlo en su lugar de esa manera.

—¡La señorita dijo que te alejaras!—, le grite.

—¿Me conoces?—, me dijo con burla mientras se secaba las fosas nasales—. ¿Conoces a mi padre?.

—No los conozco y no me importa quiénes son—, le respondí—. Solo sé que cuando una mujer te pide alejarte, debes hacerlo.

El tipo alto se abalanzó sobre mí, queriendo golpearme, pero yo me anticipé al golpe. Era alto, pero yo era aún más alto, por unos cuantos centímetros, así que aproveché mi ventaja.

Lanzó un puñetazo que quedó en el aire, lo tomé por su antebrazo y lo sujeté. Quedó inmóvil y gritando por el dolor.

Había asistido a clases de kárate y parecía que había aprendido algo después de todo. Agité su codo sobre su espalda y volvió a gritar. Trataba de separarse de mí, pero yo lo apreté con fuerza y me preparé para causarle más daño si se atrevía a tocar a Gabriela de nuevo.

—Deberías irte y dejarnos en paz—, le dije con firmeza—. ¿Entendiste o te hace falta otro golpe?.

Escuché una voz cerca de nosotros y todos se separaron para abrir paso.

—¡José!—, gritó la voz nuevamente, cada vez más cerca.

La voz era de Adrián, el dueño del bar. Se veía molesto. Evidentemente tenía razones para estarlo.

—Señor Smith, le pido que suelte a mi hijo o tendré que llamar a la Policía.

Estaba molesto, pero hablaba con tranquilidad. Pensé en el momento que vivía mi familia, y no quise que estuviéramos en la mirada de todo el mundo.

Giré mi brazo y lo alejé de mí.

Oí cómo gritaba de nuevo y me sentí satisfecho. Lo separé de mí lo más que pude y vi su rostro de pura rabia. Se acercó a mí con rapidez y quiso golpearme, pero su papá lo tomó por la espalda.

—¡Ustedes!—, gritó Adrián mientras nos apuntaba con sus dedos a Gabriela y a mí, y luego siguió hablando—, ¡váyanse ahora de mi bar. No quiero volver a verlos!.

—Seguro—, le dije—. De todos modos, no quiero gastar mi dinero en un sitio que permite que sus camareras sean tocadas por los clientes. Te prometo que mis amigos sabrán qué clase de bar es este, Adrián.

Giré para salir y vi a Gabriela.

Su cara estaba triste, pero también noté molestia en sus ojos luego de unos segundos. Pude ver que ya no tenía el aro en su nariz, quizás por la pelea con José. Estaba tan tensa que se parecía a José después de recibir mi golpe.

—Creo que fuiste muy lejos. Yo podía defenderme sola—. Frunció su ceño y me miró como si me odiara.

—Sí, lo sé—, le respondí.

Adrián seguía gritando detrás de nosotros.

—¡Gabriela, sal ahora!. Me aseguraré de que no encuentres trabajo en ningún bar.

Gabriela quitó sus ojos de los míos y buscó la cara de Adrián.

Ahora se veía aterrada por las nuevas circunstancias que estaba viviendo. Empezó a llorar y lo vio como si quisiera pedirle piedad.

Giró de nuevo para verme unos segundos. Su rostro denotaba mucha tristeza.

—Adrián, no puedes culparme de lo que pasó—, dijo entre lágrimas—. Te pido por lo que más quieras que me des una última oportunidad.

—¡No!—, le respondió de inmediato Adrián.

Ese monosílabo bastó. Era una sola palabra, un monosílabo, pero bastaba para saber que Gabriela no volvería a trabajar en ese bar.

Eso no cambiaría, aunque ella se arrodillara o suplicara. Mostraba un semblante firme y retador, como acostumbraba, pero noté cómo se sentía triste debajo de esa máscara. Tomé sus manos y me permitió dejarlas allí.

—Gabriela, vámonos—, le dije en su oído.

Su agradable aroma a dulce y miel me atrapó.

—Vámonos antes de que nos echen.

Los agentes de seguridad iban hacia nosotros con la intención de sacarnos por la fuerza. La gran cantidad de clientes, sin embargo, no abrían paso para ellos tan fácilmente, como sí habían hecho para que pasara Adrián.

Ella giró y separó sus manos. Secó su llanto y volvió a mostrar su cara desafiante.

—¿Por qué no me dejas tranquila?—, me dijo—. Puedo valerme por mí misma.

Me habló con mucha firmeza, y tenía razón. Era una mujer adulta y podía resolver sus asuntos sin mi ayuda. Tenía que abandonar el lugar rápidamente, pero algo dentro de mí me impedía dejarla sola en medio de ese caos.

Yo le había dado unos golpes al hijo del dueño del bar y ahora estaba involucrado. Debía dar la cara, quedarme a su lado y soportar lo que viniera.

Miró a Adrián fijamente. Los agentes de seguridad fueron hacia ella. Uno de esos tipos altos sujetó su brazo, pero ella se alteró y lo retiró de él.

—¡Aléjate, pendejo!—, gritó ella.

—Gabriela, acompáñame a la puerta—, le dijo el sujeto con firmeza—. Tienes que irte.

Inhalé todo el aire que pude.

—Vamos. Gabriela. Salgamos de aquí.

Evitó mirarme mientras abría paso con sus manos entre los agentes. Vi cómo caminaba y salí a acompañarla. Me puse a su lado mientras los vigilantes nos escoltaban. Gabriela abrió las puertas con tanta rabia, que el portero de la zona exterior casi cae frente a nosotros.

Salimos y me dejó solo. Siguió caminando unos pasos y Osvaldo me llamó desde la salida del bar.

—Alejandro, ¿quieres volver?—, me preguntó—. Mierda, ya ella se fue. Podemos volver y pasar tranquilos el resto de la noche.

—No me interesa volver a ese cuchitril—, le dije.

Me concentré en Gabriela.

Dejó de caminar a unos siete metros de mí y contempló el edificio. Se puso de rodillas y llevó sus manos hacia sus ojos. Podía escuchar cómo lloraba con dolor, incluso desde la distancia. Lloraba sin cesar y su cabello estaba desordenado.

Empezó a golpear el piso.

Fui hacia ella. Me percaté de que nudillos sangraban, pero actuaba como si nada le pasara.

—¿Por qué sigues aquí?—, me preguntó. Sus manos seguían sobre su cara—. Te pedí que te alejaras de mí. ¿Acaso no entendiste?.

—¿Te encuentras bien?—, le pregunté.

—¿Tú qué crees?—, me respondió.

Me miró, y el pánico que se asomaba en su cara era el mismo que había mostrado antes en el bar cuando hablaba con Adrián.

Agitó su cabeza y volvió su mirada hacia al piso otra vez.

—Es increíble que esto esté pasándome—, me dijo, y apenas pude oírla por la suavidad de su voz.

Osvaldo llegó y se ubicó a nuestro lado. Vio a Gabriela. Ella no lo notó o quiso ignorar su presencia.

—Vaya, creo que realmente perdiste los cabales en el bar—, dijo mientras sonreía irónicamente.

—¿Por qué mejor no te comes una montaña de mierda?—, le dijo ella sin siquiera ver su cara—. No tengo ganas de escuchar tus estupideces. Gracias a ustedes perdí mi trabajo. ¿Les cuesta mucho entender que ya no quiero volver a verlos?.

Me quedé ahí, negándome a retirarme, y ella me vio como si me odiara.

Se levantó y retomó su camino.

Fui tras ella y empecé a caminar a su lado.

Descubrió que estaba cerca de ella y me vio con ganas de matarme. Si se le presentaba la oportunidad, me patearía las bolas sin dudarlo.

—¿Por qué no te vas?—, me preguntó.

—Porque me gustaría ayudarte.

Rió, pero no era una risa de alegría precisamente. Se oía de una forma diferente, ácida y molesta.

—¿Tú? ¿Quisieras ayudarme?—, dijo con ironía—. Y yo tengo que confiar en ti porque... ya lo recuerdo, ¿me ayudaste con mi jefe para que pudiera ir al baño?.

—No. Me gustaría que me creyeras porque no soy un idiota como Osvaldo—, respondí.

—Vamos, amigo...—, dijo Osvaldo cuando me oyó.

Yo no lo había notado. Estaba detrás de nosotros, y solo lo supe cuando empezó a hablar.

Giré para verlo.

—Osvaldo, ¿no crees que deberías volver al bar?—, le pregunté.

—Lo haré si me acompañas—, me dijo—. Hay unos cuantos culos ahí y estoy seguro de que querrán sentarse con nosotros.

—Ya no quiero volver a ese antro—, le dije—. Solo quiero que Gabriela llegue bien a su casa.

—Gracias, pendejo, pero puedo ir sola—, dijo ella—. He vuelto sola a mi apartamento todas las noches, todos estos años. No necesito una niñera que me cuide. Ya estoy grandecita.

—Pero esta noche tienes una herida y estás sangrando—, le dije.

Por primera vez vio sus manos y se percató del sangrado. Lucía muy sorprendida. Vio cómo sus dedos estaban rotos y sangraban.

Quizás había sentido dolor, pero no había notado la sangre saliendo de sus manos. Pensé que tal vez el estrés había causado ese efecto.

—Amigo, tienes que reconocer que te atraen las chicas alocadas—, ironizó Osvaldo.

Gabriela abrió sus ojos de par en par frente a mí. Vi un dolor en sus ojos que no había visto hasta ahora.

Giré, vi a Osvaldo y lo empujé. Estaba sorprendido y no sabía qué decirme.

—Osvaldo, vete. Vete ya—, le ordené.

—¿Por qué tengo que irme?—, me preguntó. Su sonrisa sarcástica apareció de nuevo en su cara—. ¿Crees que si me voy podrás tirártela?.

Me molesté tanto con su pregunta que le propiné un contundente puñetazo. Fui hacia atrás para impulsarme y se lo asesté en la nariz, como ya le había hecho a José en el bar.

Osvaldo se balanceaba, y sentí que dar unos buenos golpes a patanes como él me relajaba.

Me relajaba mucho. Conocía a Osvaldo hacía muchos años, pero cuando vi cómo se comportó en el bar con Gabriela y había hecho comentarios despectivos sobre ella y las mujeres en general, noté que nuestros comportamientos estaban a miles de kilómetros de distancia.

Ya no podía considerarlo mi amigo.

Su cara fue hacia atrás por mi golpe.

Después de unos segundos, se recompuso.

Osvaldo dio unos pasos hacia mí. Era un tipo alto, más alto que José, pero no solía pelear. Intentó golpearme, pero frené su golpe con mi mano y lo alejé de mí.

—Osvaldo, vete—, le dije—. No querrás pelear conmigo y recibir una paliza.

Osvaldo volvió a retroceder. Su mirada destilaba mucho rencor. Su boca sangraba, al igual que su nariz. Escupió y una gota sangre cayó al suelo en medio de la saliva.

Agitó su cabeza.

—Vete a la mierda—, me dijo. Me apuntó con su dedo índice—. Tú y yo no hemos terminado. Será mejor que te protejas, 'señor Smith'—, me dijo con burla.

Lo vi caminar en dirección al bar.

Pensé que Gabriela se había ido, pero seguía allí. Me sorprendí. Ella me veía fijamente, con su cara todavía tensa. Estaba visiblemente molesta, pero al menos no se había ido.

—¿Entonces sigues actuando como un machito para impresionarme?—, me dijo.

—Claro que no. No he hecho nada para impresionarte—, le dije sonriendo—. Esa sería mi última intención. Pero estoy contento de que sigas aquí… conmigo.

—Para ser sincera, me gusta ver cuando un pendejo como Osvaldo recibe su merecido—, me dijo.

—Entonces nos parecemos en eso—, le dije.

Sonrió levemente al escucharme.

—¡Vaya! ¡Puedes sonreír!—, le dije—. Ya creía que no podías hacerlo, que solo podías estar molesta.

—¿No puedes guardar silencio, aunque sea solo por un momento? —, me dijo ella, y volvió a reír.

Golpeó mi pecho con suavidad.

Mostré una cara de intenso dolor, como si realmente sintiera que mi pecho se quebrara por su golpe. Me sonrió amablemente, pero volvió a ver el piso rápidamente.

—No me hace falta compañía—, me dijo—. Estoy bien y puedo llegar mi apartamento sola.

—Estoy seguro de que podrás—, le dije—. Eres una mujer valiente y con carácter fuerte, pero pensé que te gustaría celebrar que ya eres libre.

Vi por la calle desesperadamente, en busca de cualquier lugar en el que pudiera compartir un rato con ella. Tras unos segundos que parecieron interminables, divisé un restaurante que abría veinticuatro horas. No lucía saludable, pero era mi única opción.

—Acompáñame a comer algo—, le dije para invitarla.

—Gracias, pero no. Comeré en mi apartamento—, me contestó.

—Yo pagaré la cena—, le dije para convencerla—. Es mi manera de disculparme por todo lo que ha pasado.

Miró la calle de arriba a abajo, como si no supiera si negarse a mi invitación o aceptarla. Pensé que diría cualquier cosa para escurrirse, como que alguien la esperaba o debía visitar a alguien en el hospital.

Entonces fui sobre ella. Tomé su brazo y la llevé hacia el restaurante. Inicialmente titubeó, pero después de unos instantes comenzó a caminar conmigo calmadamente.

Había logrado dar un paso de gigante: caminaba a mi lado sin discutir.

8

GABRIELA

Después de quedar sin empleo, no podía rechazar una cena gratuita. Si no sabes dónde comerás al día siguiente porque estás desempleado, lo último que puedes rechazar es una cena como obsequio.

Sentí un hambre alarmante en mi estómago, tanto que empezó a gruñir. Deseé que Alejandro no hubiera escuchado ese desagradable sonido.

No lo oyó o decidió ignorarlo. Eso significó mucho para mí.

Entramos y el restaurante era similar a todos los de comida callejera. No era ni mejor ni peor, solo era igual. Estaba justo en la calle que separaba El Barrio de las Estrellas del resto pobre de la ciudad.

Si caminabas apenas unos metros, verías restaurantes de mala muerte, edificios abandonados, drogadictos y prostitutas que buscaban a alguien para aprovecharse o personas sin hogar durmiendo en medio de la calle.

A pesar de todo, el restaurante no era el peor lugar del mundo, pero Alejandro no estaba vestido precisamente para la ocasión. Estaba tan elegante que simplemente no encajaba en el lugar. Unas gotas de sudor caían por su hermosa cara.

Vio el menú, pero rápidamente me penetró con su mirada azul, tan intensa como las olas del mar.

Había ido a los sanitarios a limpiar la sangre que quedaba en mi cara, pero muchas gotas habían caído sobre mi ropa.

Intenté cubrir mi camiseta con mis manos y los comensales me notaron, asombrados, pero luego volvieron a sus comidas.

Supuse que ya habían visto miles de mujeres ensangrentadas.

—Ten—, me dijo Alejandro. Se quitó su chaqueta y me la extendió.

—Gracias, pero creo que la llenaría de sangre—, le dije.

—No te preocupes. Me las arreglaré. Debo insistir—, me dijo.

Rechacé su oferta una vez más.

Él se levantó para ponerse cerca de mi espalda. Cubrió mis hombros con su chaqueta y volteé para ver sus impactantes ojos. Sentí que el azul de sus ojos atravesaba mi alma. Mi cuerpo se estremeció.

—Esta chaqueta parece muy costosa—, le dije.

—Lo importante es que tienes frío y no permitiré que tu espalda se congele—, me dijo—. Si puedo hacer algo por ti, lo haré. Además, creo que nadie debe ver la sangre en tu ropa. Se harán la idea de que acabamos de matar a alguien. Lo que menos quiero es que la Policía se acerque a nosotros.

Sonrió y volvió a su asiento.

Se había dado cuenta de que me preocupaba estropear una chaqueta que me parecía costosa, así que abrió la boca para comentar algo al respecto.

—Y no te preocupes por el precio, Gabriela—, dijo—. Realmente no es importante para mí. Tengo varias parecidas a esa. Además, la tintorería puede limpiarla y dejarla como nueva.

—Parece que ya te ha pasado, ¿o me equivoco?—, le dije.

Se sorprendió con mi chiste. Yo también. Él sonrió, y sus labios parecieron una lluvia de alegría que caía sobre mi cara.

Mierda.

¿Por qué tratas de ilusionarte con el atractivo de un hombre rico con el que obviamente no tendrás ninguna oportunidad?, me pregunté mentalmente. Cena contigo porque le das lástima. Se entristeció un poco por ti, y ya. No pasará nada más. Disfruta la cena, conversa con él y fin del asunto, pensé.

—Gabriela, eres una mujer muy interesante, muy hermosa—, me dijo—. Supongo que debes estar acostumbrada a oírlo.

—Bueno, en realidad no me lo dicen con frecuencia—, le dije en voz baja.

—Pues es la verdad—, me dijo—. Y lo justo es que lo escuches con más frecuencia.

Me estremecí desde los cabellos hasta los pies. Ese guapo hombre me acababa de decir que yo le parecía una mujer hermosa. Sentí cómo un rojo intenso aparecía en mis mejillas. Un fuego ardiente recorría mi cuerpo y traté de revisar el menú en lugar de mostrar cómo mi cuerpo se debilitaba por sus palabras.

Luego de un instante, nuestra camarera llegó con agua. Tomó nuestro pedido y pudimos empezar a conversar, con el silencio por la soledad del lugar como telón de fondo.

Sentí que Alejandro había elegido este lugar precisamente por esa razón.

Era un lugar con pocos clientes, ninguno de los cuales sabría quién era. Estábamos a una cuadra de los barrios más pobres, y yo era una habitante de uno de esos barrios.

Mi mirada contempló las esquinas cercanas, y recordé cómo había vivido en uno de esos apartamentos deteriorados, los cuales fueron años duros por el maltrato de mi padre.

Cada cierto tiempo esos recuerdos dañinos volvían a mí cabeza para atormentarme.

Tomé agua y quise ahogar mi dolor en ese vaso.

—Gabriela ¿puedo preguntarte qué sucedió en el bar?—, me pregunto, cortando el silencio reinante.

—Por supuesto que puedes preguntar, pero no estoy obligada a responderte—, respondí rápidamente.

Alejandro exhaló profusamente. Me miró como si escudriñara mi mente, tratando de solucionar un complejo acertijo que nadie había podido descifrar.

En su mirada había un hilo de misericordia que me obligaba a mantener mis ojos sobre él.

Osvaldo y José, como otros tantos clientes en el bar, me veían como una mercancía, una presa a la cual arrojar a una cama para poseerla y luego desecharla. Pero Alejandro no me había visto de esa manera.

Me miraba con misterio, no como si quisiera desnudarme.

Esos ojos me mostraban expresiones que yo no había visto y me resultaban interesantes.

—¿Pasa algo?—, le pregunté—. Siento que me miras de un modo extraño.

—¿Extraño cómo?—, me inquirió.

—Extraño como si quisieras saber lo que pienso.

—¿Preferirías que viera tus senos?—, me preguntó.

—Me resultaría más familiar—, le dije mientras abría ampliamente mis ojos—. Eres bueno fingiendo, pero eres como todos los hombres.

—¿A qué te refieres?—, me preguntó—. A estas alturas, me siento un poco confundido.

—José, Osvaldo—, le dije—. Los otros pendejos que van al bar todos los fines de semana. Son hombres ricos que creen que su dinero creció en los árboles. Tipos que se creen con derecho a joder a las mujeres.

Encogió sus hombros y tomó agua. Me miró fijamente y bebió su agua con lentitud.

—No me veo a mí mismo como uno de esos idiotas—, me dijo—. Pero la respuesta dependerá de la persona. Por ejemplo, en este momento Osvaldo sí me ve como un idiota, y seguramente José y Adrián piensan lo mismo.

La camarera llegó con nuestros platos y casi brinco de la emoción.

Era comida recientemente preparada y estaba caliente. Veía tocino, huevos y panqueques justo frente a mí. Mis entrañas se apretaron más que antes y se me hacía agua la boca.

Alejandro, en cambio, tenía frente a él una hamburguesa grande con papas fritas. Me pareció muy raro que pidiera algo así, pero de todas formas en el menú no había langosta o caviar, o alguno de los platos que pensé que comían los tipos ricos como él.

Llené mi tenedor de comida y lo llevé a mi boca. Sentí que llegaba al paraíso con los deliciosos sabores en mi paladar.

Alejandro tomaba sus papas fritas una por una y se veía animado. Noté que comía con más lentitud que yo, así que empecé a comer con más calma.

Quizás la imagen que yo ofrecía no era la mejor para el momento.

—Alejandro, disculpa—, le dije mientras limpiaba mis labios con una —. Tengo mucha hambre.

—No tienes que disculparte—, me dijo—. Las chicas como tú, que comen con ganas, me encantan. Hay chicas en El Barrio de las Estrellas que prefieren pasar hambre para adelgazar. Piensan que así se verán atractivas. Yo invito a alguien a cenar y me gusta ver cómo disfruta cada bocado.

Ya había visto el cuerpo de Alejandro y sabía que estaba en buena forma, así que me costó creer que comía hamburguesas a menudo. Su novia, o, mejor dicho, su exnovia, era una modelo, de esas que usan vestido que dejan ver sus huesos.

Era alta y muy delgada, así que pensé que comía hamburguesas solo porque le gustaba comerlas a cada tanto. O tal vez solo estaba equivocada.

Quizás solo quiso ser amable conmigo. Pensé que lo hacía por mí y proseguí la conversación.

—Dime, Alejandro, ¿sentiste unas ganas repentinas de ir a los barrios pobres esta noche?—, le pregunté—. ¿Por qué decidiste entrar conmigo a este lugar?.

—¿Y por qué no lo haría?—, me dijo mientras encogía sus hombros.

—Eres un tipo muy atractivo. Por atractivo quiero decir rico—, le dije—. Yo soy, o era, bueno, una camarera. No soy nadie. No quiero que pienses mal, te agradezco la cena, pero tú yo pertenecemos a mundos diferentes.

Rió. Al cabo de un rato finalmente llevó un trozo de hamburguesa a su boca.

Las salsas caían por su boca. Mordí mis labios mientras imaginé el sabor de sus labios.

Alejandro humedeció sus labios, como si alguien se lo hubiera suplicado. Esa maniobra me pareció extremadamente sexy y orgásmica. Apenas reaccioné cuando una ola de calor estremeció mis muslos.

Moví mis caderas, tratando de detener el intenso calor en mis entrañas y las mariposas en mi pecho. Sabía que mi cara reflejaba lo que sentía. Sabía que era evidente, como un aviso publicitario en mi frente o un bombillo en mi nariz.

Ver a Alejandro Smith comiendo una hamburguesa con queso era un himno a la sensualidad.

Mi mente paseó por su boca mientras la imaginaba comiendo otra cosa. Otra vez mis mejillas se ruborizaron.

—¿Qué sucede?—, me preguntó.

Me sonrió con malicia de nuevo.

—No pasa nada. Es solo que…

Debes pensar en algo rápidamente, me dije. Dile algo que no parezca una completa locura ni te haga quedar como una idiota.

—Es solo que no sé qué conversar con una persona como tú—, le dije.

—¿Una persona como yo?—. Levantó sus cejas—. No soy un actor famoso ni nada por el estilo. Soy un hombre común y corriente. Cuando conversas con un hombre común, ¿de qué hablas?.

«Tú no eres un actor famoso. Eres más guapo que cualquiera de ellos», pensé decirle. Pero no lo hice, y lo miré de arriba a abajo.

—Por favor. ¿Me dices que eres un hombre común y corriente?—, le dije entre risas—. No tienes nada ni de común ni de corriente.

—¿Eso es lo que piensas?—, me dijo.

—Bueno, ¿qué crees que pasa con las personas comunes?—, me preguntó.

Reflexioné su pregunta y luego le respondí:

—Tienen serias dificultades—. No son problemas como... '¿qué auto manejaré hoy?' '¿Manejaré una de mis motocicletas?', o ¿en qué país pasaré mis vacaciones este año?'. Hablo de dificultades reales, como '¿podré pagar el alquiler este mes?', o ¿qué haré con mi vida ahora que me despidieron?.

—Entonces te preocupa pagar el alquiler—, me preguntó, con un tono reflexivo.

—¿Te parece que no puedo hacerlo?—, le pregunté, con un tono desafiante.

Evitó responderme. Fue lo mejor que pudo hacer. Cualquier cosa que me dijera me molestaría, y él lo sabía. Era un tipo muy inteligente. Aparentemente, tenía una habilidad única: la de entenderme mejor que nadie. Sabía evitar burlarse de mis problemas. Comenzó a gustarme eso de él.

Pero eso es una cagada, Gabriela. Una gran cagada, pensé.

De todos modos, me costó frenar mis ímpetus verbales. Todas las palabras salieron de mi boca sin que pudiera evitarlo. Parecía que había un ventilador esparciendo mis palabras.

—De acuerdo, Alejandro, me descubriste—, le dije—. No sé cómo llegaré a fin de mes porque quedé sin empleo, y eso me aterra.

Alejandro me miró. Una expresión apareció en su cara, pero no sabía qué sentía. Me descubrí revelando mis temores, y eso me hizo sentir otra ola de calor.

—Discúlpame—, le dije.

—Ya sé que no es tu culpa y probablemente no quieres escuchar mis problemas.

—No tienes que disculparte, Gabriela. Puedes contarme todo—, me dijo.

Me hablaba con caballerosidad.

—Puedo estar contigo toda la noche. Además, no soy bienvenido en muchos lugares. Mi antiguo mejor amigo ya me detesta porque no soy como él, y mi novia y yo rompimos porque fue infiel y la dejé de inmediato.

Una leve sonrisa apareció en su lindo rostro. Trataba de mostrarse animado, como si acabara de decir un chiste, pero yo me sentí terriblemente impactada por su última revelación.

Lo vi y tuve que apoyarme con fuerza para no caer sobre la mesa. Había reconocido una infidelidad de su novia.

—¿Tu novia fue infiel?—, le pregunté. No podía creerlo.

—Hablábamos de ti, no de mi exnovia.

—Tienes razón. No me incumbe, pero… es una perra—, le dije—. Una perra y una idiota.

¿Cómo era posible que una mujer engañara a Alejandro? Lo entendería si fuese alguien como Osvaldo, pero Alejandro era un hombre atractivo y parecía exitoso en el ámbito profesional. Hasta ese momento, me parecía un hombre agradable, con quien valía la pena estar. ¿Qué mujer sería tan zorra como para serle infiel?

Alejandro rió.

—En eso tienes toda la razón—, me dijo—. Pero quiero saber de ti. Que me digas por qué te molestaste tanto en el bar.

—¿Por qué quieres saberlo? ¿Eres psicólogo o estás estudiando la carrera?—, respondí.

—No—, me dijo entre risas—. Es que no me gusta que las buenas personas se irriten tanto.

—¿Te parezco una buena persona?—, le pregunté con curiosidad.

Me vio con una tímida sonrisa.

—Soy bueno analizando a los demás—, me dijo.

—Qué dulce—, le dije, y continué:

—Pero no necesito un analista ni un príncipe azul que me rescate del fuego. Soy independiente y puedo valerme por mis propios medios.

—Sé que lo eres, y por eso me gusta estar contigo, entre otras razones —, admitió.

Tomó agua, pero siguió mirándome fijamente.

—Honestamente, no he conocido a otra chica como tú.

Abrí mis ojos de par en par.

—Sucede que todas las mujeres son iguales, pero yo soy un unicornio—, le dije, y reí—. Alejandro, esfuérzate. Puedes decirme algo mejor.

—De acuerdo—, me dijo—. Dices lo que piensas sin temor y no soportas injusticias de nadie, incluyéndome. Eso me agrada.

—Gracias… creo—, le dije. Sonreí, aunque creo que no lo notó.

—De nada—, me respondió—. Es un cumplido.

Terminamos nuestras comidas.

Sentí algo de vergüenza por haber comido todo antes que él acabara su plato. Vi que Alejandro solo había comido la mitad de su hamburguesa y algunas papas fritas. Sentí el doble de pena. No supe si no tenía hambre o no le importaba su plato.

—¿Puedes decirme si buscabas a una chica en uno de esos sitios de internet?—, le pregunté—. No creo que hayas hecho eso.

—No era un sitio de citas cualquiera—, dijo entre risas—. No me rebajaría tanto.

—Supongo que al final sí lo hiciste—, le dije, abriendo bien mis ojos—. Me cuesta pensar que alguien como tú tenga que recurrir a un sitio de citas para encontrar a una mujer. Solo puedo pensar que tiene que quitarse las mujeres de encima, señor Alejandro Smith. Y todas esas mujeres que llegan a su alrededor deben ser tan ricas y sexys como usted.

Había hablado con ironía, pero me di cuenta de que había rastros de verdad en mis palabras.

Todo lo que había dicho era lo que pensaba, aunque me pareció que creería que estaba loca por él. De todos modos, sentí que debía hacerle saber que lo veía como un hombre con facilidades para encontrar mujeres.

—No quiero salir con nadie por ahora—, dijo con su cara tensa. Veía el vaso de agua a punto de terminarse—. No me siento bien como para empezar una relación. Al menos no por los momentos.

—Si es así, ¿por qué te suscribirías a un servicio de citas? A menos que...

Sentí cómo mis mejillas volvían a sonrojarse, ahora con más fuerza. Busqué cómo continuar la frase para que no sonara tan fuerte, aunque ambos sabíamos lo que yo diría.

—...Estés pensando en buscar una mujer para hacer otra cosa que no sea tener una relación seria.

Negó con su cabeza y me sonrió con malicia otra vez.

—No quiero tener relaciones casuales, si es lo que estás pensando —, me dijo.

Me sorprendí con sus palabras.

—Me confundes mucho, Alejandro Smith—, le dije.

—Quiero que te quede claro. Tal vez solo soy un tipo común y corriente que está en una situación complicada—, me dijo mientras me miraba.

Se veía tenso y con algo de seriedad después de que pronunció esa frase. Este tema de conversación aparentemente no lo hacía sentir cómodo. ¿Por qué buscaba mujeres entonces? Tenía muchas dudas y eso me inquietaba. Quería descubrir el fondo del asunto.

—Yo me abrí contigo—, dije—. Creo que es justo que tú lo hagas conmigo.

—No puedo. Lo siento—, me dijo.

—¿Si me cuentas tus secretos tendrías que asesinarme?—, le pregunté.

Rió sonoramente.

—Digamos que sí.

La camarera llegó a nuestra mesa y la limpió. Nos miró como si nos pidiera que nos fuéramos. Ya no había nadie en el restaurante, pero Alejandro no tenía intenciones de irse.

Sí, la noche había comenzado mal para ambos, pero me sentí a gusto comiendo con él y conversando para conocerlo poco mejor. Me sentí gratamente sorprendida. Muy sorprendida.

Además, esa charla me hizo olvidar, aunque solo fuese por un rato, que ya no tenía empleo ni sabía qué pasaría después. Si lograba olvidar mis penas, aunque solo fuese por unos segundos, me sentiría mejor.

—Puedo llevarte a tu casa si lo deseas—, me dijo.

—No es necesario—, le dije. Me sentí triste de saber que habíamos terminado nuestro paseo—. Cerca de aquí pasa el tren que me lleva a mi apartamento.

—Hoy no tendrás que tomar ese tren—, me dijo.

Pagó la cuenta en efectivo. Un enorme saco de billetes salió de su cartera y cayó sobre la mesa.

Había más dinero allí del que yo ganaba en un año. Estaba claro que era más dinero que el que necesitaba para pagar su hamburguesa y mis panqueques, y él lo arrojó sobre la mesa sin pensarlo dos veces. No se detuvo a ver el monto en la factura. Nuestra camarera pasaría una noche feliz por la inmensa propina.

Yo me sentí feliz por ella. Siempre me alegraba cuando un cliente no escatimaba para dar una buena propina. Lo sentía después de años trabajando en un bar.

Mucha gente no se interesaba por nosotros, sobre todo los tipos como Alejandro, que habían vivido siempre entre lujos y no tenían que esforzarse cada noche para llevar algo de dinero a sus hogares. El esfuerzo que hacíamos era nada para ellos. Éramos unos pobres más, seres que no merecíamos ni siquiera una propina decente por un buen servicio.

Esa propina decente podía traducirse en pagar la luz a tiempo o poder comprar comida para la semana. Y si era una propina más alta, podía servir para las dos cosas y hasta más.

Alejandro sonrió.

—¿Sucede algo?.

—Nada. Es solo que…—, le dije.

—Mi auto está aún en ese bar—, me dijo interrumpiendo—. ¿Podré ir a buscarlo?.

Sonrió y me hizo temblar.

—Quizás haya que entrar sin que se den cuenta—, le dije riendo.

—Sería como entrar a robar mi propio auto—, me dijo—. Sería toda una aventura.

—Siempre tendrás aventuras si estás conmigo.

Le guiñé un ojo mientras nos levantábamos. Sonreí y él también sonrió. Muchas personas se irritaban con mis comentarios sarcásticos y subidos de tono, pero con Alejandro era distinto. Él se reía de mis frases.

Con Alejandro, muchas cosas eran distintas. Era un hombre muy distinto al que vi en el bar por primera vez.

Salimos del restaurante, y pensé que la noche no había sido tan mala después de todo.

AFORTUNADAMENTE, el joven encargado del estacionamiento vio a Alejandro y se alegró de poder sacar su vehículo para él, así que no tuvimos necesidad de entrar al estacionamiento por las paredes traseras.

El joven sacó un gran auto de lujo, y gemí.

—Vaya. Tienes un auto de lujo—, le dije—. —Debí suponerlo.

Alejandro sonrió mientras abría la puerta del auto para mí, gentilmente.

—¿Te molestan los autos de lujo?.

—No. Simplemente que todos los ricos tienen autos de esos para presumirlos. Como imbéciles que son, presumen todo—, le dije.

Cerró mi puerta y subió a su asiento para empezar a manejar. Abrochó su cinturón y encendió el auto.

—¿Me consideras un idiota presumido?—, me preguntó.

Lo miré con una sonrisa tímida y puse mi dedo sobre mi mejilla.

—No tengo una respuesta a esa pregunta todavía—, le dije—. No te conozco bien, pero sí sé que eres aficionado a patear traseros de idiotas tanto como yo.

—Por lo que hemos hablado, parece que tenemos muchas cosas en común—, me dijo—. Antes de que lleguemos a tu casa, quizás ya seamos grandes amigos.

—No tenemos nada más en común—, le respondí—. Tú y yo pertenecemos a mundos distintos. De hecho, creo que venimos de planetas distintos.

Alejandro entró en la autopista, guiándose por el sistema de localización del auto.

—Gabriela, te sorprenderías de mí si me conocieras mejor—, me dijo—. Entenderías que también tengo mis problemas, y que no soy un idiota presumido más.

—Quizás—, le dije—. Pero el dinero no es problema para ti. Tienes un techo sobre tu cabeza y tus hermanos tienen todo asegurado.

—¿En serio lo crees?.

Él me vio fijamente mientras un semáforo estaba en rojo y tuvimos que detenernos.

Sí, estaba convencido de que sus problemas eran graves y similares a los míos.

Era gentil de su parte que dijera eso para identificarse conmigo, pero no era justo que no aceptara que tenía más lujos que yo. Sentí que lo decía para establecer un nexo conmigo. Pero evité mostrarle más argumentos, porque no tendría sentido.

Él no cambiaría su manera de ver las cosas. Él no podía ponerse en mis zapatos, porque nunca había estado en una situación como la mía, que me sentía obligada a estar en un trabajo, aunque no me sintiera a gusto.

En su vida todo estaba garantizado, la comida, el alquiler, la gasolina, todo.

Yo, en cambio, tuve que elegir muchas veces entre pagar la luz o comprar comida. Jamás entendería cómo había logrado sobrevivir hasta ahora y cómo me molestaba mi situación.

—Puede que tú y yo tengamos dificultades distintas, pero ¿qué pensarías si te digo que sí podría perder todo lo que he alcanzado si no satisfago los deseos de mi padre en unos meses?—, me preguntó.

—¿Te pidió ir a otro país a comprar artículos antiguos para el cuarto de huéspedes de tu mansión?.

—No. Me pidió algo imposible. Imposible de verdad—, me dijo, acelerando su auto cuando notó el cambio de luz—. Esto no tiene que ver solo con mi vida, sino también con mi trabajo. La empresa en la que he trabajado desde que era un chico. Y todo mi futuro está en juego si no le cumplo a mi padre. Me vería forzado a trabajar en cualquier sitio, ganando un sueldo mínimo mientras vivo en un anexo y ser uno más de esos que viven en los barrios pobres.

—Oh, qué triste—. Gesticulé como si limpiara lágrimas de mis ojos —. Pero en cualquier caso debes tener dinero adicional, así como el título que lograste en Sol Dorado. Muchos de nosotros ni siquiera pudimos terminar la secundaria.

—Es verdad—, dijo entre suspiros—. Siempre di todo por sentado, pero me equivoqué. Tienes toda la razón en ese punto. Con tus palabras, que podré seguir mi camino, así no logre cumplir los deseos de mi padre. Lo que sucede es que...

Dudó mientras me miraba.

No sabía si decir algo más o callar sus pensamientos.

Sentí aún más curiosidad por lo que no me había dicho.

¿Alejandro Smith, el multimillonario que tenía autos de lujos y varios yates, guardaba unos secretos terribles que no había compartido con nadie?

¿Qué le pedía su padre que a él le parecía imposible?

Hasta ese momento, sentí que me había dicho bastante y había revelado más de lo que le había dicho a cualquiera.

Todo lo que decía era sobre su vida personal, y me convencí de que no sería capaz de mentirme con un asunto tan delicado para él.

Me encantaba la idea de que se abriera conmigo hasta tal punto que no pudiera evitar contarme todo.

Inclinó su cabeza y siguió hablando. Escuché con mucha atención y no podía dejar de sorprenderme.

—He trabajado para él desde que era un jovencito. Cumplí todas las tareas que me asignó, preparándome para dirigir la empresa cuando llegar el momento. Siempre lo he querido, y no puedo imaginarme en otro lugar—, me dijo.

—Pero esto va más allá. No quiero que se sienta decepcionado de mí. Esta es su última voluntad y quiero que se sienta orgulloso de mí. Pero no encuentro la manera de lograrlo. Irremediablemente lo decepcionaré.

—¿Cuál es su última voluntad?—, le pregunté.

Alejandro tensó su cara mientras tomaba el volante con más fuerza. Pude ver cómo su cara se congelaba. Le había preguntado algo sobre un tema muy personal, muy privado, y él estaba decidido a guardarse el resto.

—¿Entonces no dirás más nada? Eso no me parece correcto—, le dije.

Giré para ver las calles.

Frente a mí estaba El Barrio de las Estrellas, en cuyas calles ya había mucha gente sin techo pidiendo algo de dinero a los transeúntes. Todo estaba mal para mí, pero agradecí a Dios que podía llegar a mi apartamento y dormir en una cama… al menos por ahora.

—Es algo personal—, me dijo.

—¿Lo que me contaste antes no lo era?—, le pregunté.

Giré para verlo de nuevo y sus ojos observaban con atención el camino.

Su mente estaba absorta en miles de pensamientos y dudas, podía notarlo. Pero no dejaba de parecerme sexy ni por un segundo. Si hubiese iniciado una carrera como actor, ya sería una estrella de fama mundial.

Era tan hermoso, que parecía de otro planeta. Sentí unas ganas terribles de tocar su piel, sentir su rostro entre mis dedos para así asegurarme de que todo era más que una simple fantasía, pero me abstuve de hacerlo. Lo vi y descubrió mis ojos al cabo de un rato.

Entonces me giré otra vez, para que no notara el rojo fuerte que se apoderaba de mis mejillas por el calor que su atractiva cara me producía. Un rojo tan intenso que no se veía en ninguna parte del mundo.

—Gabriela, lo que quiero decir es que... es una idea absurda, pero quizás tú puedas ayudarme—, me dijo.

—Me cuesta encontrar las palabras adecuadas para planteártelo, pero creo que podríamos ganar algo.

—¿'Podríamos'?—, le pregunté con curiosidad.

—Sí, podríamos—, me dijo suavemente—. Estás desempleada y yo podría pagarte una buena suma si me ayudas. Sería realmente una buena cantidad.

Vaya. Dijo dinero y repentinamente sentí curiosidad. Pero estaba nerviosa al mismo tiempo. ¿Qué necesitaba de mí como para querer pagarme una buena cantidad? ¿Y cuál sería ese monto?

—Cuéntame—, le dije con cierto miedo.

—Te cuento: mi padre tiene nueve meses, máximo un año, antes de que empiece a tener dificultades mentales. Podría morir dentro de dos años—, me comentó.

—Su última voluntad... su último deseo para que me conceda su herencia, es...

Alejandro se calló.

El sonido del auto señalando la proximidad de nuestro destino interrumpió sus palabras.

—Déjame aquí—, le dije—. Allí está mi apartamento.

Alejandro apagó su auto y abrió su puerta.

—No tienes que acompañarme—, le dije suavemente.

—Lo sé. Es solo que…

—No. Si me acompañas, cuando vuelvas solo encontrarás la mitad de tu auto de lujo—, le dije—. Créeme esta vez, ¿sí?.

Estaba mintiéndole. No quería que entrara por mi padre. Lo último que quería era que lo conociera, y menos si estaba completamente borracho. No podría superar la vergüenza.

Vi su rostro una vez más y aguardé durante unos minutos que me parecieron un siglo.

Esperaba que me contara el resto de la historia, pero se calló una vez más, así que le pedí que continuara.

—Antes de que te vayas ¿qué me decías antes?—, le pregunté con curiosidad.

—Algo sobre mi ayuda.

—Oh… sí—, dijo—. Tu ayuda.

Estaba más nervioso que yo. Era la primera vez que lo veía así.

Peinó su cabello con sus manos y tomó aire para seguir con sus palabras.

—Aunque quiera ser delicado, no puedo encontrar las palabras correctas—, me dijo.

—En resumen, la última voluntad de mi padre es que yo tenga un hijo y él pueda verlo antes de morir. Podré ser el jefe de nuestra compañía y recibir mi parte de la herencia si logro hacerlo.

Me sorprendí y la incertidumbre llegó a mi mente. No tenía ni idea de lo que me diría después. Me imaginé algo, pero esa pregunta que sacudió mis pensamientos solo me asustó más.

Continuó contándome, ahora con más rapidez.

—No quiero comprometerme con nadie—, me dijo— Solo quiero a una mujer que tenga a mi bebé. Sería como una madre de alquiler.

—¿Me pides que yo te alquile mi vientre?.

Al principio tuve ganas de reír, pero luego me sentí muy molesta. Bastante molesta. Alejandro asintió con su cabeza. No pude frenar mi impulso. Lo abofeteé con tanta fuerza que su cara se volteó.

—¿Me llevaste a cenar y todo eso solo para comprarme?—, le pregunté con un tono muy fuerte, casi a punto de gritar y maldecir.

—Fuiste muy gentil conmigo solo porque me ves como un objeto que puedes alquilar. Solo soy una puta para ti.

—No es verdad. Nada de eso es verdad—, me dijo—. Gabriela, creo que no me entendiste—, dijo entre balbuceos.

Salí del auto con mucha rabia. Abrí la puerta del auto con tanta fuerza que el vidrio crujió. Podía oír el sonido de los vehículos en la autopista y la música en el apartamento de algún vecino, sonando tan fuerte que las paredes retumbaban. Y en el fondo de mi pecho, el sonido de mi corazón acelerado.

Corrí para entrar a casa, pero Alejandro seguía mis pasos. Tomó mis brazos y quedé frente a él. Lloré y quise golpearlo de nuevo.

—Alejandro, te odio. Estaba a punto de verte como una buena persona—, le grité.

—Fui una tonta. Creí que para ti era más que un culo o una chica pobre que querías usar. Quizás no querías solo cogerme y abandonarme, pero, a fin de cuentas, querías usarme.

—Gabriela, por favor, escúchame atentamente—, me dijo con sinceridad.

—Me pareces una gran mujer. Una chica linda, inteligente con fuerte temperamento. Tan fuerte, que no estás dispuesta a soportar las estupideces de ningún pendejo. Admiro tu personalidad fuerte y todos esos rasgos que he visto en ti. Supe más de ti esta noche y pensé que tal vez me ayudarías.

—Querías usarme, Alejandro.

—Gabriela, no quiero usarte en absoluto—, dijo—. Ambos podemos beneficiarnos de esto. Yo podría pagarte lo que me pidas, cualquier cantidad, y, además, podría darte todo lo que necesites para vivir bien. Me encargaría de ti.

Lo aparté de mí.

—Alejandro, no soy una niña. No necesito que nadie me cuide—, dije—. Pensé que eso estaba claro para ti.

—Lo sé. Solo pensé que el dinero resolvería algunos de tus problemas—, me dijo.

Su mirada azul me penetraba, como si fuese un suave cuchillo que se hundiera en mi piel y llegara a mi alma. Lo vi fijamente, y recordé todo lo que habíamos vivido esta noche. Todo era mentira.

Había salido conmigo para tratar de convencerme para que tuviera un bebé suyo y así él pudiera reclamar su fideicomiso o lo que fuera.

Me molesté tanto que sentí que todos mis músculos me dolían. Hasta la garganta me dolía.

Me dolía hasta mi alma, y eso me sorprendió bastante. Me había hecho pensar que íbamos por buen camino, que yo le agradaba.

Había sentido que no debía dejarme llevar por mis juicios precipitados y era una buena persona. Alejandro era más que un dinero o un auto de lujo. Eso quise creer. Que le atraía por mi personalidad, no por mi vientre.

Era obvio que estaba totalmente equivocada.

—Alejandro, el dinero no lo es todo en la vida—, le dije—. Aunque sé que no podrás entenderlo.

Giré y lo alejé de nuevo de mí, con la molestia aún sobre mis hombros.

Pero ¿qué era lo que más me molestaba? La idea de que me usara, o, mejor dicho, que usara mi vientre para satisfacer los deseos de su padre, me parecía que era el motivo de mi ira desenfrenada.

Pero sentí que había otra razón. Una razón que me hacía sentirme aún más molesta. Probablemente me sentía así porque Alejandro empezaba a gustarme.

Era esa la causa de mi dolor en el pecho, en lo profundo de mi corazón. Un dolor que se afincó en mí cuando abrí la puerta de mi apartamento.

Él me había parecido distinto a los clientes del bar o a todos los estúpidos que me invitaban a salir. Creí que le interesaba algo más que mi vagina. Todo mal.

Entré a mi apartamento, tratando de hacer el menor silencio posible. Giré para ver detrás de mí, y el auto de lujo de Alejandro seguí ahí, estacionado.

Una parte de mí esperaba tontamente que Alejandro llegara a la puerta de mi casa. Pero esa parte tonta se decepcionó cuando vi que encendió su auto y se fue.

Cerré la puerta. Papá dormía una vez más en el sofá. Me pareció perfecto, porque no quería tener que soportar otra escena de mal humor. Di varios pasos y subí. Me paré frente a la puerta del cuarto de mis dos hermanos.

Abrí un poco la puerta. El hecho de que tuvieran que dormir en el mismo cuarto me molestaba. Ellos estaban creciendo y necesitaban su propio espacio. En ese pequeño cuarto apenas había lugar para sus camas.

Tratamos de hacer espacio para las dos camas, poniéndolas en los dos extremos de la habitación. Aun así, para poder salir del cuarto debían bajar por el fondo de sus camas.

Incluso habían tenido que dormir en la misma cama durante mucho tiempo, pero yo había encontrado una cama con descuento y pude comprarla después de una semana de buenas propinas.

Tenían que compartir un cuarto con un hermano adolescente, que además era del sexo opuesto. Y aparte, se habían visto obligados a dormir en la misma cama. Pero habían reaccionado con madurez. Eran conscientes de lo que vivíamos, y bromeaban sobre el cuarto para sobrellevar las cosas.

Eso solo me hacía sentir peor. Demostraba que lo había intentado, pero no había logrado encontrar un buen lugar para ellos.

Cerré la puerta y caminé hacia mi cuarto. Un cuarto que yo también compartía, pero con mi madre. Ya mi madre dormía. Decidí cambiarme la ropa llena de sangre. Vi que aún usaba la chaqueta de Alejandro. No podía conservarla, así que debía encontrar la manera de entregársela.

Busqué ropa para dormir. Me la puse y doblé la chaqueta. La puse sobre mi mesa de dormir.

Mi cuerpo aún me dolía. Estaba agotada y somnolienta, pero seguía pensando miles de cosas. Las palabras de Alejandro llegaban una y otra vez. Con el dinero que me ofrecía, podría resolver muchas cosas, como encontrar un lugar mejor para mi familia.

Encontraríamos una vivienda amplia, mudarnos a otra zona o incluso empezar de nuevo en otra ciudad u otro estado. Ya no había nada que nos atara a Castillo Azul o El Paraíso.

Sí, podría usar esa suma para que tuviéramos un futuro mejor, sin tantas preocupaciones, pero tendría que embarazarme. Y luego tendría que ceder mi bebé a Alejandro y a sus familiares. Me costaba creer que podría desprenderme así de fácil de mi hijo.

Podría cuidar a otro bebé. Tenía la capacidad para hacerlo. Me lo había demostrado con mis dos hermanos. Pero esta vez tendría que embarazarme y dar a luz.

En algún momento me planteé tener uno o dos niños, pero no alquilando mi vientre. Pensé que tenerlo, y que viviera con nosotros, no sería una buena idea por ahora.

Finalmente, el sueño me venció.

Tuve una pesadilla.

Mis hermanos y yo pedíamos dinero en una calle del El Barrio de las Estrellas y no teníamos nada que comer.

Debía encontrar otro empleo, y pronto, para que eso no sucediera.

9

ALEJANDRO

*L*legué a mi oficina en Empresas Smith, y de inmediato emprendí una búsqueda en internet.

Buscaba y buscaba mujeres, pero no encontraba ninguna que me gustara. Me sentí tan decepcionado que casi golpeo la pantalla de la computadora.

«¿Cómo fuiste capaz de pedirle a una chica que acababas de conocer que diera a luz a tu hijo?».

«¿Quién te crees que eres para elegir a una chica para eso?», pensé.

Me había equivocado terriblemente planteándole eso a Gabriela. Me resultaba una chica sexy por su temperamento, pero ese rasgo de su personalidad también era un problema.

Debí haberme contenido pero su cuerpo sexy y la forma como me sentí con ella me hicieron pensar que ella aceptaría. Estaba más hechizado por ella de lo que había pensado al principio.

Pero eso ya era inútil. Ella se había negado rotundamente y su respuesta fue tan tajante que hasta me había abofeteado. Tenía que conseguir a una chica en otro lugar, y pronto.

Sin embargo, ninguna de las chicas que veía me convencía. Cada vez me sentía más lejos de encontrar una madre para mi hijo.

Alguien tocó la puerta y cerré la página de internet. Me senté derecho y apagué la pantalla.

—Entre—, dije.

La puerta se abrió y me sorprendí.

Era una desagradable sorpresa. Era Marcos. Sonrió con maldad, pasó y se sentó justo frente a mí. Llevó sus pies sobre mi escritorio y me enfurecí por su osadía.

—¡Aleja tus sucios pies de mi escritorio!—, le grité.—. O me veré obligado a bajarlos yo.

Dejó sus pies allí unos segundos más. Empecé a levantarme de mi silla y los quitó. Sonrió de nuevo y me miró con ironía.

—¿A qué viniste?—, le pregunté.

—Qué carácter tienes, Alejandro—, dijo con sarcasmo y una risita tonta—. Te entiendo. No aceptas la idea de perder tu herencia y no poder dirigir la compañía.

—Entonces supongo que ya estás haciendo todo lo posible para tener un hijo—, le dije.

Sonrió con más amplitud y levantó sus cejas.

—De hecho, sí—, me dijo—. Pero no estoy aquí por eso.

—¿Ya encontraste a una mujer dispuesta a alquilarte su vientre?—, le dije con asombro.

—Lo dices como si fuese imposible, pero olvidas que también soy heredero de la familia Smith—, me contestó.

—Sí, varias mujeres se han ofrecido para hacer lo que les pida, cualquier cosa, para estar conmigo y conseguir una parte de ese dinero.

—Bueno, como no eres tan exigente...—, le dije.

Estaba hablando sin pensar, con molestia, pero ya no me importaba hablarle así a Marcos.

Sostuvo su mirada sobre la mía y mantuvo su sonrisa.

Él y yo nos parecíamos en muchas cosas, sobre todo en lo físico, pero sus ojos eran marrones y no azules, como los de la familia Molina, la familia de mi madre.

—Marcos, disculpa—, dije, pero no sabía por qué me disculpaba—. Debo estar muy tenso por lo que me pasa.

Me esforzaba por ser gentil con Marcos, aunque él actuase como un pendejo casi todo el tiempo. Casi siempre me decía frases para irritarme o recordarme lo mal que podían estar las cosas. Y parecía que lo disfrutaba. Esa cara de alegría cada vez que me molestaba solo dificultaba que pudiera responderle educadamente.

—Acepto tus disculpas, hermanito—, me dijo—. No, no estoy aquí para hablar sobre el testamento de papá. Vine a pedirte un favor.

—¿Tú me pides un favor?—. Me sorprendí.

—Sí. Hay una medicina nueva y papá quiere que revise los archivos —, me dijo.

—La medicina no ha salido y él podría darme datos útiles antes de que se ponga a la venta. Tal vez tú podrías decirme dónde están los archivos.

—Seguro. Deben estar en la computadora—, le dije—. Te enviaré un correo electrónico con el archivo adjunto. ¿Necesitas algo más?.

—Bueno sí. Necesitaré que me envíes todos los datos que puedas. Los ensayos clínicos, los ingredientes activos y las posibles campañas de mercadeo—, dijo.

—Quiero hacer una campaña publicitaria para presentársela a papá sobre esa medicina. Quiero…

—Detente. Soy el encargado de esa labor—, le interrumpí—. El mercadeo es una de mis funciones.

—Oh… Alejandro, esto es incómodo—, me dijo Marcos entre suspiros.

Llevó sus brazos sobre su pecho y volvió a sonreír con maldad. Marcos diría algo que no me gustaría para nada. Yo lo sabía. Y también sabía que pronunciar esas palabras lo emocionaba. Intentó hacer lo posible para no sonreír, queriendo parecer educado, pero no lo logró.

Disfrutaba de hundir su dedo en mi herida.

—La verdad es que papá habló conmigo para que te relevara—, me dijo.

—Tuvo la genial idea de que yo me incorporara para que aprendiera sobre mercadeo. Cree que por fin estoy listo para dejar de atender llamadas de clientes molestos y empezar a trabajar en una posición importante.

Marcos hablaba con alegría y fuerza. Sabía que eso no me gustaría para nada y se veía feliz por ellos.

Quería despedazarme.

Ambos lo sabíamos.

Él haría todo para desplazarme y obtener el puesto de director general de las Empresas Smith. Dirigiría todas las áreas de la empresa.

Habría logrado alcanzar mi puesto.

Debo calmarme, pensé.

Quiere molestarte, penetrar tu mente. Eso es todo. Y vaya que sabía cómo lograrlo. Tenía años de experiencia.

Me mantuve hablando con un tono educado, aunque mis dientes estaban muy apretados.

Él no podía verlos.

—Seguro, Marcos. Le pediré a mi asistente que busque toda esa información y te la envíe.

—Oh... Te lo agradezco, hermano—, me dijo. Se levantó con alegría—. Ya quiero comenzar.

Marcos salió.

A pesar de que la furia me perturbaba, me controlé para llamar a mi padre. Respondió de inmediato.

—Hola, Alejandro—, me dijo. Parecía que estaba esperando que lo llamara.

—Entonces Marcos ya tomó parte de mi trabajo—, le dije con —. ¿Ya decidiste sacarme del negocio?.

Sabía que mi voz no sonaba bien, pero la molestia hablaba por mí.

Papá había metido mucha presión en mi cuerpo y mi mente con la idea de su competencia.

Reaccionaba así contra él por toda esa desesperación que sentía, pero él, por supuesto, no me agradecía nada.

—Hijo, cálmate. No es necesario que reacciones así—, me dijo.

—Me parece buena idea que Marcos conozca más sobre nuestra empresa. Eventualmente, me gustaría que ambos trabajasen juntos y se asociaran, sin importar quién llegue a dirigir la empresa.

—Papá, me he esforzado por trabajar para ti—, le dije.

—Dejé de ser un joven común y corriente para trabajar en esta empresa. No practiqué ningún deporte ni salí con chicas porque pensaba que esos años de trabajo algún día me daría frutos, como me aseguraste. Pero ahora nos pones a competir y muestras tu verdadera cara. Me mentiste y es injusto que tenga que pasar por esto—, le dije con firmeza.

Mi padre subió el tono de su voz.

—Alejandro, nada es gratis. Tú deberías saberlo ya. Sí, trabajaste duro conmigo desde tu juventud, pero Marcos nunca ha tenido las opciones que tú tuviste. ¿Piensas que yo no debería permitirle demostrar que puede hacer un buen trabajo? Entonces no fui un buen padre contigo. Quizás te lo hice muy sencillo—, me dijo.

—¿Muy sencillo?—. Me alteré más con sus palabras—. ¿Te parece sencillo tener un hijo en menos de un año?—, le pregunté.

—Bueno, Vanessa está contigo—, me dijo—. Puedes sentar cabeza y comprometerte con ella. Construir una familia juntos. Me parece que es lo mejor porque ya han estado mucho tiempo como novios.

Mi padre no sabía de nuestra ruptura.

Nadie se había tomado la molestia de decírselo.

Me había demorado para contarle porque no quería que sospechara que no podría darle un nieto. Sin embargo, después de todo lo que estaba pasando, sentí que ya era el momento de ser honesto con él y no tenía a nadie para que me ayudara.

—Papá, respecto a Vanessa y tu nieto, creo que...

Recibí un mensaje de texto y lo alejé de mi oído para poder leerlo.

"Hola, Alejandro. Soy Gabriela. ¿Crees que podamos hablar?".

Parecía que sí había alguien que me ayudaría. Probablemente, Gabriela había pensado mejor las cosas y decidido alquilar su vientre.

—Hijo, ¿estás ahí?—, me preguntó papá.

—Aquí estoy, papá, pero debo irme. Después hablamos—, le respondí.

Antes de que pudiera decirme algo más terminé la llamada. Respondí el mensaje de Gabriela inmediatamente. Recordé que le había dado el número de mi teléfono celular después que terminamos de cenar en el restaurante.

"Claro que sí. Solo dime una hora y un lugar e iré", respondí.

Gabriela respondió en unos segundos.

"Estoy en el Centro Comercial El Jardín en este momento. ¿Podrías venir?".

Ya me levantaba de mi silla y mi teléfono celular seguía en mi mano sudorosa. Ese centro comercial estaba tan cerca de la oficina que incluso podría ir a pie. Le respondí mientras mi tensión se acumulaba. Estaba feliz y lleno de expectativas

"Sí, voy en camino. Llegaré en unos minutos", contesté.

Uno de los lugares más emblemáticos de Castillo Azul era justamente el Centro Comercial El Jardín. Lleno de tiendas caras y exclusivas, así como de restaurantes con precios prohibitivos, desde todos los lugares del mundo llegaban personas a caminar por sus amplios pasillos, con la ilusión de encontrar en ese lugar a algún famoso y tomarse una foto.

El Jardín nunca había sido de mi agrado. Había muchos turistas a toda hora y no me gustaba comprar, y menos allí.

Escribí un mensaje de texto a Gabriela para pedirle que esperara por mí frente a la cascada artificial del centro del lugar. Eso claramente había sido una equivocación. Llegué a la cascada y había tantos turistas que supe que sería difícil encontrarla entre tanta gente.

—Aquí estoy, Alejandro—, me dijo, pero no podía saber dónde estaba. Había turistas con grandes maletas por todos lados.

Escuché mi nombre en su voz nuevamente y traté de encontrarla entre la multitud.

Vi cómo un brazo se agitaba en el aire para saludarme.

Varias personas caminaron, quitándose del camino, y finalmente miré a Gabriela, justo delante de la cascada. Se había recogido su larga cabellera. Usaba una falda corta y una blusa ajustada que apretaba sus lindos senos.

Quedé sin aliento, pero respiré profundo para caminar unos pasos y saludarla.

—Afortunadamente eres más alto que yo—, dijo entre risas.

Había un tono miel en sus ojos que yo no había notado. Un color que se unía al marrón que sí había visto y brillaba dulcemente cuando el sol caía sobre ellos.

Apenas si usaba algo de maquillaje, lo que me encantó. No necesitaba maquillarse tanto porque era muy hermosa.

—No sabía si me verías—, me dijo—. Creo que hay un concierto o algo así.

Vio a las personas que estaban cerca de ella. Se notaba que no le gustaba estar rodeada de tantos extraños. Yo tampoco lo era. Conocía perfectamente la presión que se sentía al estar en medio de una multitud tan grande.

—No suelo venir a este lugar—, me dijo.

—No suelo venir a ningún lugar como este—, me confesó.

—Si no sueles venir, ¿por qué estás aquí?—, le pregunté llevando mis manos a mis bolsillos.

Abrió su mochila. La revisó en el piso a su lado y me entregó mi chaqueta, la que le había puesto cuando estuvimos en el restaurante.

—Espero que hay quedado bien. La limpié en seco—, me contó—. Esperaba sacar toda la sangre de la chaqueta.

—En realidad...—, le dije, pero me interrumpió.

—Mi madre es empleada de una tintorería. No tuve que gastar ni un centavo—, me dijo, con sus brazos levantados para frenar mi voz.

—¿Viniste aquí solo para darme la chaqueta?.

—No es la única razón—, me dijo mientras movía su cabeza.

—Vine a entregar algunas hojas de vida en este centro comercial. Quizás uno de estos restaurantes lujosos podría pagar un sueldo alto. Lamentablemente, ninguno necesita personal.

Bajó su cara y suspiró profundamente. Era como si sus ojos hubieran recibido una inyección de miedo. Pensé que en cualquier momento tendría un ataque de pánico y me sentí mal por ella.

—Qué triste. Lo siento—, le dije.

Junté mis pies mientras miraba fijamente el piso. Entendí que para Gabriela era muy vergonzoso mostrarse tan vulnerable y deprimida.

—¿Te gustaría acompañarme a almorzar?—, le pregunté.

Me vio fijamente otra vez. Sentí que su miraba se adueñaba de mi alma. Me preparé para recibir otra bofetada, pero hizo todo lo contrario.

—Por supuesto que sí—, me dijo—. De hecho, quería que conversáramos sobre lo que me contaste en el restaurante.

—Perfecto—, le dije—. Dejaré que elijas el lugar esta vez. Te llevaré donde tú quieras.

Sonrió con timidez mientras me miraba.

—Cualquier lugar, pero que sea barato, No tengo mucho dinero—, respondió.

—No te preocupes, Gabriela. Yo pagaré porque fui yo quien te invitó—, le dije para calmarla—. Tienes que decirme adónde te gustaría ir y listo.

Llevó su mano a su mentón por un largo rato. Aparentemente, no sabía adónde ir. Buscó con calma entre los diversos restaurantes, hasta que pareció animarse por uno en particular.

Tras esa pausa silenciosa, me dijo:

—Me gustaría ir a El País del Queso. Quiero conocerlo.

—Pues vamos—, le dije.

Fuimos hacia el restaurante, calmadamente, para que se sintiera relajada. Nos sentamos, y empezamos a conversar, pero evité comentar el tema que nos había hecho discutir.

Me parecía que debía dejar que ella se arriesgara a hablar del asunto, y no ser quien yo quien lo mencionara, para que no me abofeteara otra vez, ahora en medio de tanta gente.

Se veía contenta y animada, pero quise correr ese gran riesgo.

Después de unos minutos, su voz se parecía a la mía. Tartamudeaba como yo. Y no podía controlarse

—Alejandro, quiero que….

—Gabriela, no tienes que…

Callamos y después sonreímos por las palabras que salían de nuestras bocas.

—Tranquila—, le dije—. Primero las damas.

Titubeó pensando qué decir y exhaló profusamente.

—Sobre lo que me dijiste la otra noche. Lo pensé. Lo pensé bastante, y creo que…

Gabriela suspiró, sacando todo el aire que tenía en sus pulmones, cuando una camarera llegó a nuestra mesa. Era visible cómo le costaba contarme lo que sentía o lo que había decidido, y que buscaba fuerzas dentro de sí para hablar mientras pudiera.

—Soy Jessica. Les doy la bienvenida a El País de los Quesos—, nos dijo como si cantara una canción infantil—. ¿Quisieran tomar algo o comer un aperitivo?—, nos preguntó.

—Solo nos gustaría estar a solas un momento—, le dije—. Así podremos revisar el menú y decidir qué pediremos.

—Claro. Mientras deciden, les traeré agua. ¿Les parece bien?.

—Sí, gracias—, le dije.

La camarera se alejó y vi a Gabriela.

Era como si estuviera en el medio de una cancha y no supiera qué hacer con la pelota.

Sus ojos estaban abiertos de par en par y me sentí como un infeliz por llevarla a ese punto.

Me obligué a decir algo para que se relajara y olvidara todo lo malo que habíamos vivido.

—Gabriela, discúlpame por tratar de involucrarte en ese asunto personal—, le dije—. Fue algo que se me ocurrió repentinamente y no pude evitar decirlo. Lamento mucho haberte puesto en esa posición tan incómoda.

—Alejandro, vine a decirte que acepto tu propuesta—, contestó rápidamente.

Un alarido de alegría saltó de mi garganta.

—¿Aceptas?—.

—Sí—, me respondió.

Llevé mis manos a mi boca. Era increíble lo que me había dicho. Era una hermosa mujer, estaba al frente de mí y me decía que aceptaba tener a mi hijo. Al menos que se arrepintiera.

De todas maneras, me sentí feliz de que me dijera eso. Toda la presión que sentía en mi cuerpo desapareció por completo, pero rápidamente otra presión llegó y nubló mis ojos.

Sí, sería padre. Había encontrado a una mujer agradable, y eso me convertiría en padre. Perfecto. ¿Y ahora?

Miles de pensamientos recorrían mi mente. Vi la expresión de Gabriela y supe que sería lo mismo.

—Gabriela, ¿estás totalmente convencida de hacerlo?—, le pregunté—. Esto es importante para mí y lo sabes.

—Lo estoy—, me dijo entre suspiros. Su voz estaba quebrada.

—Para ser sincera contigo, tener hijos siempre ha sido uno de mis sueños, pero no de esta forma. Por eso me sorprende tanto que haya decidido dar este paso. Imaginarme entregándote a mi hijo, el fruto de mi vientre, renunciar a él, se me hace difícil. Pero tengo que estabilizarme para poder pensar en tener mi propia familia. Veo tu oferta como una apuesta a largo plazo. Pero tienes que prometerme que cuidarás al bebé, lo harás muy feliz y te encargarás de su salud y todo lo demás.

—Claro que sí—, le dije sin dudar.

Apenas si podía articular mis frases en medio del huracán en mi mente. Trataba de asimilar todo lo que estaba ocurriendo.

—Siempre he querido tener hijos. Yo tampoco quisiera tenerlos de esta manera, pero ser padre ha sido uno de mis sueños también. No tienes que preocuparte, porque a mi hijo nunca le faltará nada.

Un vendaval de lágrimas empezó a salir de sus hermosos ojos. Quise consolarla y poner su cara sobre mi hombro, pero temí que me golpeara o me diera otra sonora bofetada. Me quedé en mi silla, pensando que era mejor evitar otro golpe como ese.

—Sí, lo sé—, me respondió—. Puedes darle a tu hijo mucho más que yo. Mi anhelo es que este acuerdo me sirva para estabilizarme económicamente, atender a mis hermanos y a mi madre y después empezar a planificar mi propia familia.

Después de escuchar esas angelicales palabras, decidí tomar el riesgo. Me acerqué, aunque un tanto vacilante, a su cuerpo, y llevé su mano a la mía. Pensé que se sentía a gusto, pues no me retiró la mano ni clavó un tenedor en mi pecho.

—Si me ayudas, voy a encargarme de ti—, le dije—. Haré lo que esté a mi alcance para que tú y tu familia vivan mejor, simplemente pídemelo. Te juro que obedeceré tus órdenes, es decir, tus deseos. Estoy diciéndolo muy en serio.

Nos vimos fijamente y nos quedamos en silencio. Ella sonrió tímidamente.

Jessica llegó justo cuando Gabriela abría su boca para agregar algo.

—¿Quieren tomarse otros minutos?—, preguntó.

«Sí. Y también meses y años», pensé responderle.

Reflejaba algo de tranquilidad con mis palabras, pero yo estaba tan nervioso como Gabriela. O más. Era como si los temblores en mi cuerpo y los pensamientos en mi mente controlaran todo lo que hacía o decía. Sentía una gran emoción al saber que sería padre, pero esa novedad también me golpeaba con contundencia. Me haría cargo de otra vida, un bebé que dependería de mí, y estaría solo en ese camino.

—No hace falta—, le dijo Gabriela.

—¿Alejandro, ya sabes qué pedirás?—, me preguntó.

«En realidad, no sé», dije en mi mente. Jessica y Gabriela posaron sus ojos sobre mí.

—Disculpen. Lo que quiero decir es que ya sé lo que ordenaré.

Apreté la mano de Gabriela y la retiré. Abrí el menú rápidamente, buscando algo para comer, cualquier cosa. Ordenamos nuestro almuerzo. Tratábamos de conversar, pero hablábamos sin coordinación.

Las palabras no salían con tanta fluidez, como había sucedido en el restaurante que abría las veinticuatro horas. Lamenté que hubiera tanta presión sobre nosotros.

La había pasado muy bien con ella y quería que nos sintiéramos a gusto otra vez.

—Hablaré con mi abogado. Necesito que resuelva algunos detalles legales—, le comenté.

Gabriela asintió.

—¿Ya sabes a cuál clínica iremos?.

—¿Clínica?—, le pregunté con sorpresa.

—Sí. Una clínica de fertilidad.

«Carajo».

—Vaya. Eso es un problema—, le dije con cierta intranquilidad—. Me siento incómodo diciéndote esto, pero yo creí que lo haríamos como lo hace la mayoría.

Gabriela parecía estar más sorprendida que nunca. Enmudeció y su mandíbula casi cae al piso.

Después de unos minutos de silencio, pudo mirarme y aclara su voz para preguntarme algo. Una pregunta lógica, después de lo que yo le había plantado.

—¿'Como la mayoría' quiere decir que tendríamos relaciones sexuales?—, me preguntó.

Aclaré mi garganta y evité su mirada por un largo rato.

—Bueno… Sí. A menos que te opongas—, le dije—. Podríamos ir a una clínica, pero nos veríamos obligados a esperar seis semanas mientras te realizan exámenes médicos y todo eso. Pero no quiero que te incomodes, así que...

—No—, dijo ella tajantemente—. No tengo ningún problema.

Estaba un poco tensa. Se notaba en su voz, que repentinamente había empezado a sonar agria y lejana. Bebió agua, tratando de controlar su cuerpo. Era lo mismo que yo trataba de hacer. No había forma decorosa de pedirle que tuviéramos relaciones sexuales. Sentí que había sido lo más decente que pude.

—Como te dije, no tengo ningún problema—, me reiteró—. No esperaba esto, pero lo haré.

—Te cederé una copia de mi expediente médico. Tengo una excelente salud y estoy limpio—, le dije lentamente.

—Me gustaría que también compartieras tus datos conmigo—, agregué.

—¿Quieres decir que no tienes enfermedades de transmisión sexual?—, me preguntó.

—Así es.

Se sonrió y me sorprendí. Era una sonrisa muy apagada.

—No tienes que preocuparte por eso—, me dijo—. Estoy sana y limpia. Y si necesitas algo más, solo pídemelo.

—Perfecto.

No podía creer nada de lo que estaba pasando con Gabriela. Era como si caminara a través de las nubes a su lado. Conversábamos sobre acostarnos y tener un bebé como si fuese una transferencia bancaria o un acuerdo comercial.

A decir verdad, todo esto sí tenía que ver con un negocio. Pero charlábamos de una manera tan impersonal y calculada que solo le añadimos más surrealismo al asunto que nos unía.

Gabriela pidió torta de queso. Yo pedí lo mismo, pero no pude ver el plato. Mi mente me consumía. Por un lado, intentaba calmar mis nervios, y por el otro, pensaba en todo lo que debía hacer antes de acostarme con ella.

—¿Consumes alcohol, cigarrillos o drogas?—, le pregunté.

—Nada de eso—, me dijo mientras negaba con su cabeza.

—¿No tomas ni una copa?.

—No. Dejé de tomar hace tiempo y no tengo el deseo de tomar ni ahora ni más adelante—, me dijo con molestia.

Había vuelto. Su furia, su tono de voz inclemente. Era un fuego que ardía en su espíritu y dificultaría el proceso. Pero sentía que debía hacerlo. Valdría la pena intentarlo y que ambos recibiéramos lo que queríamos.

—¿Cuándo lo haremos?—, me preguntó.

—¿A qué te refieres?—, le pregunté.

—Al sexo—, me respondió—. ¿Cuándo haremos el amor?.

—Oh… Tendría que hablar con mi abogado para revisar todo—, dije—. Después de que lo haga, podremos decidir una fecha con exactitud.

—Pero tienes poco tiempo, ¿o no?.

Asentí con mi cabeza.

—Bien—, me dijo entre largos suspiros. Ella empujó su plato hacia mí. Apenas quedaba un poco de torta.

—Ayúdame a terminarla. No quiero pensar que soy la única que come.

Un pequeño trozo de torta de queso había quedado en sus labios y lo lamió lentamente. Vi su jugosa lengua rosada pasearse por sus gruesos labios, y sentí cómo mi pene se retorcía dentro de mis pantalones.

Hasta ese momento, solo había pensado en el dinero y el bebé, pero al verla así me pareció una mujer muy atractiva, más de lo que me había parecido antes. Era una mujer con la que seguramente me encantaría hacer el amor.

Era hermosa.

Había curvas por todo su cuerpo.

Sus labios eran fogosos.

Su cabello oscuro hacía juego con su piel blanca. Y aparte era simpática y con un fuerte carácter.

Tenía todos los atributos que me gustaban de una mujer. Y hasta más.

Comí lo que quedaba de la torta. Gabriela sonrió ampliamente para mí.

Definitivamente, me haría feliz tenerla en mi cama.

10

GABRIELA

—¡¿Y ahora?!—, me gritó "Muñeca".

Soltó el apio que comía y me miró fijamente. Estaba impactada por mi historia. Me veía con tanto asombro que pensé que sus ojos saltarían.

Había aceptado la proposición de Alejandro y debía contárselo a alguien en quien confiara.

Mi madre, de fuertes creencias religiosas, creía que no se podía tener relaciones sexuales antes de casarse. No podía contarle nada. Mi padre era como un cero a la izquierda, es decir, un completo inútil.

Los vagabundos en las calles me prestarían más atención que él, y sus respuestas serían más claras.

Mis hermanos eran adolescentes.

¿Qué podrían recomendarme dos jovencitos sobre tener relaciones sexuales? No me comprenderían ni sabrían qué decirme.

"Muñeca" era mi única opción.

Escribí un mensaje de texto y se lo envié. Alejandro ya se había despedido porque debía volver a su oficina.

Me quedé en el centro comercial, la esperé en la cascada, rodeada de muchas personas que comían helados, pero no les presté atención.

Ellos tampoco nos miraban, así que pude hablar con ella tranquilamente.

—Decidí dejar el bar, siguiendo tu consejo—, le conté—. Esa misma noche, Alejandro me pidió ser la madre sustituta de su hijo, y no pude negarme.

"Muñeca" me veía como si yo fuese una marciana, o estuviera loca, o ambas. Pude entenderla. Estaba contándole algo que seguramente muchas mujeres rechazarían de plano.

—¿Estás completamente segura de lo que vas a hacer?—, me preguntó, con mucha lentitud—. Lo digo porque las madres sustitutas deben cumplir varios requisitos. Uno de ellos es haber tenido un embarazo exitoso. Sé que no has tenido hijos., ¿o sí?.

Le respondí negando con mi cabeza, y luego fruncí mi ceño.

—¿Cómo sabes tanto sobre el alquiler de vientres?.

Encogió sus hombros.

—Mamá ha sido madre sustituta en dos ocasiones—. me contó—. Siente que así puede hacer feliz a mucha gente y le motiva a mantenerse en forma. Pero para hacerlo, contactó primero a una agencia y estudió todo el tema. No conoció a los futuros padres en un bar y aceptó. Creo que, en tu caso, es un poco arriesgado.

"Muñeca" me había mostrado un panorama realista. Lo que me proponía era arriesgado, halado por los moños. Y más arriesgado era el hecho de que había confiado en Alejandro. Había dado ese paso, y pensé que estaba al borde de la locura.

Desconocía la razón, pero algo me hacía sentirme segura con él. Confiaba en sus palabras.

—Sus médicos descartaron que tuviera enfermedades de transmisión sexual—, le conté—. Y me va a pedir que me realicen todos los exámenes. Es seguro.

—Pero podría arrepentirse—, me dijo.

—Su abogado redactará un contrato—, le dije para calmarla—. No me preocupo por ese tema porque sé que no quiere perjudicarme.

—Perfecto, supongamos que cumple—, me dijo, y continuó—: Pero podrías tener complicaciones durante el embarazo o el parto.

No había pensado en esa posibilidad. Repentinamente me asusté. Contemplar esa posibilidad me tensó todos los músculos.

—Ahora resulta que retrocedimos trescientos años—, le dije mientras sonreía. Pero era una sonrisa falsa. Solo esperaba que no lo notara.

—Ya las mujeres no mueren mientras dan a luz.

Quedé en silencio. La mirada de "Muñeca" estaba fija sobre mi cara. Era una mirada que me impactó. No me gustaba esa expresión de asombro.

—¿Mueren…?—, le pregunté.

—En algunos casos, sí—, me dijo—. Y casi todo el mundo lo sabe.

Mi garganta se secó. Quise decir algo para calmarnos, sobre todo para calmarme yo, pero no se me ocurría nada.

—Le pediré que haya planes de contingencia—, dije al cabo de un rato.

—También le pediré que su seguro médico cubra cada gasto médico que se presente. Y por último, le pediré, o mejor dicho, le exigiré que mantengan a mi familia si me sucede algo. Es lo único que me importa—, le dije, sin poder contener la respiración.

—¡Gabriela!—, gritó "Muñeca". Parecía mencionar mi nombre para que me callara.

—Hago esto por mi familia—, le dije—. Quiero que se hagan cargo de ellos. A fin de cuentas, mi futuro no es prometedor.

"Muñeca" llevó sus manos a su frente. Parte de su linda cara quedó oculta bajo los rizos que cayeron cuando se movió.

Pensé que empezaría a llorar, y yo también sentí un nudo en mi garganta.

Temí muchas cosas. Estaba pensando en arrepentirme, y ella no decía nada para convencerme de lo contrario.

—Eres mucho más que una barriga en la que puedes cargar un bebé unos meses—, me dijo—. Eres una gran mujer y puedes ofrecer mucho más, amiga.

—Soy una gran mujer, pero estoy en la ruina. No podré ayudar a mi familia, a menos que los saques de este infierno—, le dije—. Lo hago por ellos, 'Muñeca'. Sí, soy más que un útero, lo sé. Pero lo voy a hacer. Necesito saber que cuento contigo, o de lo contrario...

Intenté decir algo más, pero no pude. Mis ojos se inundaron con el llanto y estaba tan molesta que quise buscar una almohada para golpearla.

Mi voz había desaparecido en medio del llanto. "Muñeca" se acercó a mí, llevó mi cabeza a su hombro izquierdo y puso su mano derecha sobre mi cabello. Con su otra mano acarició mi espalda.

Movía su pecho para mecerme, como si fuese un niño arrullado por su madre.

—Tranquila, Gabriela—, me dijo—. Si no quieres hacerlo, no lo hagas.

—No estoy llorando por esa razón—, le dije mientras secaba mi llanto—. Lloro porque mi mamá solo me juzgaría. Tú eres la única persona en el mundo en quien puedo confiar. Si no te pones a mi lado, no podré contar con nadie. Estaré sola.

"Muñeca" exhaló profundamente.

—Puedes contar conmigo—, me dijo—. Siempre estaré a tu lado. Es solo que no quiero que cometas un grave error o te embarques en esta aventura y luego te arrepientas.

—Gracias, amiga—, le dije. Había dejado de llorar y me senté derecha.

—Pero debo hacerlo. Solo así podré sacar a mi familia de la pobreza finalmente. Luego podré planificar mi vida.

—¿Y tu madre?—, deslizó suavemente "Muñeca"—. ¿Qué le dirás cuando se dé cuenta?.

Encogí mis hombros.

—Creo que, por los momentos, nada—, le dije—. Guardaré el secreto mientras pueda.

—¿Le esconderás un embarazo a tu madre?—, me preguntó "Muñeca" con incredulidad.

—No será tan necesario. Casi no la veo por su trabajo—, le dije—. Compraré ropa de tallas más grandes y le pediré a Dios que me ayude. Igualmente, soy una adulta. Puedo embarazarme si quiero. Y eventualmente, se convencerá de que lo hago por ella y mis hermanos Catherine y Alfonso.

—Bueno... te deseo suerte—, me dijo "Muñeca"—. Realmente espero que te vaya bien.

—Lo mismo digo.

Sonó mi celular. Era una llamada de Alejandro.

—Es él. Es Alejandro—, le dije.

No sabía si responder o no. Mi mente y mi cuerpo eran un torbellino de emociones. Tensión, alegría, miedo. Todo iba y venía.

—¿Vas a responderle o dejarás que tu teléfono chille toda la vida? —, me dijo "Muñeca" entre sonrisas.

—Debería responderle... creo.

—Pues... sí—, me dijo.

Atendí y su linda voz sonaba más dulce que antes.

—Gabriela, ¿puedes oírme?—, me preguntó.

—Sí, te oigo perfectamente.

—¿Aún te sientes bien para que hagamos lo que planeamos?.

¿Alejandro Smith sonaba nervioso? ¿Estaba asustado? ¿Le inquietaba lo que pasaría? ¿O solo pensaba cosas por mis propios nervios?

—Sí... Sí me siento bien—, le dije.

—De acuerdo. Hablé con mi abogado y redactará unos documentos. Podríamos vernos mañana—, me dijo—. ¿Te parece bien?.

—Mañana? Vaya, parece que todo va muy rápido—, Tragué grueso y miré a mi amiga.

—Gabriela, si quieres unos días más...

—Debo revisar mi agenda. Es todo—, le dije interrumpiéndolo—. Así sabré si estaré disponible.

—Bueno...—, dijo con un tono de decepción.

—Alejandro, es un chiste—, le dije—. Tengo tiempo para ti. Estoy desempleada, así que no tengo mucho que hacer.

—Genial—, dijo mientras exhalaba profundamente—. Sí, sé que estamos acelerando el paso, pero ya sabes que no tenemos mucho tiempo. Espero que, si tienes alguna duda, mi abogado pueda responderte. Haremos todo para que esto funcione.

—Me parece excelente—, le dije.

Intentaba hablar con seguridad, para que sintiera que estaba convencida.

—Manos a la obra entonces.

—Cuando sepa dónde nos veremos, te enviaré un mensaje de texto —, dijo.

Nos quedamos en silencio un rato, hasta que retomó la palabra.

—Y… ¿Gabriela? Jamás podré agradecerte lo suficiente todo lo que estás haciendo. Todo lo que estás dejando de lado. Nunca podré olvidarlo. Nunca, te lo juro.

Sonreí cuando escuché sus frases cargadas de alegría. Lo supe en ese momento: lo hacía por mi familia, para ayudarlos, para garantizar su futuro, pero también lo hacía por Alejandro.

Sentí que quería ayudarlo con el bebé porque… me gustaba. Lo veía como un hombre agradable y decente, que había sido empujado a una situación extrema y estaba desesperado por salir de ella.

Claro que no lo veía como mi futuro esposo ni nada de eso.

Tampoco pensaba que él y yo tendríamos una relación muy romántica y me enamoraría perdidamente de él.

Eso solo pasaba en las películas románticas. En mi vida no había nada de romance ni de película. Solo problemas que, aparentemente, empezaba a solucionar.

Aparte de que eso parecía imposible, recordé que tomaría el dinero para huir de la ciudad.

Castillo Azul era un lugar que ya empezaba a odiar y quería escapar cuanto antes. Dejar Castillo Azul significaba que dejaría también a Alejandro. Esa partida me impedía verlo como un novio o encariñarme con él, hasta el punto de quererlo. Lo único que me unía a él era un contrato. Todo se reducía a una relación comercial.

—Nos vemos, Alejandro.

—Nos vemos, Gabriela.

Terminé la llamada y vi su número en la pantalla por un largo rato. Todavía intentaba que mi cerebro asimilara toda la información que había llegado a mis oídos.

Como había dicho Alejandro, había que moverse rápido porque el tiempo era su enemigo. Mi corazón latía como un caballo galopante. Otra vez sentía cómo mis mejillas se enrojecían.

—Bueno, aparentemente una chica aquí está locamente enamorada —, dijo "Muñeca" a modo de chiste.

—Por favor...—, le dije—. Nada que ver. Esto solo es un negocio del que ambos nos beneficiaremos.

—Sí, claro—, me dijo.

Yo mentía. Estaba consciente de ello y "Muñeca" también. Quería repetirme esa mentira hasta el cansancio hasta que pudiera creérmela. Debía ver a Alejandro como mi socio y no como un hombre perfecto para mí si quería que todo saliera bien.

—Gabriela, fingiré que te creo...—, me dijo "Muñeca"—. Solo te pido que seas muy cautelosa. Podría herirte. Necesita que le des algo, y cuando ya lo tenga entre sus manos...

—No lo permitiré, amiga. No mezclaré mis sentimientos con este contrato—, le dije.

—Pertenecemos a mundos muy distintos. Usaré el dinero que obtenga para abandonar esta ciudad de mierda. Yo también estoy usándolo, si lo vemos así. Son solo negocios.

—Quizás con el tiempo te convenzas de que eso que dices es verdad—, respondió.

* * *

Bajé del autobús y me quedé contemplando el edificio que se erguía poderosamente frente a mí, "Empresas Smith". Ese era el lugar que me había indicado Alejandro en su mensaje.

Me vería con él y su abogado para leer el contrato. Sentí que iba por el camino correcto para abandonar esta ciudad, y que tal vez sería la última ocasión en la que pasaría por esas calles.

Sentí que el edificio era tan alto que me tragaría. Era un rascacielos gigantesco, con centenares de ventanas y toneladas de acero.

Moví mi cuello para ver la cima, pero me dolió.

Me costaba creer que solo una familia era la dueña del edificio, y que adentro tenían tantos empleados para ejecutar tantas tareas que se me haría imposible entenderlo todo. Pero dejé mis pensamientos a un lado, porque sabía que solo trataba de apaciguar mis nervios, y entré.

Algunas de las luces hermosas y brillantes, que nunca en mi vida había visto, estaban encendidas. La mayoría de esos bombillos estaba ya apagada, como era de esperarse tras largas jornadas de trabajo.

Supuse que uno de ellos anunciaba cuál sería nuestro punto de encuentro. Busqué el trozo de papel en mi bolso y lo encontré. En él había apuntado la dirección y el número de la oficina donde nos veíamos. Respiré profundamente, dándome ánimo.

"Este es el momento", me dije a mí misma.

Tomé fuerza para abrir unas puertas inmensas de vidrio azul. Fui por la sala vacía y llegué a la recepción. Pero no había ninguna recepcionista de blusa azul ni nada que se le pareciera.

Solo un agente de seguridad con cara somnolienta.

—Hola. ¿Qué puedo hacer por usted?—, me preguntó.

—Hola. Vine porque me reuniré con el señor Alejandro Smith—, le respondí—. Tenemos una cita.

El vigilante me vio como si yo tuviera otras intenciones.

Había buscado algo elegante para la ocasión, y me había decantado por la misma falda que había usado el día anterior, con una blusa blanca. Nada de chaquetas, pero sí unos tacones medianos y medias opacas.

Asumí que me veía elegante y formal, para una reunión de negocios, pero el vigilante parecía pensar lo contrario.

—¿Su nombre es…?—, me preguntó.

—Gabriela Villavicencio—, dije.

Actuaba como si quisiera interrogarme o sospechaba que cometería un delito grave dentro del edificio. Me sentí tan mal por su actitud que tomé el trozo de papel y lo arrugué.

Después volví a abrirlo, y noté como el sudor ya empapaba mis manos. Mis pies también empezaban a inquietarse.

El agente tomó un teléfono, pero su mirada seguía escudriñándome. Hablaba en voz baja y tapaba su boca con una mano.

Me detuve a ver el edificio.

La sala principal estaba construida con mármol y madera antigua. Había varias plantas medianas y una pequeña fuente de agua al fondo.

El lugar contaba con varios asientos de cuero para esperar, algunos cuadros grandes y ascensores al final.

Unos retratos de médicos y enfermeras se veían en los pasillos superiores. Todos tenían mensajes positivos sobre las Empresas Smith y su esmero en desarrollar productos farmacéuticos para sanar a las personas y curar enfermedades.

—Sube—, me dijo el vigilante cuando colgó el teléfono—. Te espera en el piso catorce, en el salón de reuniones. Tienes que tomar el ascensor y…

Cuando dijo "sube" dejé de oír. Decidí encontrar yo misma el salón y así huir de su mirada llena de prejuicios y sospechas. Fui hacia los ascensores y cada paso que daba me hacía sentir más nerviosa.

Era como si caminara por una pila de fuego, como si una pesadilla se hiciera realidad.

Sentía que ese fuego subía por mi cuerpo y yo perdía el control de mi cuerpo adolorido y quemado. Llamé al ascensor y entré. Presioné el botón casi automáticamente.

Reaccioné y ya estaba en el piso catorce. El ascensor se abrió con un sonido relajante, pero yo no sabía si bajar o quedarme allí. Esperé tanto que el ascensor se cerró de nuevo, por lo que tuve que pulsar el botón para que las puertas se abrieran nuevamente

Salón de reuniones, pensé. Ese era el lugar donde me esperaba Alejandro.

Recorrí el lugar con mis ojos, buscando alguna indicación, pero no encontré ninguna.

Otra recepción estaba frente a mí, pero no había nadie. Parecía que todos los empleados ya estaban en sus casas, por lo que me arrepentí de no haber oído las indicaciones del vigilante.

Vi hacia mi izquierda, hacia mi derecha. Por todos lados había pasillos y yo no sabía adónde me llevarían. Me asusté y me sentí perdida.

Entonces oí algunos pasos y me calmé. Los pasos se acercaban cada vez más a mí. Era Alejandro.

Me vio y sonrió.

Mi corazón casi salía por mi boca.

—Llegaste—, me dijo. Con su mano hizo un gesto para que siguiera sus pasos—. Acá estamos esperándote.

Lo seguí por el pasillo. Al final había dos puertas gigantescas que marcaban el final del piso catorce.

Alejandro abrió las puertas y contuve mi aliento ante el tamaño de esa sala.

Era un espacio que podría recibir cómodamente a unas sesenta personas, pero en ese momento solo éramos tres: Alejandro, un hombre que supuse que era su abogado, y yo.

El hombre se levantó de su asiento y me saludó con firmeza.

—Soy Franklin Juárez—, dijo—. Es un gusto para mí.

—Soy Gabriela Villavicencio—, le respondí.

Franklin lucía como un abogado de pies a cabeza. Usaba un traje negro, una camisa blanca y una corbata amarilla. Una pila de papeles y una carpeta gruesa estaban en el escritorio frente a él

—Gabriela, toma asiento, por favor—, me pidió Alejandro.

Haló una silla para mí y me senté a su lado.

Me vio con tanta intensidad, con toda la fuerza de sus ojos azules que me recordaban la paz del mar, que por primera vez desde que había entrado al rascacielos me sentí tranquila y convencida de que todo saldría bien.

Sonrió y una ola de calor invadió mi cuerpo.

Era calor, pero al mismo tiempo calma y confianza.

La confianza de saber que Alejandro haría todo lo que estuviera a su alcance para que todo funcionara y yo estuviera feliz.

Estaba a un lado de Alejandro, pero la mesa era tan grande que sentí que estaba a miles de kilómetros de distancia. Franklin se sentó del otro lado y extendió una pila de papeles para mí. Le pasó otra pila a Alejandro y él se quedó con una copia de los documentos.

Vi que Franklin sacó de su bolsillo una grabadora digital. La encendió. Todo lo que dijéramos quedaría registrado.

—Entiendo que has decidido ser parte de un acuerdo de maternidad sustituta con Alejandro—, me dijo—. ¿Es así, Gabriela?.

—Así es—, le dije. Puse mis manos sobre mi pecho para disminuir mi tensión.

—Seré parte del acuerdo.

—¿Y viniste porque quisiste hacerlo?—, me preguntó—. ¿Firmarás porque es tu voluntad y no porque alguien te obliga?.

—Absolutamente no. Vine porque quise—, dije mientras veía a Alejandro. Reí un poco.

—Son solo preguntas protocolares—, me dijo Franklin—. Las hacemos para comprobar que comprendes adónde nos llevará esto.

Giró para ver a Alejandro y le dijo—: Quiero decir, que los dos lo comprendan.

—Comprendo todo—, le dije.

Moví mis manos sobre mi cintura, mi falda, y luego sobre mi pecho otra vez, tratando de entretenerme y no mostrar mi nerviosismo.

—Yo también comprendo el protocolo, Franklin. Y te agradezco que hayas redactado todo rápidamente—, dijo Alejandro.

—Sí, porque necesitamos hacer todo en el tiempo establecido—, dijo Franklin.

—¿Le explicas a la señorita Villavicencio los términos del acuerdo? ¿O deseas que yo lo haga?.

—Lo haré yo, Franklin. Y si me equivoco, me alegraría que me corrigieras de inmediato—, dijo Alejandro.

Franklin asintió con su cabeza.

Vimos con mucha expectativa a Alejandro, aguardando por sus palabras. Él también vestía un traje muy sobrio y elegante, de un tono azul oscuro, casi negro.

Su corbata era de un azul más claro, que combinaba con el color de sus hermosos ojos, y pude ver que debajo de su traje lucía una blanquísima camisa.

Él me miró, lanzó una fogosa ojeada sobre mi cara, y mis mejillas volvieron a llenarse de un rojo intenso.

Ese guapo hombre estaría acompañándome en una cama en solo unos días. Vi su rostro otra vez, y lo imaginé sobre mí, desnudo, sudoroso, despeinado y ardiendo en excitación, y me sentí más caliente que nunca. Definitivamente, no era solo un acuerdo comercial, pero debí concentrarme porque la intensidad crecía dentro de mí y podría perder la compostura.

Así que me senté lo más derecha que pude y me preparé para oír los términos.

Alejandro miró el contrato que tenía ante él, no sin antes pasar su mano izquierda por su cabello, llevándolo hacia atrás. Era como contemplar a un ángel en la tierra.

—Franklin y yo conversamos antes de que llegaras. Tomé la decisión de duplicar tu pago, Gabriela, por tu colaboración en este acuerdo—, me dijo.

—Voy a pagarte doscientos mil pesos. Para ello, necesitaré que aceptes algunos requisitos más.

Vaya. 'Doscientos mil pesos'. Sentí cómo la nueva cifra estallaba en mi cerebro. Con esa cantidad, podría llevarme a mi familia a un lugar mejor y comenzar de nuevo.

Vi a Alejandro, quise tomar la palabra para expresarle mi enorme gratitud por duplicar la suma, pero mi garganta estaba oprimida por la sorpresa.

De repente, Alejandro sacó un paquete de una gaveta del escritorio y me la entregó.

—Aquí hay varias pruebas de ovulación. Podrás usarlas y así podremos determinar cuando estés ovulando. De esa manera, nuestras probabilidades de éxito serán más altas—, me dijo, con un tono de voz parecido al de un doctor.

—También incluimos pruebas de embarazo, vitaminas, ácido fólico y tratamientos para aumentar la fertilidad, con sus respectivas instrucciones. Todo esto es para que podamos conseguir que te embaraces en el menor tiempo posible. Voy a pedir una consulta para ti con uno de nuestros médicos. Él podrá atenderte y responder tus preguntas, si las tuvieras. Es el doctor Sánchez, uno de los más reconocidos del país, y quien además trabaja para nosotros en las Empresas Smith. Hará tus pruebas de enfermedades de transmisión sexual necesarias para que avancemos. Si encuentra alguna enfermedad, nos veremos en la obligación de anular el contrato, a menos que tenga tratamiento.

—Por eso no tienen que preocuparse—, le dije, interrumpiendo su charla médica para darme un respiro y digerir todo lo que me decía.

Entonces recordé una de sus frases y le hice una pregunta.

—¿Medicinas para la fertilidad? ¿No debería tener una prescripción para tomarlas?.

Alejandro relajó sus hombros y llevó sus manos a la gigantesca mesa. Movió su pecho hacia adelante.

Era como si quisiera contarme un secreto, una revelación importante que debía escuchar solamente yo, pero estaba un tanto retirada de él. Miró al abogado fijamente, y este apagó la grabadora.

Mostró un semblante muy serio y empezó a hablar.

—En teoría, sí la necesitas, pero hablé con el doctor Sánchez—, me contó—. Llegamos a un acuerdo, y él firmará un contrato confidencialidad cuando terminemos aquí. Es para su protección.

—Entiendo—, le dije. Sentí que la tensión volvía, esta vez más con fuerza.

—¿Necesitan algo más?.

Miro a Franklin de nuevo.

El abogado encendió la grabadora. Otra vez mis palabras quedarían registradas.

—Así es, Gabriela. Necesito que firmes el contrato de maternidad sustituta y uno personal conmigo. Ese contrato especifica que no puedes tener relaciones sexuales con otra persona que no sea yo, hasta que nazca el niño o decidamos anular el acuerdo—, dijo, con su rostro serio otra vez—. Tampoco podrás consumir alcohol, estupefacientes ni cigarrillos hasta que el bebé nazca.

—Ya te dije que hace años que no consumo nada de eso—, le dije con nerviosismo.

—Lo sé. Creo cada una de tus palabras—, me dijo mientras asentía con su cabeza—. Pero me siento más respaldado si firmamos el contrato.

—Eso significa que no confías en mi palabra—, le dije.

Hablé con tanta seguridad que incluso yo me sorprendí. Alejandro estaba asombrado. Su mirada pasó de ver unos segundos a Franklin a mirarme fijamente.

—Gabriela, esto no tiene que ver con confianza—, dijo—. Son negocios. De eso se trata.

Una risa casi imperceptible salió de mi garganta.

—Claro, claro. Puedo llevar tu bebé en mi cuerpo durante nueve meses, para eso soy una mujer confiable, pero cuando se trata de drogas o alcohol, ya no lo soy tanto—, le dije.

El abogado empezó a hablar.

—¿Tiene algún problema con este acuerdo, señorita Villavicencio? Le rogaría que nos lo dijera en este momento si es así, o si tiene alguna inquietud en particular.

Se trataba de 'Doscientos mil pesos'. Una cifra que jamás había visto. Solo podría conseguir ese dinero con ese contrato, o ganándome la lotería.

Yo no tomaba drogas, nunca lo había hecho, y estaba lejos del alcohol desde que mi padre se había convertido en un alcohólico.

Sabía los problemas de salud que causaba el licor. Eso no me preocupaba. Pero sí me preocupaba su falta de confianza. No obstante, tal vez Alejandro tenía razón. Era un hombre de negocios y sabía cómo hacer las cosas para estar seguro.

—Solo quiero que el señor Smith se sienta más cómodo. Firmaré ambos contratos —, le dije—. No tengo ningún problema con esos dos asuntos.

Franklin me miró.

Comprobé con la expresión de su mirada que no creía que yo podría dar a luz al bebé de Alejandro. Estaba molesta. Recordé cómo otras personas habían lanzado una mirada parecida sobre mí. Quise responderle, pero me frené. Si había un momento inadecuado para desatar mi rabia, era justamente ese.

Alejandro volvió a tomar la palabra.

—Me gustaría que leyeras minuciosamente ambos acuerdos. Puedes hacer cualquier pregunta que quieras o plantearnos cualquier duda—, me dijo.

—Casi todo está claro. Por ejemplo, se aclara que una vez que el niño nazca, tendré la patria potestad.

Franklin empezó a hablar.

—Señorita Villavicencio, ¿comprende esos términos?.

—Por supuesto. Sé que no seré parte del cuidado del niño—, dije, cono tono susurrante—. Me quedó claro desde el principio.

—No solo no cuidarás al niño—, dijo Franklin, y prosiguió—: Deberás evitar contactar por cualquier vía a cualquier miembro de la familia Smith. Nada de correos ni fotografías familiares. Jamás verás a tu hijo. Incluso, otra mujer podrá hacerse carago de tu bebé como si fuese suyo. ¿Estás de acuerdo?

Sentí que mi cuerpo se estremecía. Era una realidad bastante cruda. Un escenario tan doloroso que yo no había contemplado.

Franklin siguió narrando las cláusulas.

—Si Alejandro y su hijo te ven en público, no podrás acercarte a ellos, porque…

Alejandro lo interrumpió:

—Franklin, creo que ha escuchado suficiente. Quizás está sintiéndose mal por todo lo que está oyendo, y no quiero que me vea como un gran imbécil—, le dijo.

—Mira su expresión. Parece un fantasma. Su cara está pálida de miedo.

—Solo le estoy diciendo las cosas para que tenga claros todos los términos contractuales—, respondió Franklin.

—Le aseguro que ya los tengo muy claros—, le dije al abogado.

Estaba más tranquila de lo que me había imaginado. Me sentí feliz de haberme controlado después del baño de realidad que me había dado el abogado.

Alejandro retomó la palabra.

—En realidad, no quiero separar a mi bebé de ella, especialmente si me hacen preguntas sobre su mamá—, me dijo.

—Les diré la verdad. Si en algún momento siente el deseo de tener contacto permanente con ella, podrá hacerlo. Dependerá de él, no de mí.

Mis labios esbozaron una sonrisa, pero el abogado empezó a hablar y me la arrancó.

—Alejandro, entiendo que quieras llevar las cosas en buenos términos, pero no creo que debas hacer eso. Es por la seguridad de tu familia—. Franklin me vio, pero rápidamente vio a Alejandro.

—Escucha, no quiero parecer grosero con la señorita Villavicencio, pero creo que…

Sabía lo que diría a continuación, y no pude evitar hablar. Había oído esas frases de prejuicio y rechazo por mi clase social durante toda mi vida.

El abogado se expresaba así porque no quería que una mujer de los barrios más pobres de la ciudad como yo avergonzara a la poderosa familia Smith, la dueña del edificio donde me encontraba.

—Escuche, señor Juárez, no tiene que decir nada más. Entiendo mi situación.

—Gabriela…—, me interrumpió Alejandro.

Hice un gesto con mi mano para que no dijera nada más. Se calló de inmediato. Ya conocía mi temperamento.

—Alejandro, comprendo por qué tu abogado dice lo que dice—, le comenté.

—Yo también me sorprendí con tu gentileza y buenos modales conmigo, hasta que supe que querías algo de mí. Entonces todo encajó. Ahora comprendo por qué estoy aquí. Entiendo lo que quieres y haré todo lo posible para dártelo.

Mi garganta estaba hecha un sinfín de nudo, pero logré detener mis lágrimas. Los vi con firmeza, con mi frente en alto, y no les mostré ni un atisbo de tristeza.

Les había dicho que entendía por qué estaba ahí, pero básicamente lo que quería decir era que no debían preocuparse, porque yo sabía que no intentaría ser la esposa de Alejandro Smith. Además, jamás me aceptarían.

—No fui gentil contigo por esa razón, Gabriela—, me dijo Alejandro.

—Tus razones ya no me importan—, le respondí.

—Solo quiero que sepan que no les traeré problemas, y que comprendo perfectamente que ya no tendré derechos sobre el bebé una vez que nazca. Quizás crean que soy una chica tonta, pero soy lo suficientemente lista para saber que será duro para mí. De todas maneras, espero que Alejandro pueda garantizar que mi… quiero decir, su hijo, tenga un futuro mejor. Un futuro mejor del que yo podría darle. Adicionalmente, podré usar el pago que reciba para planificar mi propia familia. Así que tengo todos los términos claros.

Franklin asintió con su cabeza.

—De acuerdo, señorita Villavicencio. Es bueno saber que entendió todo y está de acuerdo.

—Quiero firmar ya los contratos.

Revisé los contratos, leyendo cada párrafo. Cuando terminé, Franklin me extendió un bolígrafo para que los firmara. Alejandro y yo firmamos las tres copias de cada contrato.

Franklin me dio una carpeta.

—En esa carpeta está mi tarjeta, con todos mis datos de contacto —, me dijo.

—Me alegra haber estado aquí con ustedes para firmar estos contratos, pero es hora de que vuelva a mi casa. Mi esposa aguarda por mí y la cena se enfría.

Alejandro se levantó para despedir al abogado. Estrecharon sus manos y siguieron hablando.

Aproveché su charla para salir en silencio. Justo cuando iba a llamar al ascensor escuché mi apellido detrás de mí.

Era Franklin quien me llamaba.

—Señorita Villavicencio, quisiera disculparme con usted. No quise ser muy rudo con usted en la reunión.

Negué con mi cabeza.

—No se preocupe. Ya me acostumbré.

Me vio fijamente por un largo rato.

Después, su mirada paseó por el salón de reuniones y los pasillos.

Se acercó a mí y empezó a hablarme con un tono de voz bastante bajo.

—Lo hice para que seas consciente de que ya no estarás aquí cuando nazca el bebé—, me dijo.

—Sí, Alejandro es una persona muy noble y quiere ayudarte, pero eso significa que está poniéndote por encima de las necesidades de su familia o las suyas. Tiene que concentrarse en sus asuntos, y eso...

Alejandro abrió el salón de reuniones y Franklin dejó de hablar. Se mostró ante nosotros, sonriente y elegante una vez más.

—Gabriela, pensé que ya te habías ido—, me dijo. Caminó por el pasillo para alcanzarnos.

—Pensaba salir a cenar. ¿Me acompañas?.

Franklin fue detrás de Alejandro y movió su cabeza en señal de negación. Quería convencerme de rechazar su invitación, pero yo quería pasar más tiempo con él.

Eran mis sentimientos los que hablaban.

Pero mis sentimientos se habían equivocado en otras ocasiones. Era mejor no acercarme mucho ni compartir más tiempo entre cenas y almuerzos con el futuro padre de mi… su hijo.

—Suena tentador, pero esta vez pasaré. Gracias, Alejandro, pero ya tengo algo planeado—, dije.

Franklin sonrió detrás de Alejandro.

Él giró para ver a su abogado, pero ya su rostro mostraba una expresión seria. Se mostraba ante Alejandro como un compañero agradable, incapaz de manipular a alguien.

Empezaba a odiarlo. Y ya quería gritarle algunas cosas y patearlo en las bolas.

—Oh, yo solo conversaba con la señorita Villavicencio—, dijo Franklin—. Expresarle que no era mi intención ser tosco con ella en la reunión.

Alejandro frunció su ceño y yo le mostré una sonrisa falsa.

—Le dije que no se preocupara, que ya sé que son solamente negocios.

Giré y fui hacia el ascensor otra vez.

Caminé rápidamente para no tener que hablar con ellos otra vez, especialmente el abogado.

La tensión se adueñaba de mis músculos y mi corazón latía aceleradamente.

No quería sentí algo más fuerte por Alejandro.

Tenía que evitarlo a toda cosa, porque sentía que, si me apegaba más a él, la historia no terminaría bien para él… o para mí. Sería una cagada terrible.

11

ALEJANDRO

Franklin seguía hablando sin parar, pero pude ver cómo Gabriela se alejaba de nosotros.

Sentí que él quería mantenerme a mucha distancia de ella.

—Franklin, dame un minuto—, le dije, poniendo mi brazo en su hombro.

—Regreso en un momento.

Fui tras ella tan rápido como pude, pero solo pude ver cómo las puertas del ascensor se cerraban y el sonido se apagaba.

Presioné el botón varias veces para abrirlo, pero el ascensor ya iba descendiendo.

Me quedé de pie allí, esperando el siguiente, pero vi que venía desde el primer piso. Cuando llegara al catorce, Gabriela ya estaría en la calle.

¿Por qué quería seguirla?

No lo sabía, pero recordé el dolor y el temor que había cruzado por sus ojos durante la reunión. Quizás era esa la razón u otra, pero igualmente me sentía airado, y quise estar a su lado para hablarle y abrazarla. Franklin se acercó a mí mientras yo esperaba.

Se paró a mi lado sin decir una sola palabra.

—No entiendo tu actitud con ella. No tenías que ser tan brusco. Recuerda que está ayudándome—, le dije.

—Alejandro, tiene que saber desde ahora lo que le espera—, me dijo.

—Soy el abogado de tu familia, no solo de ti, y debo asegurarme de que todos estén a salvo y nadie quiera aprovecharse de ustedes. La idea de que tengas un hijo con una mujer de una raza inferior...

—Un momento, Franklin. Repite lo que acabas de decirme.

Giré hacia él. Quise creer que había dicho otra cosa.

Exhaló profundamente y evitó mirarme.

Sus ojos estaban contemplando el ascensor cuando empezó a explicarse.

—Sí, sé que necesitas resolver este asunto urgentemente, Alejandro —, me dijo—. Pero creo que tu padre tiene razón. Para mí, Vanessa sería la mejor opción. Viene de una familia rica, es blanca y tiene buenos genes.

—Y le gusta acostarse con otros hombres, estaba conmigo solo por mi dinero y me traicionó... Eso ya es parte del pasado, Franklin—, le dije entre risas.

—¿Por qué dijiste que Gabriela es de una raza inferior? ¿Por qué ese tema es importante?—, le pregunté.

—Porque tiene raíces africanas—, dijo, como si eso fuese un error —. Su madre nació en un país africano.

—¿Y tú cómo sabes esos detalles?—, le pregunté—. ¿Por qué te parece importante?.

El ascensor finalmente llegó y entramos.

Su sonido anunció que bajaríamos de inmediato, y Franklin habló sobre los nuevos modelos de ascensores que ya se usaban en otros edificios para evadir mi pregunta.

—Franklin, no me has respondido.

—La verdad es que investigué sobre su familia, Alejandro—, me contó.

—Quería saber más sobre la mujer que te había parecido la indicada para que fuese la madre sustituta de tu hijo. Una de mis responsabilidades es estar al tanto de todo, para que tú y tu familia puedan sentirse más seguros.

—Oye, saca a mi familia de este tema—, le dije con fuerza—. Esto solo tiene que ver conmigo, y no quiero que se lo digas a nadie hasta que yo sienta que es el momento oportuno. ¿Entendiste?.

Se mantuvo en silencio.

—Franklin, soy el que firma tus cheques, y seré el director general de las Empresas Smith cuando mi padre ya no esté aquí. Si te doy una orden, debes obedecerla, a menos que quieras que me moleste. Y si me molesto contigo por tus acciones, podría despedirte.

Pude ver cómo su cara se nublaba por mis palabras. Era la primera vez en toda la noche que mostraba cierto miedo. Giró hacia mí y aclaró su garganta.

—Lo entiendo, señor Smith—, dijo—. Su familia no sabrá nada.

Llegamos al piso principal. Salí velozmente, y miré todo el lugar, buscando a Gabriela.

Solo había un guardia de seguridad en la recepción.

El resto estaba vacío.

Fui hacia la calle con más velocidad, viendo por todos lados, por todos los restaurantes.

Gabriela no estaba.

Llegó un autobús al otro lado de la calle a recoger los pasajeros, pero no tuve tiempo de dar unos pasos para ver si ella estaba allí. Cuando reaccioné, Gabriela ya subía y su mirada se detuvo sobre mí por unos segundos. Vio mis ojos sobre ella y giró.

Franklin me encontró y se detuvo a mi lado.

—Alejandro, no le contaré sobre esto a tu familia, pero quiero que te quede claro que mi mayor preocupación es el bienestar de todos, no solamente el tuyo. Es mi deber hacer todo lo posible para que todos estén bien y mi compromiso es cumplir con mi labor. Es un compromiso que tengo con todos ustedes. Te prometo que haré mi mejor esfuerzo.

Fue hasta el estacionamiento del rascacielos y pude seguir su silueta hasta que se hundió entre los pocos autos que aún estaban aparcados.

Mi cuerpo todavía se sentía tenso por sus palabras. Pensé que hubiera sido mejor otro abogado para que me ayudara con este asunto, uno que no estuviera comprometido con mi familia, como decía él.

Ya no podía hacerlo. El tiempo estaba en mi contra y yo tenía que actuar rápido.

Solo esperaba no arrepentirme después.

Vanessa ocupaba nuestro apartamento desde la ruptura.

Yo, mientras, me quedaba en mi antiguo dormitorio en casa de mi familia, ubicada en Las Colinas.

Había pensado que después de un tiempo, Vanessa estaría más tranquila.

Pero al cabo de una semana, me di cuenta de que no podía seguir en casa de mis padres y debía conseguir mi propio espacio. Y no quería volver al apartamento, porque los recuerdos de todo lo que había vivido con ella me abrumarían, aunque le pidiera irse. Podría dejarle el apartamento, que asumiera las cuentas del lugar y yo buscaría una casa para establecerme.

Llegué a casa después de la reunión y mamá estaba despierta.

—Mamá, ¿qué sucede?—, le pregunté.

El reloj marcaba las diez y cuarenta de la noche. Solía acostarse temprano. Pero estaba en la sala de estar tomando té mientras contemplaba el fuego de la chimenea, justo frente a ella.

Una sonrisa cálida despertó en sus labios ella cuando escuchó mi voz.

—Oh, estaba esperándote—, me dijo—. Solo quería saber cómo vas con la misión que te asignó tu padre.

Recordé a Gabriela, y quise contarle a mamá sobre la alegría que estaba sintiendo porque aparentemente todo marchaba por buen camino.

Estaba seguro de que ella aprobaría mi decisión, pero las palabras de Franklin me congelaron. Gabriela, su madre negra y todo lo demás.

La reacción negativa que provocaría en mi familia. Me sentí repentinamente nervioso y no podía descubrir la causa.

Entonces decidí mantenerlo en secreto, incluso de mi madre, por ahora. Estaba cansado, no quería escuchar a mi madre suplicándome para conocerla, y quería dormir.

Adicionalmente, Gabriela ni siquiera estaba en estado y no teníamos ninguna certeza de que mi plan funcionaría.

Saludé a mi madre con un beso sobre su mejilla y fui al mini bar.

Me serví una ginebra y me senté a la mesa. El licor calentó mis entrañas y me preparé para hablarle.

—Ya estoy buscando—, le dije finalmente.

Se sorprendió.

—¿Ya estás buscando?—, preguntó—. ¿Y esa búsqueda te ha dado algún resultado?.

—Necesito algo de tiempo, mamá.

—Alejandro, tiempo es justo lo que no tenemos—, me dijo.

Suspiró mientras se levantaba. Se paró justo frente a mí, y pude ver su semblante firme.

Mostraba un poder que generalmente no se veía en ella. La vi fijamente, pero sentía que ella podía ver dentro de mi alma, como una madre tratando de enseñar algo a su hijo. Volvía a mi infancia, o al menos eso sentía, cada vez que mostraba esa expresión.

—Alejandro, te lo digo muy en serio—, me dijo—. Marcos dirigirá la empresa si no lo logras. Tienes que lograrlo.

—Mamá, ya te dije que estoy buscando—, le respondí mientras sorbía el último trago de mi bebida.

Iba a servirme otro trago, pero tomó mi vaso y lo puso en la mesa.

—¿Y tú crees que tu hermano está simplemente buscando y

pidiendo más tiempo?—, me preguntó—. ¿O ya está teniendo relaciones sexuales para tener a su hijo?.

—Mamá, no quisiera entrar en esos detalles—, le respondí—. Tampoco quiero contarte sobre mis relaciones, así que, si me disculpas, voy a dormir.

Se puso frente a mí. Llevó sus manos a su cintura y frunció su ceño. Sus labios se veían bastante tensos.

—Alejandro, solo quiero saber si tienes alguna posible candidata.

—De hecho, sí—, le dije—. Ahora iré a mi cuarto.

—¿Y quién es? ¿De dónde salió?.

—Dijiste que solo querías saber si tenía una candidata y ya te respondí—, le contesté—. Me siento muy cansado. Quiero dormir.

Caminé en semicírculo a su alrededor y fui hacia la puerta.

No quería esconderle lo que estaba pasando, así que giré y le sonreí ampliamente. Esperaba que ese gesto la hiciera sentir mejor.

—Mamá, por favor, quédate tranquila. Entiendo la situación—, le dije—. Cuando ya mi bebé venga en camino, tú serás la primera que lo sabrá.

Su cara finalmente se relajó.

Ella también sonrió ampliamente. Había dicho la palabra bebé y sus ojos habían brillado como un rayo de sol.

Estaba satisfecho de saber que sería una estupenda abuela, y que quería tener nietos tanto como mi padre, o tal vez más. Lo sabía por la alegría en su mirada.

—Hijo mío, muchas gracias—, me dijo—. Es lo único que espero que hagas. No permitas que Marcos ocupe tu lugar.

—Bajo ninguna circunstancia permitiré que eso pase, mamá—, le dije.

—Te lo prometo. Confía en mí.

12

GABRIELA

*L*legué a casa y todos estaban sentados a la mesa de la cocina, excepto mi padre. Él estaba en el sofá, como siempre, pasando su borrachera, por lo que nos sentíamos calmados.

Todos comían pasta con carne y tomaban jugo de naranja. Eso significaba que mamá había cobrado y había preparado una cena agradable. Y era una buena noticia para mí, porque estaba muy hambrienta.

Mamá lucia agotada. Sus ojos denotaban su agotamiento crónico por sus dos trabajos y las largas jornadas sin dormir lo suficiente.

Había terminado de trabajar y de inmediato había empezado en su otro empleo. Se notaba que estaba quedándose dormida sin quererlo, pero tuvo la fuerza para levantarse de su silla y saludarme cuando entré a la cocina. Me abrazó con fuerza y besó mi mejilla.

—Hija, llegaste temprano—, me dijo.

Ella no sabía que me habían despedido.

—De hecho, es mi noche libre—, le dije—. Lo sé, es una noticia rara.

—Siéntate con nosotros—, me pidió mamá, señalando una silla—. Hay suficiente comida para todos.

Recordé que llevaba la bolsa con las medicinas y las pruebas en mi mano y la puse bajo mi brazo. Todos me harían preguntas sobre las vitaminas y las medicinas, pero no tenía respuestas en ese momento para ellas.

—La verdad es que no tengo apetito—, le dije—. Más tarde comeré algo.

Mamá asintió con su cabeza.

—Pero siéntate a conversar con nosotros. Parece mentira, pero ya casi no hablamos. Es como si ustedes me hicieran falta.

Catherine vio la bolsa.

—¿Qué tienes ahí?—, me preguntó.

—Algunas... cosas personales.

—¿Cosas personales como toallas sanitarias?—, me preguntó.

—Sí, eso, toallas sanitarias—, le dije mientras la miraba.

Alfonso tapó sus orejas y frunció su ceño, con cierto asco.

—Es demasiada información. No quiero oír nada—, dijo.

—Si están en esa bolsa, deben ser toallas sanitarias enormes—, continuó Catherine.

Ella veía a Alfonso. Dirigía sus burlas a él y no a mí. Se mofaba de él mientras le arrojaba unos trozos de carne y él le lanzó unos espaguetis.

Mamá les pidió calmarse.

Fui al baño, aprovechando que estaban concentrados. Abrí la bolsa y cerré la puerta. Me sentí nerviosa.

Saqué en primer lugar los kits de ovulación. Leí las instrucciones y me sentí agitada.

Realmente estaba pasando. Las instrucciones explicaban el seguimiento que debía hacerse a las fechas de la menstruación.

Mi agitación creció.

¿Cuándo había tenido mi último período? No lo recordaba con exactitud.

Tuve que contar los días con mis dedos. Cuando ya estaba punto de determinar cuál sería la fecha exacta para iniciar mis pruebas, alguien tocó mi puerta. Salté del susto.

—Hermanita, necesito orinar.

Era Catherine.

—Ve al otro baño—, le dije con voz fuerte.

—No puedo. Alfonso está en él—, dijo.

No había podido leer ni la mitad de las instrucciones, lo que me causó mucha molestia. Recogí todo en la bolsa, pero noté que no podía esconderlo en ninguna parte´. Simplemente no había lugar.

—Hermana, por favor apúrate—, dijo Catherine mientras tocaba la puerta otra vez.

Puse la bolsa debajo del lavamanos.

Sería un escondite temporal, pero estaba consciente de que no podría dejarlo allí todo el tiempo. Tampoco sabía en qué parte de la casa podría ocultarlo.

Estábamos hacinados y no había espacio para nada, menos para una pila de medicinas y pruebas de ovulación que quería cubrir de la vista de todos.

Abrí la puerta y el puño de Catherine quedó en el aire.

—¡Por fin! ¡Gracias, Gabriela!.

Entró apresuradamente. De inmediato cerró la puerta con llave y quedé fuera. Solo podía esperar… y orar.

Si algo tenía claro como el agua era que sería muy complicado esconder esto de mi familia.

Una vez que mis hermanos fueron a la secundaria y mi madre salió a trabajar, salí con prisa a casa de "Muñeca". Su apartamento, o mejor dicho, su estudio, estaba al este de El Barrio de las Estrellas. Era una zona de moda y lo habían comprado sus padres para ella.

Toqué su puerta varias veces, aunque sospeché que quizás no abriría porque aún estaba profundamente dormida, a pesar de que mi reloj marcaba las diez y quince de la mañana. Sin embargo, a los pocos segundos abrió y sonrió con alegría.

Mi nariz se inundó con un penetrante olor a marihuana que salía desde su estudio.

—Parece que estás muy despierta—, le comenté.

—En realidad no dormí en toda la noche—, me dijo entre risas—. ¿Sucede algo, Gabriela?.

Entré al estudio.

Era un lugar evidentemente pequeño, con espacio para una sola persona, e incluso así costaba caminar. Aun así, me hubiera encantado vivir en un estudio como ese yo sola.

"Muñeca" descubrió la bolsa en mi mano.

—Si trajiste comida me harías la mujer más feliz del mundo—, me dijo entre risas—. ¿Son empanadas, cierto? ¿O pasteles? Sí, pasteles o algo dulce. Por favor, dime que lo son.

—No, amiga, no traje comida. Traje una tonelada de mierda de mujer embarazada—, le dije mientras abría la bolsa para que viera el contenido.

"Muñeca" se quejó y se lanzó sobre su gran sofá. Como no había sillas, me senté en el suelo, con mis piernas cruzadas.

Ella descansaba, veía televisión y dormía en ese sofá, ya que era amplio y podía desplegarlo. Pero esta no lo había abierto, así que el piso era mi asiento.

—¿Entonces lo harás?—, me preguntó.

—Pues sí. Hasta firmé dos acuerdos—, le dije.

—Pero necesito un sitio para mantener esto fuera de la vista de mis padres.

—¿Y dejaras todo aquí?—, me preguntó—. ¿No tienes que usar nada de esto?.

Encogí mis hombros.

—Podría venir a diario a buscar lo que me haga falta—, le dije—. Pero no lo había planificado.

—Muéstrame ese paquete de caramelos—, me dijo.

Le pasé la bolsa y ella sacó todos los productos.

—Vaya… Yo no podría imaginarme a mí misma teniendo relaciones solo para quedar embarazada—, dijo entre risa.

Puso todo sobre la mesa, sacó las pastillas y leyó el nombre en voz alta.

—Clafer—, me dijo ella—. Interesante.

—¿La conoces?—, le pregunté.

—Sí. Es una medicina que se usa para la fertilidad. Cuando mi madre alquiló su vientre la usó.

"Muñeca" me la pasó y leí la etiqueta. Había una prescripción para una mujer llamada Katiuska Molina de Smith.

—Alejandro mencionó que me entregaba medicinas para la fertilidad únicamente para que tuviéramos más probabilidades de tener un hijo.

—Así es. Las madres sustitutas suelen tomar esas medicinas—, me dijo "Muñeca".

Siguió buscando y sacó las vitaminas. De todos los artículos, quizás ese sería el más fácil de comprar en las farmacias. "Muñeca" leyó la etiqueta, pero después pareció que ya no quería seguir leyendo ni revisando. Entonces puso todos los productos otra vez en la bolsa.

—Amiga, puedes estar tranquila. Tus productos estarán a salvo aquí—, me comentó—. Es más, puedes incluso quedarte conmigo.

—¿Puedo quedarme contigo?—, le pregunté con curiosidad—. Estaríamos hacinadas en este pequeño lugar.

—Yo no voy a estar acá, amiga. No seas tonta—, me dijo.

—Voy a ir a Valle Energía. Iré porque mis abuelos quieren que expanda mis horizontes energéticos y reciba los movimientos luminosos de la Tierra.

—¿Movimientos qué?—, le pregunté.

Ella iba a explicarme, pero yo empecé a hablar:

—Amiga, no te preocupes. Mejor olvida lo que te dije.

—Estaré fuera de la ciudad unas semanas, amiga, así que podrías cuidar mi casa. En realidad, no sé exactamente cuánto tiempo estaré allá. Eso variará en función de la rapidez con la que mi cuerpo absorba la energía y los canales faciliten las vibraciones. Si buscas un lugar para pasar la noche mientras buscas quedar en estado puedes quedarte acá sin problemas.

—¿Lo dices en serio?—, le pregunté con alegría.

Estaba feliz de recibir esa afortunada noticia. Podría estar lejos de mi familia unas semanas, quizás dos meses o más. Mi camino sería más sencillo.

—'Muñeca', podría besar tus pies en este momento si me lo permitieras.

—Tranquila, amiga. Te lo mereces. Eres una buena persona. No me gustaría que quedaras en estado en tu apartamento, en medio de tu familia—, me dijo—. Toda esa mala vibración podría hacerle daño a la criatura.

—Oh...—, le dije.

Por primera vez desde el día anterior, sentí que todo mejoraba para mí. Los productos para el embarazo estarían a buen resguardo, y además tendría un espacio relativamente cómodo para dormir, sin el temor de que mis hermanos o mi madre preguntaran constantemente qué sucedía.

Sentí una vibración de mi celular. Me recordaba que debía ir a mi cita médica, y si no me apuraba llegaría tarde.

—Carajo. Debo irme ya—, le dije.

—¿A qué hora te vas?—, le pregunté.

—Tal vez mañana en la tarde, no lo sé. Saldré con unos amigos a compartir unos tragos esta noche—, me informó.

—Te esperaré temprano para darte la llave, si te parece bien.

—Perfecto. Aquí estaré—, le dije.

Estaba muy contenta por primera vez en un buen tiempo. Incluso sentí ganas de subir al sofá y bailar. Estar en casa de "Muñeca" era como pasar unas vacaciones, unos días de descanso que necesitaba urgentemente.

Era como si recibiera una señal de que todo iba por el carril correcto y al final las cosas saldrían como yo esperaba.

Le di un fuerte abrazo a "Muñeca" y fui hacia la puerta. Di cada paso con cautela, para evitar caer al tropezar con las montañas de libros y otras cosas que estaban apiladas en el piso.

"Muñeca" no tenía la virtud de ser organizada, pero sí tenía la de ser una gran amiga y una gran persona. Su ayuda estaba marcando una gran diferencia para mí.

Siempre había tenido la convicción de que el azar no existía, ni mucho menos lo que la gente llama destino, pero estaba muy contenta por lo que estaba pasándome.

Quizás, después de todo, era una muestra de que todo estaba bien y en un tiempo estaría mejor.

13

ALEJANDRO

Seguí hablando con Gabriela, pero nos comunicábamos mayoritariamente por mensajes de texto. Quise conversar con ella sobre muchos temas, pero no me gustaba la idea de preguntarle por su ciclo menstrual. Ese asunto me parecía una mierda.

Le enviaba mensajes cortos y agradables. Le preguntaba ¿cómo te sientes?, y ella me respondía con gentileza siempre.

"Bien", me decía, y luego enviaba otro: "Pero no estoy ovulando todavía".

Comenzaba a tener dudas sobre la efectividad del tratamiento. Sin embargo, el doctor Sánchez insistía que Gabriela era una mujer sana y fértil.

Ella tenía una edad perfecta para concebir, estaba en buena forma física y nunca había tenido enfermedades de transmisión sexual. Tampoco había tenido ninguna otra enfermedad. De hecho, nadie en su familia había tenido problemas médicos graves, según el historial familiar que había leído el doctor.

Continué pidiéndole a Gabriela que me acompañara a almorzar o cenar, o que saliéramos solo a caminar un rato. Pero parecía estar siempre ocupada y rechazaba todas mis invitaciones. Podía ponerme en su lugar. A fin de cuentas, no nos convenía compartir. Y era porque no quería tener una relación seria, no por las palabras rudas de Franklin.

Además, había otra cosa: tener una relación con la madre sustituta de mi bebé era un escenario incómodo, por decir lo menos.

Para ella esto seguía tratándose de un asunto estrictamente comercial. Logró mantener los límites, y eso me encantó al principio. Sin embargo, el tiempo pasaba y yo moría de ganas de verla, en lugar de reducir nuestra relación a simples mensajes de texto.

Había compartido con ella momentos muy gratos antes de que firmáramos el acuerdo.

Me hacía darme cuenta de mi realidad y comentaba muchas cosas que me hacían sentir feliz. Toda mi vida, las mujeres estuvieron sujetas a mis decisiones, pero ella era muy distinta. Se negaba a resignarse a mis deseos, y eso me gustaba.

Empecé a imaginar cómo sería estar con ella en la cama. Tenía un temperamento tan fuerte que me contemplé a mí mismo luchando con ella para ver quién dominaría al otro.

Después, yo vencería y amansaría su carácter. O al menos eso creía. Y me divertía pensándolo. Lo haríamos para tener el bebé, así que todo lo demás sería secundario. Solo esperaba que, llegado el momento, no nos sintiéramos perturbados por las circunstancias.

Me gustaría que fuese un buen momento para ambos y que lo disfrutáramos.

Envié un mensaje de texto a su celular como acostumbraba hacer. No respondía con rapidez, como hacía generalmente, pero permanecí tranquilo.

Supuse que estaba haciendo algo, cualquier cosa. Y recordé que no sabía mucho sobre sus pasatiempos o su vida familiar.

Apenas la conocía. ¿Qué hacía para distraerse o pasar una noche de lluvia en casa? No lo había descubierto aún.

Gabriela era una hermosa mujer, con un halo de misterio que me seducía y una personalidad que no había descubierto en ninguna otra mujer. Era justo la mezcla que necesitaba.

Quería aferrarme a la idea de tener un bebé, pero en vez de eso mis dedos se deslizaban por la pantalla de mi celular cada cinco segundos, ansiando su respuesta a mi mensaje. Después de unos minutos que me parecieron eternos, recibí su respuesta.

Leí su mensaje una y otra vez. Me costaba digerir el texto que había escrito.

"Creo que es el momento. Ya estoy ovulando. Debemos vernos".

Vi ese mensaje y mis brazos se agitaron. Era el mejor momento.

No sabía de cuánto tiempo disponíamos, así que tomé mi chaqueta, mi billetera y salí raudamente de la oficina. En el camino comencé a escribirle más mensajes de texto.

Veía la pantalla mientras caminaba, lo cual obviamente fue un error. Casi choco de frente con Marcos, pero intuí que quiso hacerlo intencionalmente.

—Alejandro, ¿puedo saber adónde vas?—, me preguntó—. Me parece que es un poco temprano para almorzar.

Sí, almorzar. Como si estuviera pensando en el almuerzo o cualquier otra comida. Sí me sentiría feliz de comer, pero no era precisamente arroz con pollo.

—Iré a una reunión—, le dije con molestia.

—¿A una reunión? ¿Hoy?—, preguntó con dudas.

—Es extraño porque en tu agenda no estaba prevista. En fin, quería conversar contigo sobre la campaña de mercadeo que habías preparado ya. Desarrollé un plan y me gustaría que lo discutiéramos.

—Es una reunión urgente. Deberás disculparme—, le dije.

Seguí caminando y luego le dije:

—Pídele a mi asistente Sara que te agendé una cita para mañana.

Como no sabía cuánto tiempo me tomaría estar con Gabriela, debía asegurarme de tener todo el día libre.

Le informé a Sara que debía cancelar el resto de mis reuniones. Me parecía inadecuado llegar, hacerle el amor y despedirme de ella.

Quizás a ella también le parecería incómodo. O quizás no querría quedarse conmigo después de hacerlo. No lo sabía.

En realidad, no sabía nada. Desconocía si ella se sentiría nerviosa, o yo estaría más atemorizado que ella. Ella quedaría embarazada, no yo.

Escribí un mensaje de texto a Gabriela en el que le indicaba la dirección de un hotel. Era un buen lugar para los dos, un territorio sin intrusos. En casa estaba mi madre casi todo el tiempo, así que sus ojos curiosos estarían sobre nosotros.

El instinto sexual muere cuando una madre está cerca de su hijo.

De eso no me cabían dudas.

No sabía los detalles sobre su familia. Probablemente, sus dos padres también estarían en su apartamento.

Recordé que en algún momento me lo había comentado, pero no tenía certezas. Y tenía la opción de mi condominio, pero si Vanessa llegaba acabaría con nuestro mejor momento.

Me hubiera gustado que nos descubriera, solo para ver su expresión de pánico.

Me parecía que un hotel era el mejor lugar que podía buscar.

Crucé los dedos para que Gabriela no pensara que había buscado una habitación para que se sintiera como una prostituta.

No quería que pensara eso bajo ninguna circunstancia. Jamás podría agradecerle por todo lo que estaba haciendo. Suponía que ella nunca podría entender la dimensión de mi agradecimiento.

Subí a mi auto.

Una sencilla respuesta de Gabriela apareció en la pantalla de mi celular.

"Voy en camino".

* * *

Llegué al hotel de lujo Las piedras, pero de inmediato sentí que podía haber buscado otro lugar más adecuado.

Me había convencido de reservar una habitación allí porque estaba bastante cerca, pero no era mi sitio predilecto. No me quedaría allí en una de sus habitaciones a pasar el verano.

Era solamente por un rato… o todo el día, si salía todo bien.

Gabriela no había llegado, así que le envié otro mensaje de texto con el número de la habitación en la que la esperaría.

Entré al cuarto con mi estómago hecho nudos, y mientras llegaba el tiempo se hizo muy lento.

Tanto, que pensé que todos los relojes se habían detenido.

Entonces abrí la puerta y había llegado. La veía por primera vez en varios días y mi cuerpo se congeló frente a ella.

Vestía un cálido vestido de colores suaves, que acentuaba todos sus rasgos y mostraba un calor en su piel que yo no había visto hasta ahora. Sus cabellos delicados caían sobre sus hombros, sobre su pecho y su espalda.

Nos vimos.

Ella sonrió con suavidad.

Yo respondí su sonrisa con otra sonrisa.

Sentí que por fin estaba calmado. Sí, podría estar con ella. Gabriela lucía espectacular. Simplemente teníamos que tener relaciones, lo que me resultaría muy sencillo.

Lo noté al verla allí, como una hermosa escultura, frente a mí. Quise ver cualquier cosa que no fuese su trasero y sus caderas, pero no pude. Sus curvas y su delicioso trasero aparecían de forma exquisita por lo ajustado de su cuerpo.

—Hola…, Gabriela.

Sus inmensos ojos avellana me iluminaron.

—Hola, Alejandro—, me dijo—. Es un gusto verte.

—Lo mismo digo.

Ya no tenía miedo de hacerle el amor.

Todos esos pensamientos se habían disipado y mi erección se incrementaba. Con solo ver su mirada penetrante me sentía excitado.

Ella evitó mostrar alguna de expresión de deseo, pero sus mejillas se ruborizaron.

—Luces hermosa—, le dije.

—Gracias por el cumplido. Me vestí para ti—, dijo.

Mordió su labio, pero su mirada seguía en la habitación. Llevé mi dedo a su mentón y giré sus ojos sobre mí. Quería ver sus ojos, contemplar la dulzura de su mirada.

Sentí su piel, muy tersa, y noté cómo sus cabellos me hacían cosquillas en los dedos.

—Gabriela... eres una mujer preciosa—, dije, y frené el movimiento de sus dedos.

Me sentí feliz de haber dicho esa frase. El brillo de sus ojos me iluminó de tal forma que sentí que había hecho lo correcto. Era el camino indicado para que se sintiera más cómoda conmigo, pero respetando los límites.

Debía asegurarme de no transmitir una idea errónea sobre nuestra situación.

—Esta es la realidad—, me dijo mientras suspiraba profundamente —. Realmente lo vamos a hacer.

¿Hablaba de embarazarse o tener relaciones? No quise preguntarle. Giró y llevó el cabello que caía sobre su espalda a su pecho.

—Por favor, ayúdame con la cremallera.

Toqué su cremallera, pero me sentí mal. Sentía que no era lo correcto.

Gabriela estaba temblando. Era casi imperceptible, pero lo sentí. Masajeé sus hombros en lugar de bajar la cremallera. Suspiró con el movimiento de mis manos. Noté cómo su tensión disminuía.

Vi alivio en sus ojos por mi masaje.

—Podemos ir con calma—, le dije—. Quiero asegurarme de que te sientes bien.

Lo que quería decirle era que me gustaría que ella quisiera hacer el amor. Para poder acostarme con ella, tenía que tener ganas. De lo contrario, sería como si me aprovechara de su cuerpo. Eso iba en contra de mis principios. Ella podría rechazarme, yo aceptaría su decisión y buscaría otra persona.

Gabriela giró la vuelta y me miró. Llevó sus manos a su cintura y luego tocó mi mano. Sentí otra vez la suavidad de su piel.

—Alejandro, tranquilo. Me siento bien contigo—, me dijo—. No recordaba cómo era estar en el mismo lugar que tú, pero ahora que estamos juntos otra vez, me siento muy relajada.

—Eso me alegra—, le dije mientras sujetaba su mano—. Y si sientes que no quieres seguir con esto, simplemente tienes que decírmelo.

Ella rió.

—Jamás podría arrepentirme—, me dijo—. Olvídate de eso.

Levantó sus pies y me acerqué más a ella. La besé y rocé sus cabellos. Sentí cómo una fuerte ola de fuego pasaba por mi piel. Sentía sus labios chocando con los míos y la tensión empezaba a rodar por mis muslos. Quitó sus labios de los míos y contempló mis ojos.

—Alejandro, entiendo que no podemos compenetrarnos demasiado—, me dijo—. Pero no quiero recordar esta experiencia como algo desagradable.

—Tienes razón—, le dije.

Toqué su mejilla con suavidad.

—La idea es que lo disfrutes.

—Yo también quiero que lo disfrutes—, dijo mientras apoyaba su mejilla sobre mis dedos.

—Solo me falta decirte una cosa.

—¿Qué?—, le pregunté.

Cerró los ojos y suspiró.

—Nunca… me he acostado… con un hombre.

Sentí cómo el suelo se caía bajo mis pies. Estaba tensa otra vez, y ese huracán de tensión se desplazó de su cuerpo al mío. Abrió sus ojos ampliamente y pude ver el nerviosismo en su mirada.

—¿Es algo importante para ti?—, me preguntó.

—Vaya…. No sé cómo sentirme al saber eso, Gabriela, y más con el panorama que tenemos—, le dije—. Debería ser un momento muy especial para ti. No debería tratarse de una relación sexual simplemente para que quedes embarazada.

Movió su cabeza y todo su rostro se apoyó en mis dedos. Los alejó y me besó sutilmente.

—Alejandro, este será un momento especial para mí. Necesito que lo hagamos—, me dijo.

Me alejé de ella, pero ella se acercó a mí.

—Deseo hacerlo.

Besó mis labios otra vez, y no pude responderle. Tocó mi cuerpo con el suyo y mi lengua quedó envuelta entre la suya. Me excité terriblemente.

—Alejandro, deseo hacerlo—, repitió mientras me besaba—. Déjame tener a tu bebé, por favor. Quiero hacerlo.

¿Cómo negarme a sus súplicas?

Me pedía que la cogiera, que la embarazara.

Tenía que actuar.

Ya mi cuerpo empezaba a sentirse tenso.

La tomé por su cintura, la levanté del piso y la llevé a la cama.

La posé con ternura sobre la cama y me puse sobre ella.

Ella volvió a besarme, y yo pasé mis dedos sobre su cuerpo.

Ella hizo lo mismo.

Me quitó la chaqueta y la arrojó al suelo. Luego empezó a quitarme la camisa.

Trataba de bajar mi cremallera y sentí cómo se levantaba mi pene.

Mi camisa también quedó tendida en el suelo y sentí las uñas de Gabriela arañando mi piel.

—Sí, Alejandro. Así—, gimió, mientras me tocaba.

Quería que se sintiera cómoda con su primera vez. Quería ser lo más gentil que pudiera.

Que pasara un buen momento en lugar de arrepentirse de entregarse a mí, su primer hombre. Fui hacia abajo y ella me miró con nerviosismo.

—¿Puedo saber qué haces?—, me preguntó.

Me quedé en silencio. Levanté su vestido y besé sus muslos. Escuchaba sus excitantes gemidos mientras me acercaba a sus delicadas bragas. A mi nariz llegaba su aroma, un olor suave que me informaba que estaba excitada.

Cuando había dicho que quería estar conmigo, obviamente hablaba en serio.

Le quité sus bragas y metí mi cabeza en su vagina.

Pasé mi lengua por su clítoris, y Gabriela saltó exaltada.

Sonrió levemente, sorprendida.

Estaba chupando su vagina y sus manos se posaron sobre mi cabeza.

Sentí su gran humedad y metí mi lengua en su vagina. Siempre había pensado que la mejor forma de lograr que una mujer se viniera era hacerle sexo oral.

Así, podría deslizar mi lengua en su vagina mientras el resto de su cuerpo se apretaba contra mi cabeza y sus manos temblaban entre mis cabellos. Ese sabor cálido me excitaba, así como saber que ella también se sentía excitada por el movimiento de mi lengua.

Gabriela clavó todas sus uñas en mi cabeza. Cada fibra de su piel se erizó con mi vaivén, y luego se derrumbó sobre la cama. Estaba a punto de venirse, así que seguí comiéndome su clítoris.

—¡Por todos los cielos…!.

No pude entender nada de lo que dijo después.

Se agitaba con más fuerza, con sus muslos sujetando mi cuello mientras se venía.

Levantó su espalda y luego se derrumbó de nuevo sobre la cama con su cuerpo tembloroso.

Apenas pudo abrir sus ojos y decirme algo.

—Me encantó—, susurró—. Pero no entiendo…

Bajé sus bragas por completo y le dije:

—Porque es la primera vez que lo haces, Gabriela, y quiero que lo disfrutes. Para que lo disfrutes, tienes que relajarte primero. La mejor manera de relajarte es que te vengas así.

Sonrió otra vez y sus bragas quedaron en el suelo cuando las lancé con fuerza. Gabriela se sentó y empezó a bajarme la cremallera. Aún su cuerpo sentía el frenesí de su orgasmo. Mi pene quedó frente a ella.

Vi cuando su rostro miró mi pene erecto. Estaba totalmente impactada. Veía mi pene con deseo, con ganas de tocarlo y devorarlo. Sus ojos fueron hacia los míos, y noté cómo me miraba con ansiedad. El tamaño de mi pene la emocionaba.

Ciertamente, muchas personas fantaseaban con la idea de tener relaciones sexuales con una mujer virgen, pero generalmente era una experiencia para el olvido.

Solo era interesante para aquellas personas que sintieran placer al lastimar a la chica, lo cual no era mi caso. Eso no me gustaba para nada.

Entonces fui sobre su vestido, olvidando que aún no había bajado su cremallera. Lo saqué con tanta fuerza que estropeé una parte cuando intenté sacarlo con fuerza. De todas formas, no nos preocupamos por eso. Mi pene estaba tan erguido y mis pelotas me dolían tanto que nada más me motivaba en ese momento.

Yo no pude masturbarme por un buen tiempo para facilitar que mi conteo de espermatozoides fuese alto en la primera ocasión. Fue la recomendación de mi doctor y Gabriela no lo sabía.

Podía tener más relaciones con ella, pero necesitaba que quedara embarazada cuanto antes.

Frente a mí estaba ella, y su cuerpo ya solo tenía un sostén que albergaba sus grandes tetas.

Fui sobre esos senos maravillosos y los besé. Vi cómo se retorcía. Moví levemente mis manos para tocar su espalda y quitar ese sostén para divisar su torso desnudo.

Vi sus lindos pezones, juguetones y rosáceos. Besé su pecho, justo en el medio de los dos senos. Gimió varias veces, y sus ojos permanecieron cerrados.

Chupé sus tetas sin contemplación, y mis oídos recibieron otra catarata de gemidos de sus labios.

—Qué rico—, dijo.

—Qué bueno—, le dije—. Me alegra que sientas ese placer.

Fui otra vez sobre ella y la punta de mi pene llegó a su clítoris. Estaba terriblemente cerca de su cavidad. Bastaba un empujón y su vagina caliente y empapada sentiría su primera penetración. Ella me vio con una expresión de alegría. Presentía lo que pasaría.

Levantó su cuerpo e intentó quedar en una posición cómoda, pero resbalé y froté su cuerpo en lugar de penetrarla. Sentí su humedad y lo supe.

Era el momento de penetrarla.

Me ubiqué justo encima de su cuerpo y me apoyé en mis brazos para no caer ni resbalarme otra vez.

Tomé mi pene con una mano y traté de descubrir qué decían sus ojos.

Habíamos tenido suficientes preliminares. Al ver su rostro y la tensión en su cuerpo, supe que estaba lista para mí. Rodeó mi cintura con sus piernas y llevé mi punta sobre su vagina.

Gimió levemente.

Gabriela mordió sus labios cuando lo hice.

—¿Te duele?"?—, le pregunté.

—Para nada—, me dijo.

Sentí que lo decía solo para no acabar con el frenesí del momento. Levantó su cuerpo otra vez, y pude entrar con más fuerza sobre su vagina. Ya no podía retroceder, así que la abrí más.

La penetré más fuerte, con sus paredes sujetando mi pene. Cerré mis ojos mientras estaba dentro de ella.

Gimió otra vez y sus piernas se tensaron sobre mis muslos sudorosos. Nuevamente sentía sus uñas rasguñando mi espalda. La vi fijamente mientras la poseía. Ella también mi miró fijamente.

La besé con suavidad mientras mis bolas se tensaban por la necesidad.

Qué bien se sentía su vagina. Húmeda y cálida.

Después de unos segundos encontramos nuestro ritmo. Nos

movíamos sincronizadamente, ella iba hacia un lado y luego hacia el otro, para volver a empezar, mientras su vagina me recibía cada vez con más placer. Me veía con sus ojos bien abiertos, y escuché cada uno de sus poderosos gemidos, que subían mi excitación.

Si había sentido algo de dolor, ya había quedado atrás. Se notaba que lo disfrutaba enormemente.

Estaba tan húmeda que me sentí más relajado dentro de su vagina. Me apretaba con tanta fuerza que cada vez se me hacía más fácil.

Ya podía notar cómo mi orgasmo se acercaba, por lo que no podría soportar mucho tiempo más.

Sentía que un volcán haría erupción dentro de mí, por mi prolongada abstinencia sexual. No podía esperar mucho. Además, saber que acabaría dentro de su vagina, con el propósito de embarazarla, me puso peor.

Pero yo quería que ella se viniera de nuevo. Quería tener otra vez sus paredes pulsando mi pene mientras se derramaba de placer.

Tensé mi mandíbula y me concentré lo más que pude para aguantar. Su cara mostraba el regocijo por las sensaciones en su cuerpo. Un grito de placer salió de su boca jugosa.

—¡Alejandro, por Dios! ¡Sí!.

Sus palabras anticiparon su orgasmo. Su vagina apretó mi pene con más furia. Una furia que incluso era más fuerte que antes. Todos sus sentidos abrigaban esa inmensa excitación, como si esperaran que yo acabara dentro de su cuerpo.

Bastó esa marejada de placer para que yo acabara. Vi hacia abajo y gruñí mientras cerraba mis ojos. Sentí cómo mi pene se vaciaba en su vagina.

Todo mi semen caliente salió con fuerza de mis bolas y llenó su vagina. Sentí cómo nuestros cuerpos temblaban por las ondas de éxtasis que los atravesaban.

Finalmente, salió la última gota de mi semen en su empapada vagina. Decidí quedarme ahí, sobre su piel, con mi pene aún en su cavidad, mientras ambos podíamos seguir disfrutando cada segundo que pasábamos uno al lado del otro.

Por primera vez, había tenido relaciones con una mujer con el fin de dejarla en estado.

No podía negar que era una sensación completamente nueva para mí. Y tampoco que me excitaba bastante. Saber que mi semen estaba en su vagina y recorría todas sus profundidades, que con suerte llegaría fecundar uno de sus óvulos y entonces estaría embarazada. Todo estaba envuelto en misticismo, magia y espiritualidad.

No había pasado por eso antes.

Gabriela estaba muy cerca de mí. Contemplé la avellana de sus ojos y retiré los cabellos que ocultaban su precioso rostro. La besé sutilmente en sus mejillas, su cuello y su boca. Ella correspondió mi beso, tocando suavemente mis labios con su lengua.

Estaba sintiendo otra erección, a pesar de que acababa de tener un orgasmo. También era la primera vez que una mujer me causaba tanto deseo.

Respiré profundamente mientras me alejaba de su boca y caía sobre la cama, agotado. Ella quedó boca arriba. Miraba el techo de la habitación, con una expresión de inquietud.

¿Miraba así porque no sabía que decirme o por haber tenido relaciones por primera vez en su vida?

No lo sabía, pero ella siguió ahí, inerte, con su mirada a medio camino entre la felicidad por su orgasmo y el asombro por lo que acababa de pasar.

—Gabriela, acércate—, le dije. La invité a abrazarme con un tono bastante suave en mi voz.

—¿No te vas?—, me preguntó mientras seguía mirando el techo.

—No, Gabriela—, le dije—. No soy ese tipo de hombre.

Puse mi cabeza sobre mi mano y me recreé viendo su cara.

Su cuerpo se acercó a mí después de unos minutos, así que pude abrazarla. Ella también apoyó su cabeza en mis hombros. Sentí que se relajaba. Pude oír sus latidos lentos, que casi llegaban a mi corazón a través de mi pecho.

Sí, pude haber salido de la habitación después de hacerle el amor, pero yo no quería salir de ahí. Solo quería quedarme ahí, a su lado, y llenar su corazón. Abrazarla durante toda la eternidad y volver a poseerla una o varias veces más.

Pero me pareció que eso sería malo para ambos. Si demoraba mucho en embarazarla, mi padre no podría conocer a su nieto. Además, pasaría más tiempo a su lado y podría sentir sentimientos más fuertes por ella.

—Te lo agradezco mucho—, dijo suavemente.

—¿Por qué me das las gracias?—, le pregunté—. Soy yo quien debe darte las gracias por el resto de mi vida.

—Por quedarte conmigo, aunque pudieras salir corriendo ahora mismo—, me respondió—. Entiendo que estás involucrado, pero no quiero sentirme sola.

—No estarás sola nunca—, le dije suavemente—. Me quedaré contigo. No quiero irme.

14

GABRIELA

*R*ecuerda que no debes sentir cariño por él. Sí, como si fuese tan fácil hacerlo.

Decirlo es muy sencillo, pero cuando estás al lado de un hombre atractivo y decente como Alejandro Smith, es muy complicado de lograrlo. Yo estaba ahí, abrazándolo, con mi cabeza sintiendo su pecho y mis oídos escuchando el ritmo de su corazón.

Pasé mis dedos por su abdomen tallado. Él también caminaba por mi cuerpo con sus dedos. Eran unas caricias que ablandaban mi piel.

Por dentro, me sentía todavía caliente y muy emocionada. Me había sentido así desde que Alejandro me llenó con su semen, pero también era una sensación que se incrementaba en mi estómago y mi pecho.

Nunca me había sentido así con ningún hombre. Con nadie, en realidad. Estaba muy cerca de él, no solo en lo físico. Era mi alma que se acercaba a la suya.

Me confesó que no quería irse y me sentí muy dichosa. Fue mejor de lo que hubiera imaginado, porque, a fin de cuentas, yo era la mujer que llevaría a su bebé en su vientre. Y nada más. Me sentía contenta porque estaba dedicándome parte de su tiempo.

No se había ido después de vaciarse, como hacía la mayoría de los hombres. Eso fue importante para mí.

Callamos por largo rato, sintiéndonos cómodos al principio, pero después un poco perturbados por la incomodidad de no saber qué decir. Su brazo se posó sobre mi cabeza, y sentí que era una caricia celestial.

Una señal que me enviaba Dios para hacerme saber que nunca volvería a experimentar algo así con otro hombre.

Recordé que yo quedaría embarazada y allí terminaría nuestra historia.

Alejandro llevó su mano de su cabeza a mi mandíbula, invitando a mis ojos a mirarlo. Besó la punta de mi nariz y luego fue hacia mi boca. Sentí que su beso era cálido y puro, una manera de decirme que todo estaría bien. Sí, era una locura después de mi orgasmo, pero así me sentí.

—Me alegra haber cancelado todas mis citas de hoy, Gabriela—, me dijo.

Con su otra tocó uno de mis pechos. Se movió en círculos sobre mi pezón. Sentí una ligera vibración en mi cuerpo.

—Podría acompañarte toda la noche—, dijo—. Claro, si aceptas.

«Sí», pensé gritarle. Quédate conmigo esta y todas las noches.

Mi mente sabía que aceptar su propuesta sería una tremenda equivocación. Pero en lugar de negarme tajantemente, mi boca mostró otros planes.

—Por supuesto—, le dije—. Creo que sería buena idea intentarlo una vez más, por si la primera vez no dio el resultado esperando.

—Justo eso pensaba—, me respondió.

Me apartó levemente de su cuerpo. Quedé frente a él. Acaricié sus ojos azules con los míos.

Sus cabellos caían irreverentes y empapados de sudor sobre su frente. Me levanté y quedé sentada frente a él. Recordé que estaba desnuda.

Él me vio desde mis pies a mi cabeza. Sentí que me devoraba con su mirada electrizante.

Pasó sus dedos inquietos por mis senos y caminó por mi pecho hasta llegar a mi ombligo. Después paseó por mis muslos sedientos… y llegó a mi culo.

—Sinceramente, no sé qué hacer ahora—, admití. Me sentía avergonzada, nerviosa.

—No te preocupes, Gabriela—, me dijo.

Besó poderosamente mis labios. Mi cabello rebelde cayó sobre nuestras cabezas. Actuaba como un paraguas que nos alejaba de nuestro alrededor.

—Puedo mostrarte cómo sentir placer—, dijo con una voz ronca. Sentí cómo mi columna se despertaba ante la firmeza de sus palabras.

Pudimos acoplarnos desde el primer momento, como si engranáramos a la perfección y nos conociéramos desde hacía muchos años. Su pene estaba ya erecto, muy erecto, y pude sentir cómo se acercaba a mi interior. Ya Alejandro estaba listo para otra ronda de placer.

Tomó su pene y lo llevó hacia mi vagina. Lo introdujo con mucha delicadeza entre mis blandos labios vaginales. Un gemido de placer escapó de mi boca. Con rapidez me agaché para guiarlo hacia mi interior.

Entró en mi vagina y noté cómo mi cuerpo se estremecía. Empezaba una explosión en mis muslos e iba subiendo por mi cuerpo, y luego volvía a bajar. Nunca había experimentado algo tan intenso y profundo.

Era infinitamente mejor que el placer que me habían proporcionado antes los juguetes sexuales y vibradores que me atreví a usar en algún momento.

Me senté y llevé mis manos sobre la cama, con los temblores yendo y viniendo por cada uno de mis órganos. Estaba muy profundo, muy dentro de mí. Pasó sus dedos por mi espalda mientras encontraba un ritmo adecuado. Me movió arriba y abajo sobre su cuerpo.

Entonces encontré mi ritmo y fui sobre él con más libertad.

Moví mis manos sobre sus pectorales mientras me agitaba sobre su pene hambriento. Sus manos se movían sobre mis hombros y luego fueron sobre mi espalda. Llevé mi cuerpo hacia abajo para quedar más sujeta a su cuerpo. Estaba muy excitada y sentía que podía darle el mismo placer que él me daba a mí. Ya mis senos estaban rebotando.

Besó maliciosamente mi cuello y luego mi pecho. Gemí ante esos besos, pero no pude abrir mi boca para lanzar otro gemido de placer, porque ya llevaba su boca hacia mis senos. Tomó uno de ellos y lo lamió. Ahora sí gemía de nuevo, y su lengua saciaba su sed de placer deleitándose con mis tetas. Cabalgué sobre su pene para acelerar el orgasmo.

—Santo cielo, Alejandro. Me encanta—, le dije.

Iba con fuerza sobre su pene. Empujaba mis caderas con mucha fuerza sobre su enromé erección, cada vez con más placer, hasta que escuché un sonido salvaje que venía desde las entrañas de Alejandro.

Era un sonido hueco y asombroso. Casi todo su cuerpo se derribó sobre mi cuerpo y mi cadera sintió la fuerza de sus manos sobre ellas. Pude ver un hilo del azul de sus ojos entre sus párpados, casi adheridos uno al otro.

Era como si su cuerpo quedara pegado al mío, y quisiera pegarse a él lo más que pudiera. Se acercaba a mí e iba más fuerte, más profundo.

Me levantó con furia y noté cómo se estremecían sus manos y sus dedos temblaban.

—Gabriela, debo...— dijo.

Abrió sus ojos ampliamente. Me di cuenta de que se movía con más rapidez. Yo no había tenido relaciones con ningún hombre, pero si algo me quedaba claro era que estaba a punto de venirse e intentaba aguantar.

Quería demorar su orgasmo lo más que pudiera.

—Alejandro, tómame—, dije.

Sin poder controlarlo, mi vagina se tensó sobre su erección.

Yo estaba muy excitada, esperando desesperadamente que me

hiciera suya como antes.

Arañé su pecho con mis uñas y mi cuerpo se estremeció al verlo allí sobre mí, conteniéndose. Temblé por la onda de placer que agitaba mis células, y nuevos gemidos emergieron de mi garganta.

—Alejandro, penétrame lo más profundo que puedas—, le pedí—. Solo hazlo.

Dije esas palabras y Alejandro tomó mi trasero. Golpeé su pecho inclementemente, y él me haló hacia su grueso pene. Quedé muy cerca de él, y nuestros pechos se sujetaban entre sí mientras volvía a sentir una ola de éxtasis por cada una de mis células.

Me había transformado en un animal, o al menos eso sentía por la furia de mis gritos.

Ya le pertenecía por completo a él.

Ni siquiera podía controlar mis gemidos, y él fue con más poder sobre mí.

Entonces acabó dentro de mí. Vi su mirada de placer, llena de espasmos, mientras sus líquidos inundaban mi vagina.

Estaba dentro de mí, con toda su potencia, y yo soltaba más y más alaridos gozosos por recibir su semen.

Estaba feliz de saber que justo en ese momento estaba embarazándome, si todo estaba de nuestro lado. Era una idea emocionante y al mismo tiempo excitante. Dentro de poco, tendría a su hijo en mi vientre.

Pude recobrar el aliento, pero mi corazón seguí latiendo aceleradamente. Caí sobre su pecho. Estaba exhausta después de haber hecho el amor otra vez. Alejandro puso un cándido beso sobre mi mejilla y tocó mi cuello. Ambos estábamos tensos todavía.

Movió su cabeza para llevar su boca a mi oreja. Sentí cómo su aliento me producía lentas pero poderosas ondas de excitación desde mi oído hasta mis senos.

—Gabriela, ya estoy loco por ti—, me dijo.

Ahí estaba ese placer, esa onda de calor colmando mi anatomía.

Podría haber dicho que me sentía feliz de saber que me quería a su lado. Pero no podía hacerlo.

No íbamos a estar juntos cuando ya estuviera en estado. Solo me tocaba disfrutar el momento y renunciar a mis pensamientos estacionados en ese cuento de hadas imposible.

Me mantuve cerca de él, pero retiró su pene. A mi mente llegó la idea de que su parte de su semen estaba fuera de mí. Goteaba por mi pierna derecha, a pesar de mi esfuerzo por mantenerla en mi vagina.

Moví los muslos, los comprimí, pero no pude retenerla. Sabía que dejar que saliera un poco de mi cuerpo no haría ninguna diferencia, pero me esmeraba por hacer todo lo posible para incrementar las probabilidades de quedar embarazada.

Sin embargo, esperaba poder estar con él otras veces. Quería hacerlo de nuevo, pronto, pero no se lo dije.

Me abrazó. Vi mis pies sobre los suyos, mis piernas sobre las suyas, y me sentí contenta de nuevo. Cuando miré sus ojos, noté que ya estaba profundamente dormido.

Yo no quería dormir. Quería eternizar esa emoción por su abrazo y nuestros orgasmos, y al mismo tiempo evitar que despertar y me viera dormida y se marchara. Pero luego no pude más.

Estaba tan exhausta que cerré mis ojos y caí sobre la almohada sin darme cuenta.

CUANDO DESPERTÉ, no vi a Alejandro a mi lado y me lamenté de haber tenido razón. Me descubrí sola, con mis oídos anegados por el silencio abrumador. Mi cuerpo estaba bajo las sábanas, pero él no estaba conmigo.

Recordé que entre nosotros no había nada más que un contrato, y me lamenté de esas circunstancias. Habíamos tenido un lindo y placentero encuentro, pero eso no iba a cambiar los términos del acuerdo. Y de ese acuerdo ambos nos aprovechábamos.

Respiré profundamente por esos pensamientos. Me senté en la cama. Descubrí que había una nota en la mesita de noche, justo a mi lado.

'Gabriela, salí a buscar algo para comer. Regresaré en unos momentos'. Alejandro.

Buscaba algo para comer. Para ambos. Sonreí por la noticia. Pocas veces había sonreído de esa manera tan amplia. Pero me recriminé por mis emociones. No debes encariñarte con él, Gabriela. Tú estás haciéndole un favor. Esa es la razón de su trato cordial. No está interesado en ti. Tenlo siempre presente.

Recordé sus palabras, lo que me había dicho mientras hacíamos el amor. Mis oídos se agitaron. Esas frases eran totalmente puestas a los pensamientos que aturdían mi mente.

En sus propias palabras, había dicho que ya estaba loco por mí. No había dicho que quería estar conmigo o estuviera enamorado. Tenía que dejar de anteponer las emociones y recordar que el acuerdo era la ocasión perfecta para brindarle un futuro mejor a mi familia.

Mis pensamientos seguían sacudiendo mi cerebro, tratando de convencerme de frenar mis impulsos o seguir mi corazón, cuando Alejandro abrió la puerta. Tenía bolsas con hamburguesas en sus manos.

—Como sé que eres de El Paraíso—, me dijo, con su cabello empapado como si acabara de tomar una larga ducha—. Supuse que te gustaban las hamburguesas de este restaurante.

Se refería a Tía Hamburguesa.

—No hacía falta, Alejandro—, le dije.

—Lo sé—, me dijo, sentándose justo a mi lado—. Las compré porque quise. Pensé que despertarías con hambre, porque yo mismo tenía apetito.

Metió su mano en una de las bolsas y sacó una hamburguesa grande. Sonrió mientras me le entregaban.

—Pedí papas fritas extra grandes para ti.

—Por Dios. Leíste mi mente—, le dije.

—Excelente. Era justo lo que quería escuchar—, me dijo—. Podríamos comer en la mesa.

—Sí, para no causar un desastre acá—, le respondí.

Me acordé de que aún estaba desnuda.

Alejandro ya había visto todo mi cuerpo, pero no quería que volviera a verme así. Al menos no por el momento. Había visto cada parte de mi cuerpo cuando estábamos teniendo relaciones, pero ahora íbamos a comer, era un momento más frío, menos emocional para ambos.

¿Aún me vería sexy?

Bueno, Gabriela, eso no importa, me recordé.

—Es cierto—, me dijo—. Pero comer en la cama me da una sensación de libertad que no siento con otras cosas. Quizás porque no podía hacerlo cuando era niño.

—Mis padres sí me lo permitían. Les daba igual dónde comiera—, le dije.

Se movió con alegría, como si fuese un niño pequeño.

—¿De verdad podías hacerlo? ¿No te castigaban?.

—Nunca lo hicieron, al menos no por la comida, que yo recuerde —, le dije.

—Mi madre pasaba casi todo el día en sus trabajos y no podía supervisarnos constantemente. Y mi padre... Él no nos prestaba mucha atención.

—¿Y tienes hermanos?—, me preguntó.

—Así es. Tengo dos—, le conté.

Sacó su hamburguesa de la bolsa y la mordió varias veces. Estaba justo frente a mí, comiendo en la cama. Sonreía por sentirse libre. Lo imaginé como un niño, contento por haber cometido una travesura sin que nadie lo hubiera descubierto. Fue una imagen muy linda.

—Cuéntame sobre tus hermanos—, me pidió—. Yo soy hijo único, pero me hubiera gustado tener un hermano, una hermana o varios hermanos.

—Bueno, está Catherine, que tiene dieciséis años, pero parece que tuviera veintitantos—, le dije mientras sacaba mi hamburguesa de su envoltorio y sentía el calor de los panes entre mis manos.

—Es una joven inteligente, tanto que se cree más inteligente de lo que en realidad es. Y uno de mis mayores anhelos es que ingrese a una buena universidad y nos enorgullezca a todos.

—¿Tú no pudiste ir a la universidad?—, me preguntó.

Empecé a comer mi hamburguesa y luego tomé algunas papas fritas. Vi sus ojos por unos segundos, tomándome mi tiempo para responderle.

—Sí pude, pero no concluí mis estudios—, le dije—. Mi padre tuvo un grave accidente laboral, y como soy la hermana mayor, me hice cargo de todo. Planeé volver algún día, pero las cuentas nunca me dejaron.

—Lo lamento, Gabriela—, me dijo.

Hablaba con ternura y sinceridad. Me transmitía confianza y misericordia con sus ojos.

Encogí mis hombros y cambié rápidamente de tema. Era un asunto que me incomodaba.

—Alfonso es mi otro hermano—, le dije—. Tiene catorce y dentro de poco cumplirá quince. Él es un apasionado de los deportes en general.

Llevé más papas fritas a mi paladar, asegurándome de llenarla por completo. Él se acercó a mi boca y la limpió con una servilleta.

Sentía que era un hombre educado que no quería ver grasa en mis labios. Una ligera onda de placer agitó mi boca después de su toque.

—Yo quería jugar básquet cuando era más joven—, me dijo.

—¿Y qué te detuvo?—, le pregunté.

—El tiempo. Cuando cumplí quince años empecé a trabajar en la empresa de mi padre. Después de salir de clases empezaba a trabajar, sin falta—, me dijo—. No había pausas bajo ninguna circunstancia.

—Vaya. Debió haber sido un infierno.

Encogió sus hombros y abrió su sobre de papas fritas.

—Me gustaba pasar ese tiempo en la oficina porque quería

aprender todo lo que pudiera. Ese conocimiento me serviría para cuando tomara las riendas de la empresa—, me dijo.

—Aunque ciertamente, a veces me sentía solo o que mi adolescencia se escurría entre mis manos. Marcos disfrutaba su juventud, salía con chicas todo el tiempo, practicaba fútbol y hacía lo que le provocara, en cambio yo, pasaba todo mi tiempo trabajando. Y cuando digo todo, quiero decir todo. Esa es mi historia.

Suspiró profundamente y vio lo que quedaba de su comida.

—Alejandro, ¿te sucede algo?.

—Gabriela, lo que sucede es que... yo era muy joven, y ahora siento que renuncié a mis deseos para trabajar para mi padre. No tuve tiempo para respirar ni saborear mi adolescencia. Ahora siento que me chantajea. Si no le doy un nieto, la empresa familiar quedará en manos de su otro hijo, mi medio hermano Marcos, a quien apenas conocimos hace unos dos años.

Toqué su mano y luego la apreté con fuerza.

—Alejandro, tú y yo tendremos un bebé.

Giró hacia mí, y su sonrisa genuina se mostró ante mí nuevamente. Limpió sus labios y tocó mis mejillas con sus dos manos. Anticipé un profundo beso cuando me miró intensamente.

Deseaba recibir sus labios.

Pero no me besó. Dijo:

—Gabriela, agradezco tus palabras—, con una voz suave y educada.

—Eres una mujer maravillosa. Tengo que agradecerle a la vida por haberte puesto en mi camino.

—Yo pienso lo mismo—, le respondí.

Yo esperaba que otras palabras salieran de su hermosa boca, pero me conformé con esas frases. Besó suavemente mi frente y empezó a comer papas fritas otra vez.

Luego agregó:

—Me alegra que podamos conversar así—, me dijo—. Podemos conocernos mejor.

—¿Te parece bien que lo hagamos?—, le pregunté con inquietud.

—Claro que sí.

—Tu abogado dijo…

Mi boca se cerró.

Era imposible pronunciar las frases de su abogado.

Algo me impedía repetir las palabras de Franklin, pero no sabía si realmente quería proteger su reputación o simplemente no quería hacer que Alejandro se molestara.

El abogado me había herido con su actitud, pero no quería hundir mi propio dedo en esa herida.

—Que debemos restringir nuestros contactos y respetar el acuerdo —, concluí—. Y es que es por tu seguridad.

—Bueno, Franklin debe ubicarse—, me dijo Alejandro—. A veces olvida que no es un miembro de mi familia. Probablemente eso le pasa porque tiene mucho tiempo trabajando con nosotros. Ya se cree que un dios que sabe todo lo que necesitamos. Debí haber buscado a otro abogado independiente, pero como ya le pagamos un sueldo y estaba urgido por el tiempo en mi contra, lo busqué. Lamento su actitud contigo. Se equivocó.

—Me parece que empezaré a sentir algo por ti si continúas hablándome de esa manera y consintiéndome con hamburguesas y papas fritas—, le dije mientras sonreía ampliamente.

—Pues me parece una buena idea—, dijo mientras me guiñaba un ojo.

Pues a mí me parece una idea muy mala. Terrible, en realidad, pensé. Pero decirlo no nos servirá.

Ya se lo había dicho a Franklin.

Entendía mi situación.

Entendía los términos.

Comprendía por qué Alejandro me había buscado.

Era la madre sustituta de su hijo.

Así de simple.

¿Por qué me sentía tan triste de saberlo?

15

ALEJANDRO

*D*ebía asistir a una reunión familiar convocada por mi madre. Ella había señalado que mi presencia era muy importante.

Desde que había estado con Gabriela, revisaba constantemente mi celular, esperando algún mensaje suyo que me indicara que ya estaba en estado.

No obstante, sabía que era poco el tiempo que había pasado, así que probablemente tardaría un poco más para que quedara embarazada.

Aún no sabía en qué momento les informaría la novedad a mis padres, especialmente a mi mamá, pues ya le había prometido que sería la primera en saber. Sentía que decirles algo sería mejor que llegar con las manos vacías.

Pero sí llegaría sin nada que contarles. No había tenido noticias positivas de Gabriela.

En esta reunión no estaría mi medio hermano, felizmente.

Ya mi madre me lo había informado, así que me sentí contento.

Quizás lo hizo para que me relajara. Ella era consciente de que el estrés por todo lo que pasaba ya me producía dolores de cabeza.

Era una competencia que yo no había pedido y que debía ganar. Y Marcos ya estaba sobre mí, tratando de aprender en poco tiempo todo sobre nuestra empresa. Y todo quería decir mis labores también.

Nunca me gustó sentir que alguien seguía mis pasos, y menos si tenía la seguridad de que esa persona quería quitarme mi puesto.

Entre a la oficina y sentí más tranquilidad que en la última reunión familiar. Solamente me acompañarían mis padres, lo que significaba que todo sería muy sencillo… o al menos eso creí.

Pero me había equivocado.

Apenas pasé por la puerta, giré con la intención de salir rápidamente. Vanessa me miraba fijamente mientras descansaba frente a mi madre. Estaba sentada, con sus piernas cruzadas.

No sabía si irme o quedarme.

Mis ojos miraron los de mi madre.

—Hijo—, me dijo con suavidad—. Por favor, siéntate.

Papá se sentó al lado de mamá. Tenía que sentarme al lado de Vanessa u ocupar otra de las dos sillas vacías.

—Mamá, no sabría que ella estaría aquí—, le dije.

Mis ojos pasaron por toda la oficina, pero evité mirar a Vanessa. Decidí quedarme de pie, frente a mi madre.

Quería estar lo más lejos posible de mi exnovia.

Ya casi salía del lugar, pero mi padre se levantó y fue hacia mí.

No podía hacerlo. Debía quedarme. Había mucha seriedad en su cara. Mucha.

—Tu madre habló. Ya oíste lo que dijo, Alejandro.

Vanessa seguía sentada, sin moverse y en silencio.

Lucía un vestido azul elegante, ceñido a su cuerpo, y a mi nariz llegaba el olor del perfume de jazmín que usaba.

Tenía su cabello recogido.

Mantenía una postura educada, aparentando una decencia que no tenía.

Me vio fijamente, y cuando por fin vi esos ojos azules, no sentí ninguna emoción.

Absolutamente ninguna. Ni siquiera lástima.

Era como ver a una persona desconocida.

Mi mamá se levantó. Se acercó a mi oído y me dijo:

—Hijo, esto es importante. Necesito que tomes asiento ahora.

Convencido de hacer algo que no quería hacer, exhalé profusamente y tomé una de las sillas vacías.

La llevé lejos de Vanessa y me senté.

Apenas si podía verme por la distancia entre nosotros.

Mis padres volvieron a sus asientos, y mi mamá tomó la palabra con un tono bastante serio.

—Hijo, Vanessa está aquí para informarte algo—, me dijo—. Ha tratado de contactarte, pero de acuerdo con lo que nos dijo, no le has respondido.

La vi con mucha molestia.

—¿Era necesario que te rebajaras así, contándole a mis padres esto?.

Casi se levantó de su silla para contestar.

—No tuve más alternativas—, me dijo—. Debes saber lo que vine a decirte.

—¿Qué? ¿Qué sabes que la cagaste? ¿Qué quieres volver?—, le grité.

—Si no lo recuerdas, ya me dijiste eso. Lo dijiste, pero seguiste actuando como una zorra. Lo nuestro ya es historia, y digas lo que digas nada cambiará.

—Alejandro, estoy esperando un bebé.

Contuve mi respiración y sentí cómo mi corazón había dejado de latir. Realmente había dejado de latir. Todo mi cuerpo se tensó sobre la silla y casi arranco el cuero de los reposabrazos con mis uñas.

—¿Cómo?—, le pregunté.

Se levantó de su silla, subió su falda y se acercó a mí. Se arrodilló y tomó mis manos. Era pura actuación.

—Lo que oíste, Alejandro. Estoy esperando un bebé—, me dijo con absoluta seriedad—. Y ese bebé es tu hijo.

La vi fijamente, tratando de encontrar alguna otra expresión en su cara. Pero no había nada más que seriedad. Mi mente estaba nublada por sus revelaciones.

—¿Pero cómo sabes que soy el padre? Tú y yo…

Cerré la boca para no decir algo fuera de lugar.

¿Mis padres se habían sorprendido por lo que ya habíamos dicho?

Aparentemente no, porque sus semblantes estaban muy serios. Se limitaban a escuchar atentamente cada una de las palabras, pero no parecían saber nada más. Seguramente no les había dicho que me había sido infiel o que había pasado una noche con mi medio hermano.

Sus acciones me habían hecho pensar que probablemente no era mi hijo, sino de Marcos o de algún otro hombre.

—Solo he estado contigo, Alejandro—, me dijo después de unos segundos.

—Eso es imposible de creer—, le dije mientras la miraba desafiante —. Te acostaste con Marcos y al día siguiente llegaste para burlarte de mí.

—Eso no es verdad. No nos acostamos. Puedes preguntarle si no me crees—, me dijo.

—Esa mañana solo conversamos. Le escribí a su celular y le pedí que llegáramos juntos a la casa para poder hablar contigo.

—Claro, y aprovechaste para besarlo—, le dije.

Sentía una tensión más fuerte que la que ya había sentido.

—No hay mejor manera de convencerme de que quieres disculparte conmigo que besuquear a mi medio hermano frente a mí.

Vanessa esperaba un bebé. Era una noticia que me impactaba extraordinariamente. Podía que fuese o no mi hijo. Podía serlo…

—Lo besé para que te sintieras celos—, dijo ella entre lágrimas.

—Y ahora me arrepiento de haber sido tan inmadura. Quizás ahora me siento así por los cambios del embarazo. La verdad es que esto me afecta muchísimo y ahora es que me doy cuenta.

—¿Cuántos meses tienes?—, le pregunté.

—Casi tengo cuatro meses", me dijo.

—Eso quiere decir que me embarazaste en alguna fecha próxima a tu cumpleaños. Supongo que recuerdas esa noche.

Claro que lo recuerdo.

No podría olvidar esa memorable noche, cuando nuestros cuerpos se unieron bajo el abrigo de la luz de la luna y mirábamos el océano frente a nosotros.

Lo habíamos hecho en uno de mis yates, cuando éramos una linda pareja y yo la amaba con todo mi ser. Pero ese amor se había ido y ya no sentía nada por ella.

—¿Y Henry?—, le pregunté—. Ese desconocido con el que te has comunicado a mis espaldas.

—No lo conozco. Te juro que solo nos enviamos mensajes o hablamos por internet. Está en Isla Moderna—, me dijo.

—Y sí, fue una tontería de mi parte. No sé qué decirte. Solo que siempre estabas en el trabajo, que no tenías tiempo para mí y me sentí relegada o que ya no me querías. Actué como si no existieras, pero te aseguro que jamás he estado con otros hombres. Solo contigo.

Lloraba a cántaros y llevó su cabeza sobre mis rodillas. Vi su cabello entre mis piernas y después de unos segundos observé a mis padres.

No sabía si ellos debían saber estos detalles. Además, yo no sabía cómo responder o si podía creer al menos una de sus palabras.

Ella volvió a hablar.

—Alejandro, yo te amo como nunca he amado a nadie—, me dijo con sutileza.

—Y solo quiero estar a tu lado. Eres el hombre con el que siempre he querido pasar el resto de mi vida. Siento que es mi destino.

Pero había un pequeño detalle: yo ya no la amaba.

Ni siquiera me atraía. Podría estar arrepentida y decir la verdad, pero ya había tenido un romance con otro hombre, del que se había enamorado.

Se había atrevido a plantearle que se mudaran juntos, que terminaría conmigo y se quedaría con una parte de mi dinero y con esa suma se establecería con él.

No me importaba si se había acostado o no con él, como ella juraba. Lo que me parecía importante era que había desarrollado lazos emocionales con ese sujeto. Y eran lazos fuertes, una química que quedaba en evidencia con los mensajes de texto que le enviaba constantemente.

Necesitaba estar a solas, salir del lugar y tomar aire fresco. Quería correr, salir de la oficina y tratar de entender todo lo que decía. Pero simplemente no podía.

Ella estaba llorando sobre mí y mis padres me miraban, sin mover sus ojos. Esperaban en silencio mi respuesta a sus revelaciones.

—Honestamente, no sé qué pensar—, le dije tras unos minutos.

—Podrás creerme cuando nazca nuestro hijo. Comprobarías lo que digo si te haces una prueba de paternidad—, dijo, entre sollozos y suspiros.

—Digo nuestro hijo porque eres el padre, Alejandro. No me he acostado con ningún otro hombre.

Merecía recibir un premio por su brillante actuación. Si realmente estaba actuando. Había logrado que mi mente quedara atónita y mi cuerpo no moviera ni un solo músculo, ni uno solo.

El aire se sentía pesado y me costaba respirar. En condiciones diferentes, yo ya estaría celebrando por la llegada de mi bebé y abrazándome con mis padres, pero no tenía ningún ánimo de celebrar. Sencillamente no tenía ánimos de nada.

Levanté mis ojos para ver a mi madre. Un sentimiento de impotencia me atosigaba.

Mi padre comenzó a hablar, con su voz firme.

—Me parece que es tu deber oír sus sugerencias—, me dijo.

—Dice que podrías hacerte una prueba de paternidad. No creo que mienta. Con esa prueba quedaría al descubierto.

Pero de mi boca no salía ninguna respuesta, fuese positiva o negativa. Solo podía intuir que ella creía que yo consideraría innecesario hacerme una prueba de paternidad.

Mi padre siguió exponiendo su punto.

—Es tu hijo, lo que lo convierte en un heredero—, me recordó—. Tendrías la posibilidad de comenzar una familia.

Vi cómo los ojos de Vanessa se iluminaban con las palabras de mi padre.

—Sí, Alejandro. Comenzaríamos nuestra familia—, me esbozó con alegría—. Nuestro hijo, tú y yo, juntos. Como lo habíamos planeado. Nosotros juntos, para siempre.

Volví mi mirada hacia ella y comprobé que la esperanza se reflejaba en su mirada. Estaba feliz de haber logrado lo que siempre había querido: yo. En otras palabras, el dinero que venía de mí.

Yo sabía que esa era el fondo de toda esa escena. Era una actuación formidable para conseguir su parte de la herencia, solo para ella. Estaba seguro de ello, aunque aún no podía demostrarlo.

—No estoy de acuerdo—, le solté.

—¿No estás de acuerdo en qué?—, me preguntó mi padre.

—En que seamos una familia—, le dije.

—Tendrás un hijo, y si es mío lo reconoceré y seré su padre. Me comprometeré con él, pero tú y yo no volveremos, Vanessa. Acabaste con mi confianza y no podré estar a tu lado, hagas lo que hagas. Destrozaste mi corazón. No puedo ser tu novio otra vez.

Mi padre volvió a hablar.

—Alejandro, quizás eres un poco rudo con Vanessa. Las personas cometen errores con frecuencia y merecen una segunda oportunidad.

—Oh, por supuesto. Lo dices por experiencia. Si hablamos de mujeres, has cometido muchos errores, ¿o me equivoco?—, le dije.

Mis palabras eran dardos que caían sobre sus emociones. Mi madre estaba a su lado y lo lamenté por ella, pero en ese momento sentía que mi padre era la peor persona en el mundo para decirme qué debía hacer o cómo debía sentirme.

Vanessa me había engañado, había traicionado mi confianza y me había buscado solo por mi dinero. Y ahora mi padre, que había traicionado la confianza de mi madre, pretendía sugerirme cómo tratar a mi exnovia.

Ella sonrió cuando terminé de hablar. Me imaginaba que su rostro se mostraría triste por mis palabras, pero resultó que su reacción había sido de felicidad. Era una felicidad tímida, pero pude notarla en su cara.

—Tu reacción es desmedida—, me dijo papá. Mi madre lo ayudó a levantarse y él continuó hablando.

—Y estás equivocado si crees que las relaciones son perfectas y nadie debe cometer errores.

Yo retomé la palabra mientras miraba a mi madre.

—Quizás tú no has sido exigente contigo mismo, pero yo sé que como hombre sí debo exigirme a mí mismo para no engañar a mi novia—, le dije.

—A fin de cuentas, mamá te ha respetado todo este tiempo a pesar de tu comportamiento, ¿o no?.

Vanessa se levantó cuando escucho mis opiniones.

Aproveché para levantarme yo también. Moví mis pies para salir del salón, pero ella me lo impidió tomándome de la mano.

Mientras más intentaba alejarme de ella, más se acercaba a mí.

—Estoy segura de que podremos lograrlo—, me dijo, susurrando.

—Yo no pienso lo mismo—, le dije, con un tono de voz que mostraba mi molestia.

Solté su mano y fui hacia la puerta, pero giré para terminar la reunión con algunas palabras.

—Ahora deberás probar que realmente es mi bebé. Esto no va a quedarse así. No dejaré que te salgas con la tuya o me olvidaré del asunto. Seré el mejor padre para esa pequeña criatura si resulta que es mío. Pero siempre ten presente esto: no volveré a estar contigo jamás. Jamás. Y jamás, que te quede claro, quiere decir jamás.

Salí de la oficina de mi padre con premura.

Él cerró la puerta.

Había admirado su figura como hombre de negocios, por la forma de labrar su camino desde el comienzo, cuando no tenía dinero y no se había hecho un espacio en el sector farmacéutico.

Pero en lo que tenía que ver con las relaciones, no quería recibir sus recomendaciones. Hubiera preferido recibir consejos de Marcos.

Yo ya sabía que Marcos actuaba como un idiota con las mujeres y sabía lo que me recomendaría.

En cambio, mi padre nunca se arrepentiría por traicionar a mi madre ni reconocería sus equivocaciones.

Esa actitud abría un espacio entre él y yo, por lo que sus argumentos sobre Vanessa me parecían insostenibles.

16

GABRIELA

*Y*a me quedaba en casa de mi amiga y podía sentir las comodidades.

Disponía de lujos como televisión satelital, una computadora conectada a internet, una ducha con agua caliente y la posibilidad de pasear desnuda por la casa.

La mayoría de las personas tenían acceso a una vida confortable como esa, pero no era mi caso. No tenía trabajo, y eso me mantenía bajo una zozobra permanente.

Me llegaría una buena suma, pero solo cuando tuviera al bebé. Faltaba tiempo para eso, y solo si tenía éxito.

Con el aluvión de medicinas que debía tomar y todo lo que había pasado con Alejandro, no había tenido tiempo para pensar en cómo ganar dinero mientras tenía al bebé.

Solo había considerado pedirle a Alejandro un adelanto de mi pago, pero únicamente lo haría si alguna prueba salía positiva, lo que hasta ahora no había sucedido. De todas formas, era muy pronto.

Se acercaba la fecha límite para pagar el gas en mi casa, y ya mi madre me había alertado sobre ello. Ella ni siquiera tenía suficiente dinero para comprar algo de comida. Mi panorama se complicaba.

Decidí enviarle un mensaje de texto a Alejandro.

"Alejandro, hola. ¿Crees que podamos conversar?".

Unos segundos después, le escribí otro mensaje y se lo envié.

"No se trata de los resultados de las pruebas. Es muy pronto para eso. Es sobre otro asunto".

Quería dejarle claro que no debía tener esperanzas todavía.

Mientras esperaba su respuesta fui a la nevera y saqué algo de ensalada que quedaba. "Muñeca" me había dado libertad para comer todo lo que encontrara, que básicamente se reducía a frutas y hortalizas.

Si no las comía, se dañarían antes de su llegada. Me llevé algunos trozos de lechuga a la boca y mi celular sonó. Era la respuesta de Alejandro. Me había contestado rápidamente.

"Claro que sí, Gabriela. Pasa por mi oficina esta tarde. Te espero".

Podía ir, pero primero debía tomar una ducha y vestirme elegante. Iría a su oficina en un día laboral y en horario de trabajo, lo que significaba que habría mucha gente haciendo sus labores diarias.

Busqué entre mi ropa algo decente, pero nada me parecía lo suficientemente elegante. La única ropa que me parecía adecuada ya la había usado no en una sino dos ocasiones, y la ropa que había usado para ir al hotel estaba muy sucia.

Busqué entre la ropa de "Muñeca".

Hurgué entre sus cosas, pero me desalenté de inmediato. Casi toda su ropa consistía en faldas muy largas, camisetas blancas largas y anchos vestidos de flores. Entonces vino a mi mente que durante unos meses ella había trabajado en una oficina como recepcionista.

Alguno de sus uniformes debía estar todavía allí. Fui al fondo de su armario y me topé con un vestido oscuro, sin mangas. Podría lucir en mi cuerpo si me maquillaba bien y encontraba unos zapatos que hicieran juego.

Me preocupaba mostrar una imagen esbelta para un ambiente como ese, donde había tantos empleados y Alejandro seguramente querría verme atractiva. No me parecía incorrecto revelarme así, aunque mi garganta era un paquete de nudos entrelazados.

Pensé que serían solo unas náuseas leves, pero después supe que solo eran mis nervios traicionándome. Por primera vez desde nuestro rico encuentro sexual me encontraría con él, y mi cuerpo aún recordaba esos momentos con placer. Recordé su mirada y su cuerpo seductor, y fue como si estuviera caminando entre las nubes.

Estar con él era una locura, e imaginarlo abrazándome después de hacer el amor era una locura aún mayor, pero no podía verlo como un simple socio. Sencillamente no podía. Ya era más que eso, y saber que iba a verlo me estremecía, a tal punto que no podía controlarme.

Pensé que, tarde o temprano, tendría que asumir las consecuencias.

Tomé el autobús para llegar a su oficina, que no estaba tan lejos, pero que sentí que estaba muy distante. Vi al edificio enorme frente a mí y sentí que debía volver a casa de "Muñeca". Mis nervios volvían a jugarme una mala pasada y me impedían caminar.

"Vamos, Gabriela. Estás muy cerca", me dije para darme aliento.

Nunca me había gustado pedir dinero. De hecho, nunca me había gustado pedir ayuda. Lo odiaba. Pero estaba atravesando una situación diferente, porque solamente le pediría a Alejandro un anticipo del dinero que igualmente me pagaría cuando naciera su bebé.

Me haría falta una parte de ese monto para los gastos previos al nacimiento… ¿o no? No lucía tan descabellado, y él no tendría que darme todo el dinero.

Pero me costaba planteárselo.

Entré al rascacielos de las Empresas Smith y ahora sí había una recepcionista. Nada de guardias de seguridad con malas caras.

Una sonrisa gigante apareció en sus labios.

—Bienvenida a las Empresas Smith—, me dijo con una genuina alegría.

—Muchas gracias—, le dije.

No fue necesario que me preguntara la razón de mi visita. Era horario de oficina. Ella me vio una vez de arriba a abajo, pero no hizo ningún comentario.

Me sentí aliviada. Quizás era mi traje, que estaba ayudándome. Tal vez había sido una buena decisión.

Me despedí de ella y llamé al ascensor. Llegó y unas cuantas personas bajaron. Conversaban en voz alta y no notaron mi presencia. No sabían que no trabajaba allí. Ya me sentía como si hubiera estado mucho tiempo trabajando allí.

Subí al ascensor.

Ya sabía dónde llegar.

Me esperaría en su oficina esta vez, y no en el amplio salón de conferencias. Ahora estaría en el sitio desde el que trabajaba y dirigía el imperio farmacéutico.

El ascensor se abrió tras un suave sonido. Salí, y una linda chica joven y morena ocupaba la silla de la recepción. Se llamaba Sara González. Lo supe cuando vi su nombre en su placa de identificación.

Su cargo era el de asistente ejecutiva. Sospeché que era la asistente de Alejandro. Puse mis manos sobre la mesa de la recepción, cerca de ella.

—Hola, Sara. Tengo una cita con Alejandro Smith.

—Buenos días—, dijo mientras sonreía ampliamente—. ¿Cuál es su nombre?.

—Gabriela Villavicencio.

—Espere un momento, señorita Villavicencio—, me pidió.

Me sentí más calmada que la primera vez que había estado en ese edificio. Había una diferencia abismal entre ir de noche e ir en la mañana o la tarde.

Sara llamó por teléfono y dijo algunas cosas en una voz muy baja, inaudible para mí. Terminó la llamada y sonrió de nuevo.

—El señor Smith la espera—, me informó—. Sígame, por favor.

Se levantó y la seguí por el pasillo, hasta que llegamos a la puerta de una oficina. Obviamente, Alejandro ocuparía una amplia y lujosa oficina en el último piso del rascacielos. Si no la tuviera, mi boca se caería por la sorpresa.

Sara tocó la puerta suavemente y escuché la voz de Alejandro.

—Pasen.

Sara abrió la puerta para mí y me pidió pasar.

Todo era tan formal que quería que se notara mi presencia en un ambiente como ese.

Sara cerró la puerta y quedé justo frente a Alejandro Smith.

Él sería el director general de las Empresas Smith y se encargaría del negocio desde el escritorio de madera que se mostraba frente a mí. Él se veía como un hombre atractivo.

Su traje acentuaba su musculatura.

Él se levantó y fue hacia mí. En su mirada noté mucha preocupación.

—¿Sucede algo, Gabriela?—, me preguntó.

Con rapidez llevó mis manos a las suyas. Me sentí desalentada. Esperaba que me abrazara con fuerza o me besara. Supuse que debía conformarme con sus manos tocando las mías. Imaginé que no se arriesgaría a mostrar tanta intimidad en su oficina, y además en horas laborales.

—No, Alejandro. Todo está bien. Tranquilo—, le dije—. Vine porque quiero pedirte un favor.

—Lo que necesites—, dijo mientras se inclinaba hacia atrás.

Me pidió sentarme en una de las dos sillas que estaban frente a él. Ya mis nervios afloraban y traté de mantener mis manos ocupadas. Me senté y rodé mi vestido un poco hacia abajo, con mis latidos acelerados y mi estómago lleno de mariposas.

—Gabriela, ¿de verdad está todo bien?—, me preguntó.

Esta realmente preocupado por mí. Me miraba como si quisiera descubrir alguna verdad, lo que me calmó. Quizás Alejandro se interesaba realmente en mí.

Giré mis ojos y vi la ciudad en el horizonte, en lugar de verlo a sus ojos y hablarle con sinceridad de una vez.

La razón era que me costaba ver sus ojos. Me causaba mucha incertidumbre. Hasta que lo vi, y mi cuerpo reaccionó de forma muy misteriosa.

Era como quisiera tener relaciones otra vez, como si se agitara recordando cada palmo de su cuerpo sobre el mío y miles de sensaciones inéditas sacudieran mi piel por la necesidad de acostarme con él de nuevo.

—Alejandro, te aseguro que estoy bien—, le dije.

Humedecí mis labios y evité pedirle el dinero. Al menos por el momento. Descubrí que sentía cierto temor de pedirle muchas cosas.

Me agradaba escuchar sus palabras y quería saber más sobre esa parte de su vida. Entonces decidí tomar otro camino para no sonar tan dura.

—Lo que pasa es que ya pasaron unos días desde lo de... bueno, tú me entiendes… Solo quería saber de ti...—, le dije.

Giró su cabeza y sonrió. Vi sus intensos ojos azules.

Era como nadar en el mar de su belleza. Y mi cuerpo se desparramaba ante su belleza.

—He estado bien—, me dijo—. También quería saber de ti. Es bueno verte otra vez.

—¿En serio?—, dije mientras mi garganta se sacudía.

—Claro que sí—, me dijo, entre risas—. No entiendo tu sorpresa.

—Me sorprende que lo digas porque solo nos une una relación de negocio… Vaya… Me gustaría reconstruir esa frase.

Suspiré profundamente y llevé mi cabeza a mis manos. Quería desparecer de la faz de la tierra y luego reencarnar en una persona que supiera comunicarse adecuadamente.

Me costaba expresar otra cosa que no fuese una frase cargada de sarcasmo o una respuesta ante el comentario áspero de algún idiota en el bar.

Sentí una caricia.

Era la mano de Alejandro.

Estaba usándola para quitar mis manos de mi cara y ver mi rostro.

Abrí mis ojos y estaba justo frente a mí. Llevó mis manos a las suyas.

Sonreí por su leve toque y me levanté. Reía por mis reacciones.

—Creo que tienes que relajarte—, dijo—. Trata de calmarte.

—Relajarme…—, le dije—. De acuerdo. Voy a relajarme.

Sus manos fuertes aún estaban entre las mías. Se acercó más a mí. Examiné su cuerpo. Ya solo estaba a milímetros. Podía oler su cuello. Un encantador aroma a perfume y jabón atrapó mis sentidos.

Sentí un inmenso deseo de chupar su cuello e inhalar todo ese perfume.

Cada parte de su cuerpo me excitaba. Aún no entendía por qué me provocaba tanto placer.

Se acercó y besó mi mejilla. Me ruboricé por la sorpresa. Era un beso que no esperaba. Inhalé y mantuve el aire en mis pulmones y me quedé mirando sus ojos después de girar mi cara para verlo. Se movió nuevamente hacía mí y besó mis labios.

El aire salió por mi boca después de separar mi boca de la suya. Mis muslos empezaron a temblar y toda mi piel se erizaba por el leve contacto.

Puse mis brazos sobre su cuello. Él sintió el movimiento y me sujetó, llevándome más cerca de él.

Su lengua encontró mis labios húmedos, entro con calma en mi boca y saboreó mi lengua.

No lo advertí en el momento, pero luego me di cuenta de que Alejandro me sostenía en el aire y luego me puso sobre la mesa. Quedé sentada sobre su pene. Subió la falda de mi traje y abracé su cintura con mis piernas.

—Creo que tú y yo debemos…—, le dije con dudas, pero él siguió mirándome como si no me hubiera oído.

Una parte de mí recordaba los riesgos de hacer el amor, pero otra parte más atrevida ya impulsaba a mis manos a moverse.

Cuando me percaté, ya mis dedos estaban en el cinturón de su pantalón. Quería desabrocharlo. Por dentro, mi deseo de arrancárselos y ver su pene otra vez me abrumaba.

—No te imaginas todo lo que me ha pasado estos días—, me dijo jadeante, mientras me ayudaba con su cinturón.

—Me sentí feliz cuando me escribiste. Fue lo único bueno de todos estos días horribles.

—¿De verdad? ¿Así te sentiste con mi mensaje?—, le pregunté.

—Oh…—, gimió al chupar mi cuello.

—No tenía ni idea de que deseaba tanto hasta que te vi llegar hace un momento, Gabriela…

Fue con rapidez por mis muslos con sus fuertes manos. Metió su lengua otra vez en mi boca, y sentí cómo estaba empapado de deseo.

Me quitó las bragas y llevó sus dedos a mi clítoris húmedo. Sin querer, mordí su labio inferior. Pensé que le dolería, pero más bien pareció gustarle, porque también mordió mis labios.

—La tercera vez es la definitiva, ¿no?—, dijo, interrumpiendo su beso y sus mordiscos.

—Así es—, le dije—. Hazlo, por favor. Solo hazlo.

Bajó sus pantalones y no me permitió decir nada más.

El deseo que sentía era tan fuerte que su pene estaba erecto, en la entrada de mi vagina.

Me acerqué más a su cuerpo y mi cuerpo ya no aguantaba.

Ya él lo había dicho.

La tercera vez es la definitiva. Y si no lo era para nosotros, podríamos continuar haciéndolo hasta que lo lográramos… ¿o no?

Sin embargo, me parecía que ese momento era más intenso que los anteriores. Para ambos. Lo sentía en mi mente y mi piel.

Su pene se introdujo en lo más profundo de mi vagina, y gemí. Me estremecí por completo.

Clavé sus uñas en su espalda y trataba de ahogar los gemidos que se acumulaban en mi garganta.

Él estaba cogiéndome en su oficina, y yo tuve que meter mis labios en su hombro para no gritar.

En el piso caían hojas, bolígrafos y sujetapapeles con cada movimiento que hacíamos.

El frenesí de nuestros cuerpos balanceándose al unísono había dejado la oficina hecha un desastre, pero él seguía agitando sus caderas, impulsando su pene y sus bolas sobre mi vagina, con contundencia y placer.

Me penetraba como si fuese el último día de su vida. Yo traté de disfrutarlo también, y me imaginé que también sería mi último día en la tierra, así que lo llevé más adentró, moviendo mis caderas con la furia que él me había contagiado. Quería seguir bajo su dominio para siempre.

—Gabriela, mira mis ojos—, me dijo—. Vi el mar de su mirada—. Eres preciosa.

Se calló y tomó mi culo con sus dos manos para apoyarse. Se metió en mi interior con más fuerza.

Un grito intrépido de placer saltó de mi garganta sin que yo pudiera evitarlo. Pero a él no pareció importarle, porque siguió penetrándome.

Me cogía sin piedad y yo miré sus ojos mientras ellos también me miraban.

Volví a gritar. Él tapó mis alaridos con sus labios, cerrando mi boca con varios besos calientes y húmedos.

Estaba a punto de venirme y mi cuerpo recibía miles de ondas de éxtasis por tanto placer. Él se separó de mis labios para susurrarme algo.

—Sí, Gabriela. Acércate más—, me dijo.

Sonaba como un animal un celo, movido por sus salvajes deseos. Estaba pidiéndome que me acercara más a él para que acabáramos.

Con prisa, me levantó de su escritorio y me puso debajo de él. Se acercaba el momento. Recordé cómo se había sentido cuando le había mordido sus labios, así que lo hice de nuevo, mientras su cuerpo se movía bajo su pecho.

Los gritos se convirtieron en gemidos que se disparaban sin cesar desde mi garganta. Todo mi cuerpo se movía como si recibiera descargas eléctricas.

Solo que las descargas eran de puro y duro placer. Sentí el calor saliendo de mi vagina hasta los dedos de mis pies y mi cabeza.

Moví mis manos impulsivamente y sujeté la camisa de Alejandro. El orgasmo hacía vibrar mis entrañas.

Unos segundos después, me calmé y pude abrir mis ojos. Él me veía con una mirada de lujuria extrema que anticipó otra descarga de placer. Volvió a empujar en mi vagina.

Sentí su pene pulsando en lo más profundo de mi cuerpo. Ahora era él quien gritaba de placer. Se sujetó sobre mí y permaneció inmóvil.

Él mundo parecía haberse limitado a nosotros dos, al placer que nos dábamos mutuamente.

Enseguida, mi vagina sintió su semen cálido y viscoso, así que me entusiasmé por el momento. Grite, como estuviera acabando otra vez. Él se quedó allí, saboreándome, mientras nuestros cuerpos aún latían juntos.

Traté de recuperar el ritmo normal de mi respiración.

Llevé mi cabeza sobre su abdomen tallado para descansar un poco.

Con sus dedos mágicos, tocó mi espalda, y yo quise seguir ahí, sobre su carne, escuchando esos latidos frenéticos de su corazón, que estaba tan cerca del mío.

Me hubiera encantado oír ese sonido hechizante el resto del día, pero Alejandro tocó mi mejilla para alojar un beso en mi boca.

—Necesitaba esto. No te imaginas cuánto—, me confesó.

—Sí. Entiendo lo que sientes—, dije, acercándome a su boca.

—¿Últimamente te he dicho que eres una mujer espectacular?—, me preguntó.

El agudo color rojo de antes aparecía de nuevo en mis mejillas. Una ola de placer que recorrió mi cuerpo por sus palabras por poco me hace responderle con una frase de la que después me habría arrepentido.

Había sido un sexo tan delicioso que me costaba mantener el control sobre mis emociones o mis palabras. Era la lujuria la que me ocasionaba esas reacciones.

—Alejandro, eres tú la persona espectacular aquí—, le respondí.

—Tú también lo eres—, me dijo.

Me levantó suavemente y me ayudó a poner los pies sobre el suelo. Besó mi frente y se alejó un poco de mí. Empezó a vestirse.

Hice lo mismo. Entonces me percaté de la situación: estábamos en su oficina, habíamos hecho el amor, yo estaba ahí para pedirle dinero, y además debíamos mantener todo en secreto.

Teníamos la misión de tener un bebé.

Cada encuentro sexual incrementaba mis probabilidades, pero también se incrementaban mis sentimientos por Alejandro. Y eran sentimientos muy confusos.

—Gabriela, te pido disculpas por la interrupción—, dijo Alejandro.

Ya estaba terminando de ponerse su cinturón.

—No te preocupes. Estuvo muy bien—, le respondí entre risas.

Alejandro sonrió ampliamente. Había un pequeño hoyo en su mejilla otra vez.

—Me alegra que lo digas, porque a mí también me pareció muy bueno—, me dijo.

Miré otra vez por la ventana, tratando de dispersar la emoción que me embargaba cada vez que me veía o me decía algo así. Con sus sonrisas, mi piel se erizaba y mi corazón suspiraba.

Sentía miles de mariposas en mi vientre y muchos nervios.

Había visto esa descripción de mierda en las películas románticas y nunca había creído en esa basura, pero intempestivamente esas sensaciones eran parte de mi presente.

Debía transitar por cuidado por esa peligrosa vía. Yo era consciente de los riesgos de encariñarme con él.

—Creo que ya debo irme—, dije, yendo hacia la puerta.

Me di la vuelta para irme, pero Alejandro tomó mis brazos y me llevó hacia él.

Se quedó frente a mí y luego me abrazó. El silencio inundó la oficina. Yo suspiré y cerré mis ojos.

Disfrutaba su cuerpo, sus brazos aferrados a mi espalda. Esto me haría sentir bien siempre, me dije. No obstante, me recriminé por pensar eso y me separé un poco de su pecho.

—Creo que no debemos acercarnos así ni estar tanto tiempo juntos—, le dije.

Toqué varios botones de su camisa para no ver sus oceánicos ojos. Tenía que hacer un tremendo esfuerzo para controlarme, así que no quería mirarlos.

—Sí, lo entiendo. En teoría, tú y yo solo debemos juntarnos para tener un bebé, pero quiero estar contigo. Disfruto tu compañía —, me contó.

—También disfruto tu compañía—, admití.

—En realidad, la disfruto muchísimo. Tanto, que ya me parece una mala idea que compartamos mucho tiempo.

Llevó sus manos a mi mentón y besó delicadamente la punta de mi nariz.

—Gabriela, admito que me simpatizas mucho más de lo que debería—, dijo.

Vaya. Mi garganta estaba apretada. Cómo me hubiera gustado decirle que me abrumaba la misma sensación, pero no pude. Estaba congelada, solo podía mirarlo. No podía hilvanar ni una sola frase.

—Discúlpame por complicarte la vida—, me dijo entre largos suspiros.

—No quise hacerlo. Me limitaré a ser lo más profesional que pueda a partir de ahora.

Franklin había dicho que Alejandro no era totalmente consciente de lo que le convenía más.

Mis sentimientos por él eran muy fuertes ya, mucho más fuertes de lo que deberían, pero entendía que todo se desbarataría si su familia no lo apoyaba plenamente.

No les gustaría que tuviera un bebé con una mujer de los barrios pobres como yo.

Parecía que Franklin tenía razón después de todo.

Pero ya era inútil. No lograba mantener mis sentimientos a raya.

—Alejandro, tú también me simpatizas. Y me importas.

Su sonrisa y su hoyo en la mejilla izquierda volvieron, ahora con más luz que antes.

—¿De verdad? Eres mordaz y temperamental ¿Gabriela siente simpatía por mí en medio de ese rudo corazón?.

Reí mientras lo golpeaba suavemente en el pecho.

—Sé que es extraño—, le dije—. A mí también me parece raro, pero es la verdad.

—Gabriela, déjame decirte que saber eso me hace muy feliz—, me dijo.

Colocó dos dedos de su mano debajo de mis ojos y luego los bajó. Mi piel sintió una vibración instantánea. Descansé mi cabeza sobre sus dedos cuando llegaron a mi mentón y cerré los ojos.

—Alejandro… me haces sentir muy feliz—, le confesé.

Alguien tocó la puerta y salté bruscamente. El susto fue tan grande que por poco resbalo y caigo sobre la silla. Alejandro tomó mi mano y evitó el golpe.

—¿Quién es?—, preguntó.

Sara se anunció y Alejandro le dijo que entrara. Abrió la puerta solo un poco y mostró su cara sonriente. Se veía apenada. Supuso que interrumpía y se ruborizó.

—Señor Smith, le rugeo que me disculpe—, dijo ella—. Pero el señor Ramírez ya llegó. Está esperando.

—Saldré en un momento—, dijo Alejandro—. Dile que, por favor, aguarde unos minutos mientras termino acá.

Sara asintió con su cabeza y cerró la puerta de la oficina luego de despedirse. Él se acercó a su escritorio y se agachó para recoger el desorden del suelo.

—¿Sara nos habrá descubierto?.

—Ya debe saberlo toda la oficina—, dije, a modo de chiste.

—No pude parar de gritar.

Rió con mis palabras.

—Oye, tengo pautada esta reunión en la que seguramente me quedaré dormido—, me dijo—. Pero me gustaría saber qué querías decirme.

«Dinero».

Había ido a rogarle por dinero para pagar el gas y las otras cuentas. Pero después de haber tenido relaciones con él me parecía una terrible idea. Me sentiría como una puta, más de lo que ya me sentía con cierta frecuencia.

—Oh, nada importante en realidad—, le dije—. Ya es hora de irme.

—Gabriela—, dijo con firmeza y seriedad. Hablaba como un jefe.

—Solo dime qué te hace falta.

—Pues… ahora lo olvidé—, le dije, con ganas de salir.

—No es cierto—, dijo, exhalando con fuerza—. ¿Es dinero? ¿Necesitas algo para pagar tus cuentas mientras nace el bebé?.

—No, Alejandro—, dije mintiendo otra vez y ahogando mi deseo de revelar la verdad.

Titubeaba tanto para hablar que ni yo misma creía mis palabras.

—Haré lo que te prometí: ayudarte y cuidarte—, me dijo.

Abrió una gaveta y empezó a buscar entre algunas cosas apiladas. Miré de reojo, pero no pude ver qué había.

—Esto debería alcanzar para unos meses—, me dijo.

—Y si te hace falta más dinero, solo dímelo. Tú me haces un gran favor, Gabriela. Siempre ten presente que haré todo lo posible para pagarte.

—Nunca podré olvidar esto, Alejandro. Nunca—, le dije, con mi voz bastante baja—. Muchísimas gracias.

A ti tampoco te olvidaré jamás, quise decirle, pero me tragué esas palabras. Todo se movía con tanta rapidez que ya estaba preocupándome más que antes.

El abogado Franklin lo había dicho y ahora yo lo recordaba: tenía que estar lo más lejos que pudiera de él si no se trataba del acuerdo. Yo no le convenía a Alejandro.

Franklin podía tener toda la razón, pero ya no podía ver a Alejandro Smith como un simple socio. Además, él quería algo.

Me quería a mí.

* * *

Salí de su oficina.

Vi el dinero entre mis manos.

Ciertamente, me alcanzaría para cubrir los gastos de los meses siguientes, y hasta quedaría algo.

Mierda, era mucho más dinero del que había pensado que me daría.

Cuando había dicho que me cuidaría, lo había dicho muy en serio.

Una alegría inmensa me desbordó.

Estaba feliz por su ayuda.

Iba hacia el ascensor mientras me regocijaba, pero alguien dijo algo que me sacó de mi mente.

—Señorita, disculpe.

Miré hacia el lugar de donde provenía la voz. Vi a un sujeto tan atractivo y elegante que me pareció ver a Alejandro. Las Empresas Smith eran una compañía familiar, por lo que toparme con uno de sus integrantes no debería causarme ningún problema, pero sabiendo lo que sucedía, sentí un gran temor que me sacudió.

El sujeto extendió su mano para saludarme.

—Hola, mi nombre es Marcos—, me —. Soy el hermano de Alejandro.

—Oh... Vaya. Hola—, le dije mientras lo saludaba.

—Mi nombre es Gabriela.

Marcos no disimuló cuando paseó sus ojos por todo mi cuerpo, como si fuese un doctor frente a un paciente o un profesor que me haría un examen sorpresa y quisiera comprobar que no llevaba apuntes.

Alejandro había mencionado que tenía un hermanastro, lo que me hizo pensar que era él.

—Alejandro me ha dicho algunas cosas de ti—, le dije. La frase salió de mi boca, pero luego quise que no la hubiera oído.

—¿De verdad?—, me preguntó Marcos—. Ojalá hayan sido solo cosas positivas.

—Para ser honesta, solo me contó que tiene un medio hermano—, le dije.

—Bueno, ese soy yo, Marcos—, me dijo.

—¿Y qué tanto conoces a Alejandro?—, me preguntó con inquietud.

Mis ojos giraron para ver nuevamente la oficina de Alejandro. La puerta estaba cerrada y el señor Ramírez iba saliendo acompañado de la asistente.

—Tu hermano y yo somos amigos—, le dije.

—¿Amigos? ¿Solamente amigos?—, me preguntó, con una sonrisa maquiavélica en sus labios grasosos.

—Yo creo que hay más entre ustedes. Tengo un instinto que nunca se equivoca.

—Pues sí somos solo amigos—, le dije.

—Marcos, debo irme ahora. Ha sido un gusto conocerte.

Fui hacia el ascensor con prisa, pero Marcos fue más rápido y se paró en las puertas.

—¿Y mi familia ya te conoce?—, me preguntó.

—No—, dije—. ¿Por qué debo conocerla de todos modos?.

Encogió sus hombros.

—Lo pregunto por simple curiosidad—, me dijo.

—Quizás quieras ver a Alejandro como el verdadero hombre que es, no el que se muestra aquí como amo y señor. Estoy seguro de que te gustará conocer a sus padres.

—Marcos, no creo que él y yo nos tengamos tanta confianza—, le dije, sosteniendo la firmeza de mi voz, a pesar de mi temor interno.

—Debo irme, así que...

—Podrías conocerlos a todos—, me dijo interrumpiéndome—. Mañana en la noche tendremos una cena y podrías venir.

—No, pero gracias por la invitación—, le dije.

—De acuerdo, pero si decides ir, llámame. Ten. Es mi tarjeta—, dijo mientras me la entregaba.

—Uno nunca deja de sorprenderse. Tal vez sea bueno para ti que conozcas a su familia y compruebes de primera mano qué tipo de personas son.

Recibí su tarjeta solo por educación y pasé al ascensor sin mirar su cara.

—Marcos, te lo agradezco, pero no me hará falta.

—Perfecto—, me dijo—. Pero ya sabes cómo encontrarme en caso de que cambies de opinión.

—De acuerdo—, le dije mientras guardaba su tarjeta.

Cerré al ascensor y exhalé profundamente. Respiré con tanta fuerza que descubrí que había contenido mi respiración por unos cuantos segundos. Le agradecí a Dios por haberme alejado de él finalmente.

Tenía que evitar que su familia creyera que algo estaba sucediendo. Debía evitarlo, sobre todo con Marcos.

Acababa de conocerlo, pero se le notaba que estaba urdiendo un plan. Se le notaba a kilómetros.

Con todo lo que nos pasaba, cualquier cosa que tramara Marcos nos perjudicaría mucho.

Adicionalmente, su presencia me había sobrecogido.

Marcos era un hombre muy atractivo, aunque no tanto como Alejandro, pero lo que me había alterado era que había sentido que era un hombre malvado. Tan malvado, que bajé sintiéndome algo mareada por su malicia.

ALEJANDRO

—¿**O**tra vez Vanessa?—, le dije a mi madre al oído mientras llegábamos al comedor de nuestra casa.

—Alejandro, espera un hijo tuyo—, me dijo mi madre—. Esa es una buena noticia para ti. No importa si quieres o no seguir con ella. El punto es que podrás recibir la parte de la herencia que te corresponde.

—Está aquí porque papá la invitó, ¿cierto?—, le pregunté.

—Así es—, me dijo—. Y no me parece una mala idea.

Mi madre tenía una postura firme y sus brazos estaban cruzados sobre su pecho.

Me miró otra vez como cuando era niño, y yo supe que debía moderarme. Había crecido, pero igualmente la respetaba y obedecía sus órdenes, aunque no estuviera totalmente de acuerdo.

Ya Vanessa nos esperaba. Sonrió ampliamente y puso su mano sobre la silla a su lado, invitándome a sentarme. Yo me habría sentado a su lado antes, pero la mirada que me mostró, como si esperara obtener una victoria si me sentaba en esa silla, me forzó a sentarme frente a ella.

Iba hacia esa silla para sentarme, pero Marcos apareció de la nada y se sentó en ella. Quedó al lado de papá, con mi madre sentada del lado derecho y Vanessa un poco más allá.

Pensé ir al otro lado de la mesa, pero ese comportamiento me haría quedar como un niño malcriado.

Las expresiones de todos parecían decirme que querían que me sentara y guardara silencio, para que el clima de la cena fuese acogedor.

Entonces me senté al lado de Vanessa. Suspiré profundamente, abrí mis manos y las puse sobre la mesa. Evité mirarla. Aún dudaba de que fuese el padre de su bebé.

Vanessa tomó una de mis manos y la puso delicadamente sobre su estómago. Sonrió otra vez.

—¿Sientes el bebé?—, dijo ella mientras brillaban sus ojos.

No sentí nada. Algún latido, algún movimiento. Nada de nada. Pero ella sí sintió algo, y casi llora de felicidad.

—El bebé acaba de patear. Ojalá puedas sentirlo pronto—, dijo.

—¿No está muy pequeño para que yo sienta algo?—, dije en voz baja.

Mamá se involucró en la conversación para calmar las aguas.

—Sí. Solo tiene unos cuatro meses... No pueden percibirse sus movimientos todavía—, me dijo mientras abría sus ojos y mostraba una felicidad que no había visto en su cara en muchísimos años.

—Aunque es temprano, es una señal de que el bebé está bien.

Asentí con mi cabeza.

—Qué bueno".

—Tienes un largo camino que recorrer—, me dijo papá—. Pero ya tendrás tiempo, hijo. Lo aprenderás rápidamente y será como una segunda profesión.

«Por supuesto que lo haré», pensé.

Alicia llegó al comedor con nuestra cena. Había carne, puré de papas y ensalada de atún.

Era la comida favorita de mi padre, que no escatimaba para darse esos gustos.

Por mi parte, recordé las hamburguesas que había comido con Gabriela y sentí que podía sentirme más feliz que con esa comida lujosa. Pero ahora se trataba de una cena familiar, y siempre eran una ocasión muy formal.

Me vi a mí mismo llenando la cama de trozos de papas fritas mientras Gabriela comía su hamburguesa grande y sonreí. Había sido una experiencia muy hermosa.

—Alejandro, ¿cuál es el chiste?—, me preguntó Marcos.

—No hay ningún chiste—, le dije, mientras mi sonrisa se esfumaba —. Recordé lo mucho que me gusta la ensalada de atún.

—¿Ah, sí?—, me lanzó Marcos, mientras se servía algo de carne.

—¿Ríes por eso o por algo que tiene que ver con la mujer que ayer fue a tu oficina? ¿La pequeña chica que está buenísima?.

Su mirada escudriñó mi rostro. Trataba de descifrar mi alma mientras su sonrisa malvada se asomaba en su boca.

—No sé de quién hablas, Marcos—, le dije.

—Estuve hablando con el señor Ramírez y después con otros clientes, cerrando algunos tratos. ¿Hablas de Lorena, la joven que trabaja en el departamento de contabilidad? Fue a mi oficina porque quería preguntarme algunas cosas y su jefe sigue de permiso.

—No era Lorena. Sé quién es y también sé quién es su jefe—, me dijo.

—Te hablo de Gabriela. Una mujer joven y hermosa, por cierto. Salió de tu oficina y sus cabellos se veían revueltos.

—Pues no sé quién es—, le dije—. Mis disculpas.

Sabía de quién hablaba. La presión dominaba mis manos. Había perdido el apetito por las preguntas de Marcos. Lo vi y quise entender qué era lo que quería con su interrogatorio.

Vanessa tomó mi mano otra vez. Sonrió mientras me miraba. Empezó a hablar con una voz muy suave.

—Marcos, quizás te confundiste—, dijo ella.

Retiré mi mano de inmediato.

—Quizás no. Está equivocado—, dije.

—Y si me veo o salgo con alguien, soy el único que debe preocuparse por ello. No es asunto de nadie más—, le espeté.

—Pues a mí me parece que la madre de tu bebé tiene derecho a opinar—, me soltó dijo Marcos.

—¿Mi bebé? Yo creo que es tu bebé, Marcos—, le dije—. Ustedes se veían muy apegados…

Mi padre reaccionó con furia, golpeando la mesa con sus dos puños. Los vasos saltaron y casi se rompen.

—¡Creo que ya han dicho suficiente!—, dijo, y sus palabras vibraron en mis oídos.

Marcos me miraba fijamente, y yo hacía lo mismo. Queríamos decirnos más cosas, pero preferimos guardar silencio.

"—olo quiero que cenemos como una familia, sin discusiones ni nadie alterándose por cualquier cosa—, dijo papá—. No sé cuántas cenas más podré compartir con ustedes. Intenten ser educados entre ustedes, aunque por dentro estén disgustados. Háganlo por mí, por favor.

—Papá, discúlpame—, dijo Marcos en voz baja.

—Yo también me disculpo, papá, por estropear este momento—, dije.

Pero Marcos siguió recibiendo la molestia de mi mirada. Me sentía mal por haber hecho que mi padre se enfadara, pero no decirle a Marcos lo que pensaba.

—Alejandro, tu hijo viene en camino y eres un hombre con edad suficiente para saber cómo comportarte—, me reclamó papá.

—En cuanto a ti, Marcos, deja ya de molestarlo. Déjalo en paz. ¿Alejandro conoce o no a esta chica? Ya no importa. Vanessa podría sentirse molesta por rumores como esos.

—Señor Smith, se lo agradezco mucho—, dijo Vanessa.

Todavía me sentía tenso. Tanto que mis hombros estaban rígidos. Pero enfoqué toda mi atención en la cena. Me serví en mi plato y comí en silencio.

Estuve callado todo el rato. Por lo poco que había dicho Marcos, ya había conocido a Gabriela, pero no sabía qué tanto sabía de ella. Por mi parte, no quería que mi familia la conociera. Al menos no por ahora.

Afortunadamente aún no lo había hecho, porque se hubiera visto involucrada en la discusión.

Además, si le presentaba a Marcos o Vanessa, ellos arruinarían todo. Unirían esfuerzos para destruir nuestra relación o que no saliera embarazada.

Ellos podrían perjudicarla, buscar alguna forma de hacerle daño. Pero Marcos ya la conocía. Y era consciente de que tramaría algo, aunque todavía no sabía qué.

La cena terminó, pero faltaba el postre. Alicia recogió nuestros platos y sirvió un trozo de torta de manzana a cada uno. Solo había comido parte de mi cena. Cuando sirvió mi torta, alejé un poco el pequeño plato.

—Gracias, Alicia, pero no tengo apetito—, dije.

Me levanté de la silla para retirarme.

—Quiero pedirles disculpas. Debo retirarme_, les dije—. Hoy trabajé muchísimo y estoy agotado. Quisiera ir a mi cuarto a dormir.

—Alejandro, vuelve a sentarte—, me dijo papá con su voz firme—. No hemos terminado de comer.

Todos me miraron fijamente, esperando mi reacción. Nadie había comido torta aún, por la expectativa.

—Yo sí terminé—, le respondí.

Dejé la servilleta sobre la mesa. Moví mi silla luego de levantarme para que quedara en su lugar.

No se escuchaba absolutamente nada. Incluso mi padre guardaba un atronador silencio. Salí del comedor, pero sentí que alguien me seguía.

Escuché varios pasos.

Eran pasos de mujer.

Lo supe por el sonido de los tacones sobre el piso de madera.

—Espera, por favor—, dijo Vanessa. Me sujetó del brazo, impidiéndome subir por las escaleras hacia mi habitación.

—Quisiera que habláramos. A solas.

—Vanessa, tú y yo no tenemos nada que hablar—, le respondí con irritación.

—Eso no es cierto—, me respondió.

Puso sus brazos sobre los bordes de la escalera. Recordé que en algún momento me había parecido una mujer preciosa, y parte de esa belleza volvía mostrarse ante mí. Me miraba con sus lindos ojos azules, con esos ojos grandes y gentiles. Se veía bronceada, y su cabello estaba más claro que antes.

Pero luego noté que otra parte de su belleza ya no estaba.

No usaba sus habituales lentes rosados, y vi cómo se habían formado debajo de sus ojos unas extensas arrugas. Ya no era la chica perfectamente voluptuosa de antes.

Ahora era una mujer bastante delgada que usaba vestidos más grandes. Muy grandes, porque podía percatarme lo separado que estaba el que usaba de sus piernas.

Supuse que trataba de acostumbrarse a usar tallas grandes por su embarazo.

Llevó sus brazos a su estómago, pero no vi nada que me indicara que espera un hijo. Me vio con cierto nerviosismo.

—¿De verdad estás esperando? Dímelo con sinceridad—, le dije.

—Claro que lo estoy—, me respondió—. No tengo por qué mentirte.

—Pues yo creo que sí. Estabas conmigo solo por interés, y quizás haces todo esto para estar cerca de mi dinero.

—Alejandro... préstame mucha atención—, dijo ella mientras llevaba la palma de su mano sobre mi mejilla.

Me separé de ella cuando sentí sus dedos en mi piel. Reaccionó con tristeza.

—Alejandro, me equivoqué. Lo sé. ¿Pero crees que Marcos no diría nada si supiera que es su hijo?.

—Probablemente tampoco sea suyo—, le dije—. Él también sabe que te acostaste con al menos otro hombre.

—No lo hice—, me respondió.

—Puedo demostrarte que digo la verdad.

—¿Cómo podrías?—, le dije entre risas.

—Podrías hablar con Henry y él te diría todo—, me dijo.

—¿Sugieres que hablé con el hombre con el que me fuiste infiel?—, le dije.

Reí con más fuerza.

—¿Te sientes bien?.

Vanessa se había superado a sí misma.

Siempre me había sorprendido, pero ahora iba demasiado lejos.

Generalmente eran sorpresas desagradables, y esta era la peor.

—Vanessa, ya basta—, le dije.

—Bajo ninguna circunstancia hablaré con ese sujeto. ¿Para qué lo haría de todos modos? ¿Qué podría decirme para convencerme?.

—Te diría la verdad. Que nunca nos acostamos—, me dijo.

—Si él fuese su padre, también querría pedir los derechos de paternidad. No lo hará, porque está consciente de que no es su hijo. Además, está muy molesto conmigo.

—Vaya, qué triste—, le dije con ironía—. Me siento tan mal.

—Alejandro, lo digo en serio. Habla con Henry. Hazlo por tu hijo. Por nosotros.

En sus ojos se asomaban lágrimas a punto de salir. Bajó su cara y apretó sus puños. Parecía estar muy triste. Tanto, que casi me convence.

—¿Nosotros? Eso no existe entre tú y yo—, le dije.

—De acuerdo—, dijo.

Cerró sus ojos, pero no pudo evitar que algunas lágrimas cayeran por su cara.

—Pero hazlo por nuestro hijo al menos.

Cierto.

El bebé.

El bebé que pudiera ser mi hijo. Pudiera ser que tuviera razón. Yo quería saber si era mi hijo y ser su padre. Estar en su vida. Ya no me importaba tanto la herencia, sino el bebé o la bebé.

Recordé a Marcos, cómo se había sentido por la actitud de mi padre, que siempre trató de alejarlo de nosotros y solo le permitió acercarse cuando ya era adulto.

No quería que mi hijo se sintiera rechazado y luego se convirtiera en otro Marcos.

No permitiría que mi hijo o hija atravesaran una situación tan triste como esa a lo largo de su vida. Quería que fuesen personas mejores que Marcos.

—No me hace falta hablar con él—, dije, quedándome sin aliento.

Ya estaba golpeándome un inclemente dolor de cabeza.

—Si el hijo que esperas es mío—, le dije, y seguí—: Voy a asumir la responsabilidad que me corresponde. Seré el padre que necesitará.

Llevó su mano a su mentón y se mantuvo en silencio. Supuse que pensaba qué decir ahora. Después de un rato se vio derrotada, y movió su cabeza en señal de afirmación. Pero no estaba convencida.

—Bueno... creo que tendré que conformarme con eso—, dijo lamentándose.

—A pesar de tu decisión, Alejandro, quiero ser otra integrante de tu familia. Esperamos un bebé, así que no quiero que peleemos. Quiero que podamos llevarnos lo mejor posible.

—De acuerdo—, le respondí—. Puedes compartir con nosotros. Me llevaré lo mejor que pueda contigo.

—Te lo agradezco mucho—, me dijo. Extendió su mano para que se la estrechara.

Apreté su mano.

Mi cerebro pasó por varias emociones. Incluso llegué a pensar que había dicho toda la verdad.

Que estaba arrepentida de haber tenido un romance con alguien a quien había buscado solo porque yo la había descuidado.

También recordé cuánto tiempo pasó mi padre en su oficina y

cómo se había sentido mi madre con tanta soledad, para luego descubrir que él había mantenido a su otro hijo en secreto.

Para muchas mujeres, era difícil mantener relaciones a distancia o pasar mucho tiempo lejos de sus parejas es un tema difícil de llevar.

Después de reflexionar sobre todas esas cosas, quise perdonarla, pero sabía que no podría estar con ella como antes. Ya no la amaba ni sentía ninguna emoción por ella. Estaba Gabriela, y quería estar solamente con ella. Ella sí me hacía sentir muy feliz y respetado.

Además, ella había sido la única persona que había logrado conocer una parte de mí que nadie más había visto, y que esa parte de mí valía la pena. No estaba conmigo por dinero, sino porque me quería.

Ella ya ocupaba mi corazón. Esperaba que tuviera a mi hijo. Y podría estar totalmente seguro de que era mío.

Escuché el sonido de mi celular justo cuando iba a poner mi cabeza sobre la almohada. Era Gabriela. Me estremecí y sentí cómo mi corazón casi sale de mi pecho.

No solía llamarme sino enviarme mensajes, así que una llamada suya a esa hora de la noche era muy extraña. Pensé que había pasado algo y me asusté.

—¿Gabriela?—, le dije.

—¿Te sucedió algo? ¿Te encuentras bien?—, le pregunté.

—Sí, todo está bien—, dijo ella.

—Solo te llamaba porque no he tenido noticias de ti desde ayer, cuando nos vimos en tu oficina.

—Oh, sí. Disculpa—, le dije mientras caía en mi cama. Me sentí tranquilo al oír sus palabras.

Sospeché que lo decía porque a diario le enviaba mensajes de texto para cerciorarme de que estuviera bien y preguntarle si tenía novedades sobre el embarazo.

—He tenido algunos problemas en mi casa por estos días, es todo —, le dije.

—¿Y tú cómo estás?—, le pregunté.

—Muy bien—, me dijo.

—Temprano me hice otra prueba, pero creo que es muy pronto todavía.

—¿Y cuál fue el resultado?—. Me levanté de la cama y me senté en una silla.

Mi corazón seguía latiendo con fuerza y mi garganta estaba apretada. Estaba mucho más nervioso que antes. Gabriela ya podría estar esperando. Vanessa podría estar diciéndome la verdad.

Eso significaba que pronto sería padre de dos bebés. ¿Dos hijos? Si había pensado que tener uno sería duro, imaginar que llegarían dos me enloqueció. No sabía cómo sería ser padre. Menos sin la compañía de una esposa.

—Negativo. Una vez más—, dijo mientras suspiraba—. No he dejado de pedirle a Dios que esto salga bien.

—Ah… Gabriela—, le dije—. Creo que, si no lo logramos, podríamos parar por unas semanas.

—¿Cómo dices?—, dijo ella con asombro en su voz—. Pensé que necesitabas esto cuanto antes.

Me había sentido obligado a decirle eso, pero me sentí terriblemente mal. Lo de Vanessa podría ser otra mentira más.

Podía ser que estuviera esperando un hijo, pero que al final no fuese mío. Pero había dicho algo que sí podía ser cierto: si fuese hijo de Marcos, él no se hubiera quedado sentado tranquilamente mientras ella decía que yo era el padre de ese bebé.

No lo hubiera permitido, sabiendo que estaba en juego la herencia y el liderazgo de la compañía. Sin embargo, aún cabía la posibilidad de que fuese de otro hombre, como Henry, pero ella incluso me pidió conversar con él para aclarar todo.

Pensé que probablemente solo tenía que aceptar que yo sí era el padre de ese niño o niña.

Iba a decirle algo más a Gabriela, pero en ese momento alguien tocó mi puerta.

—Debo colgar. Te llamo luego—, le dije, con mi voz susurrante.

—De acuerdo...—, dijo ella, con un dejo de tristeza en su voz.

Gabriela se oía distante, afligida. Tuve que interrumpir la llamada porque volvieron a tocar la puerta, a pesar de mis ganas de preguntarle qué le sucedía y consolarla. Podrían oír nuestra conversación y no quería correr ese riesgo.

Me levanté de la silla y dejé mi celular a un costado.

Abrí la puerta, pensando que era mi madre quien tocaba. Me había equivocado. Era Marcos.

—Tienes unos segundos para decirme qué haces aquí—, le grité.

—Cálmate, Alejandro—, dijo.

Retrocedió un poco y llevó sus manos sobre sus hombros.

—Vine a tu habitación a pedirte disculpas. Debí evitar hablar sobre Gabriela mientras cenábamos. Vanessa está embarazada, y eso pudo haberle afectado. Esa no era mi intención. Yo no sabía que estaba embarazada. Imagino que debo estar contento por ti.

Estaba tan contento que parecía una emoción fingida.

—Dime por qué estás aquí. No mientas—, le dije.

—Vine a felicitarte. Solo eso—, me dijo—. No me parece algo malo.

Lo vi fijamente. Yo estaba tenso y aguardaba sus siguientes palabras. Esperaba que finalmente se dignara a decirle la verdad. Pero se limitó a sonreír levemente y a abrir sus ojos de par en par.

—Bueno, entonces no debo felicitarte por ahora—, me dijo—. Será mejor que nazca el bebé y allí sabremos. No se puede confiar tanto en la gente después de todo. Y más si se trata de una mujer poco confiable.

—¿Una mujer poco confiable?—, le dije con firmeza—. Mejor vete, Marcos. Feliz noche.

Lo saqué de la habitación y cerré la puerta en su cara.

Estaba tan irritado que ya no tenía ganas de hablar con nadie. Fui de nuevo a mi cama. Ya había perdido las ganas de descansar.

Aún era temprano para dormir, y mi mente empezó a vagar entre mis sensaciones, mis deseos y la ira por saber que había cosas que no podía controlar.

18

GABRIELA

esperté unas horas después y noté que no podía ir al baño.

Mi estómago era un maremoto de dolor.

Tenía mareos fuertes y mi cuerpo estaba empapado en litros de sudor.

Mis últimos días habían sido iguales, con malestar en mi cuerpo y dolores musculares.

Suponía que era por la dieta obligada. "Muñeca" solo me había dejado frutas y hortalizas, y no estaba acostumbrada a restringirme a comer solo eso. Fui al inodoro y expulsé todo por mi boca.

Todo se refería a fresas, apios, lechuga y pimentones.

Vi la cerámica del piso después de sacudir mi boca para escupir lo que quedaba de frutas en mi paladar, y pensé que mis molestias se debían a esa dieta de vegetales.

Esa tenía que ser la causa, la falta de pollo, pescado y carne. Además, empezaba a extrañar también una buena hamburguesa con papas fritas.

Me limpié la cara y vi mi cara en el espejo.

Me quedé ahí, un largo rato, tratando de recomponerme después del vómito, y pensé que podía sentirme así por otra razón. Una razón que me agitó y movió el piso debajo de mis pies.

Podría estar ya en estado.

Busqué con ansias la bolsa con las pruebas de embarazo.

Temblé mientras las encontraba. Estaba tan nerviosa que las vi dos veces y pensé que eran otro producto. Cuando reaccioné, las tomé, pero se me resbalaron como si tuviera margarina en mis manos.

Tenía que calmarme. Sentí dolor de nuevo en mi estómago, pero ya no sentía ganas de vomitar, sino unos terribles nervios.

Tomé la prueba finalmente y me senté en el inodoro. Finalmente logré ponerla entre mis piernas y pude orinar. Suspiré y me levanté a esperar.

Trataba de calmarme mientras esperaba.

El tiempo pasaba, pero el reloj se movía tan lento que parecía que se hubiera congelado. La espera era terrible. Abría mis manos y volvía a cerrarlas, movía mi cabeza de lado a lado y volvía a suspirar. Me sentía desesperada.

No había vuelto a hablar con Alejandro desde que me había cortado abruptamente después de decirme, sin mayor explicación, que teníamos que parar nuestros esfuerzos si no quedaba embarazada pronto.

Era raro que se expresara de esa manera, y más raro era que no me hubiera contactado nuevamente. Tenía esa sensación después de que nos acostáramos en varias ocasiones.

Además, en solo un minuto un óvulo podría ser fertilizado. No entendía sus repentinas ganas de desistir, después de parecer tan entusiasmado.

¿Quería hacerme a un lado, terminar conmigo?

No sabía si eso era lo que quería hacer, pero sí sabía que sí había pasado algo que lo había convencido de abandonar nuestros planes.

Mi mundo se movía con frenesí mientras esos pensamientos llegaban a mi cabeza y el sonido del temporizador no sonaba.

Finalmente sonó, y la emoción por poco me hace estallar. Sí, estaba muy emocionada. Vi la prueba por varios minutos. No entendía muy bien.

Estaba tan nerviosa que no lograba entenderlo, aunque solo tenía que leer si decía "positivo" o negativo" para conocer el resultado.

No había ninguna frase o signo, pero unos segundos después me mostró en una sola consonante lo que tenía que saber.

Me mostró una p. P de positivo. Estaba embarazada.

"Dios mío. Estoy esperando un bebé", me susurré a mí misma.

En mi pequeño vientre había un bebé, una criatura que ya se formaba en mis entrañas. Era increíble.

Solo había sentido unas leves náuseas y los vómitos, pero nada más que me hubiera hecho pensar que ya estaba esperando. Y esos vómitos y las náuseas no habían sido tan frecuentes. Recordé que no había llevado un registro de mi menstruación.

Tampoco sabía cuándo había sido la última vez que había tenido mi periodo. Ya no hacía falta.

Y no hacía falta porque ya estaba embarazada. Lo sabía por la p de positivo de la prueba. Una p que me había cambiado la vida.

"Carajo", me dije mientras se sentaba en el inodoro otra vez. Estaba tan asustada que no podía encontrar mi teléfono.

Cuando lo encontré, no podía escribir un mensaje coherente a Alejandro. Los escribía, pero mis propios dedos los borraban.

Me costaba saber qué escribirle.

Ya había escrito unos veinticinco mensajes, y supe que esa no sería la forma correcta de contárselo. Debía transmitirle esa grata noticia en persona.

Tenía que ver el brillo de su mirada y su sonrisa de felicidad.

Le escribí un mensaje corto.

"Hola".

Había intentado escribirle un mensaje coherente durante casi media hora, para terminar, escribiendo un saludo. Esperé su respuesta, con un nerviosismo tan soberbio que se negaba a salir de mi cuerpo. Vi la hora. Era muy temprano.

Quizás por eso no respondía. Estaría dormido aún. Sí. Tenía que ser eso. Todavía estaba durmiendo.

No, no podía estar dormido. Era una estupidez que pensara eso. Ya eran casi las siete y treinta de la mañana.

¿Por qué pensaba esas cosas tan absurdas?

Él ya estaba despierto. Ya incluso habría desayunado para ir a su trabajo, porque solía levantarse temprano. Estaría conduciendo. Seguramente esa era la razón por la que no respondía. Estaba ocupado al volante.

Su respuesta no llegó, al menos por una media hora más. Cuando mi teléfono sonó, brinqué de alegría. Mis manos apenas podían sostener el celular para ver su mensaje y mis labios temblaban.

"Hola, Gabriela. Disculpa mi ausencia. He tenido mucho trabajo. ¿Cómo has estado?".

Pues… ya tengo a tu hijo en mi barriga, pensé decirle. Eso es lo que está pasando y por eso te escribo. Pero no lo escribí. En cambio, le envié palabras más educadas.

"Todo va muy bien. Quisiera verte esta noche".

Una de las cosas que más de desesperaba era esperar. Y más en un momento como ese, en el que me hacía falta verlo cara a cara. Tenía que contarle algo tan importante frente a frente. Si no lo hacía, sentiría que le faltaría el respeto. Mientras pensaba cómo se lo diría, sentí nuevas ganas de vomitar.

Sus respuestas estaban tardando mucho más de lo habitual para llegar. Esperé. Seguí esperando. Esperé más y más. Quizás debía llamarlo y preguntarle qué sucedía. Finalmente me respondió y volví a brincar.

"Lo siento. Esta noche no puedo. Cenaré con mi familia. Te llamaré más tarde".

Mi emoción se detuvo. El universo ahora me dejaba sola.

¿Una llamada?

Eso no me serviría para calmar mi pánico.

Esto era personal, no un asunto que pudiera conversar con él a través de un mensaje o una llamada. Tenía que decírselo en persona

¿Qué hombre en el mundo no querría enterarse de esa manera? ¿Y cómo podría ignorar mi deseo de ver su cara de alegría?.

Le respondí que estaba bien. Guardé mi celular en medio de la incertidumbre que me asolaba.

Me descubría a mí misma llorando como una jovencita abandonada. Estaba triste, nerviosa, y quizás era la explicación de mi incesante llanto.

Pensé que tal vez él ya no querría tener un hijo conmigo, o que ya no sentía nada por mí. O que nunca lo había sentido.

Allí podría estar el motivo de su cambio repentino. Me había dicho que si lograba quedar embarazada dejáramos de intentarlo por esa razón.

¿Y cómo quedaba yo en medio de su cambio de planes?

Si él no quería hacerse cargo del bebé, yo no podía hacer nada. No podría obligarlo a encargarse del niño una vez que naciera si no era su deseo.

Por otro lado, yo tampoco podría asumir la crianza del bebé.

Ya tenía suficiente con todas las responsabilidades que tenía sobre mis hombros. Y contemplar la opción del aborto, extrema pero posible, me destrozó más. Un río de llanto desbordó mi cara.

Yo ya amaba a esa criatura desde que supe de su existencia. Era una magia que no podía explicar con palabras.

Llevé mis manos a mi vientre otra vez y recordé que, aun cuando no había nacido, yo quería lo mejor para mi hijo.

Un futuro que yo no podría brindarle, por lo que había dejado ese porvenir en manos de Alejandro. Si él no se hacía cargo, todo se complicaría.

Y si él decidía finalmente encargarse del bebé, no sabía cómo sería ese futuro.

¿Él estaría a su lado?

¿Sería un padre cuidadoso?

¿Criaría a su hijo o dejaría eso en manos de una niñera?

Eran muchas preguntas cuya única respuesta era una multitud de dudas. Mi única certeza era que una llamada telefónica no me ayudaría. Tenía que encontrarme con él cara a cara.

Preguntarle todo eso que pasaba por mi mente y ver qué me respondía.

Me planteaba a mí misma esa necesidad de hablar con él, cuando una montaña de preguntas apareció en mi mente, lanzándome hacia un abismo muy oscuro y sin fondo.

¿Qué pasaría si solo quería deshacerse de mí? ¿Qué haría si él ya no quería verme?

Me sentí triste, pero luego pensé algo. Era algo muy arriesgado, quizás una forma inapropiada de hablar con él, pero debía hacerlo. La cena familiar.

La cena a la que Marcos me había invitado. Alejandro podría irritarse al verme llegar intempestivamente, pero en ese momento no encontré más opciones. Ya casi no se comunicaba conmigo.

No había nada más que yo pudiera hacer.

Busqué entre mis cosas la tarjeta que Marcos me había entregado en el edificio. Allí estaba su número de celular. No lo pensé dos veces. Si lo analizaba mucho, me arrepentiría de ejecutar un plan tan alocado. Le envié un mensaje de texto rápidamente.

Marcos, es un gusto saludarte. Te escribe Gabriela. Quisiera saber si aún puedo conocer a tu familia.

Llevé mis manos temblorosas a mi boca. Sentí una punzada en el estómago, pero no por el bebé, sino por los nervios. Exactamente diez segundos después recibí su respuesta.

"Hola, Gabriela. Claro que sí. Paso por ti a las siete. Dime dónde vives y ahí estaré".

Había sido más sencillo de lo que había pensado. Esa noche comería con la familia Smith.

Con todos, incluyendo Alejandro.

Entonces ya no podría huir de mí y se vería forzado a responder todas mis preguntas.

Tendría que ser sincero y decirme qué pasaba.

Era consciente de que sería un momento difícil para ambos, en medio de una reunión familiar, con la atmósfera tan cargada.

Pero tenía que hacerlo. Las cosas habían cambiado, ya yo no importaba tanto. Ni siquiera Alejandro era tan importante para mí como ya lo era mi bebé.

* * *

MARCOS LLEGÓ a la puerta del estudio de "Muñeca" unos minutos antes de lo acordado.

Ver que realmente me presentaría en esa cena me estaba causando una conmoción que casi me hace arrepentirme.

Incluso estuve a punto de hablar con Marcos para decirle que no iría, pero recordé la actitud reciente de Alejandro hacia mí, su ausencia en los últimos días y su falta de tacto conmigo.

No podía esperar más para saber de él.

Según sus palabras, había tenido mucho trabajo como para hablar conmigo, pero yo no podía convencerme con esa excusa y esperar que me buscara, si es que finalmente lo hacía.

Había un motivo importante para verlo. Necesitaba que definiéramos qué haríamos a partir de ese momento. No merecía ser ignorada.

—Me falta maquillarme un poco y ponerme los zapatos—, le dije a Marcos.

—Pasa y siéntate.

Me había puesto un vestido de "Muñeca". Era un vestido blanco con flores amarillas y rojas.

Era un vestido sencillo, y para combinar con él me decanté por unos zapatos de tacón bajo que también le pertenecían a mi amiga.

"Muñeca" tenía una ventaja que yo no tenía: contaba con dinero suficiente para comprar ropa adecuada para ocasiones como cenas familiares.

Me alegré nuevamente de estar en su casa.

—No te preocupes, Gabriela. Puedo esperar—, me dijo él mientras caminaba pausadamente por el estudio y veía todas las pilas de cosas.

—Este lugar es hermoso, cálido.

—Muchas gracias por tus palabras—, le dije.

Él no sabía que no era mi estudio, y yo no quise decírselo.

No había tanta confianza entre nosotros como para hacerlo. Y si Marcos suponía que yo vivía el este de El Barrio de las Estrellas, sentiría la necesidad de respetarme un poco. O tratarme con cierta caballerosidad, por lo menos.

El este de El Barrio de las Estrellas era el sitio de moda. El lugar al que todos querían mudarse.

Cuando giré para verlo, tenía la pipa de marihuana de "Muñeca" en sus manos. La olió y tosió. Me miro con extrañeza.

—No es mía—, le dije.

Pasé con mi mirada por las repisas y comprobé que había varias pipas más, además de algunos libros sobre la marihuana.

¿Cómo era posible que "Muñeca" tuviera que tanta droga en su casa?

¿Incluso libros?

—Gabriela, ya la ley lo permite. No soy quién para decidir qué debe hacer una mujer en su casa.

Rió y puso la pipa otra vez en la mesa.

—Entiendo, pero te digo que igualmente no es mío. Lo permita ya la ley o no, yo no hago esas cosas—, le dije.

—Aunque no me opongo a que algunas personas lo hagan. Es solo que particularmente no me gusta.

—De acuerdo. Tranquila—, me dijo mientras encogía sus hombros —. Fumes o no, me sabe a mierda. Todos escondemos cosas o caemos en vicios. Incluso mi correcto hermano.

Mencionó a Alejandro y me exalté. Marcos rió al ver mi espontánea reacción.

Agitó su cabeza y cruzó sus brazos. En su mirada había algo de malicia. Humedeció sus labios.

Parecía tener un secreto. Y parecía disfrutar porque lo sabía y yo no. O quizás disfrutaba saber que, si me contaba algo, yo me formaría una imagen muy diferente a la que tenía de Alejandro.

Fuese lo que fuese, me molestó su actitud. Era un tipo indeseable. Actuaba de tal modo que quería alejarme de él. Pero decidí mantenerme cerca de él, solo para llegar a casa de Alejandro. Sería educada con Marcos, al menos por ahora.

—Tengo la impresión de que solo conoces parcialmente a Alejandro—, me dijo.

—Sí. Pudiera decirse que sí—, le respondí.

—Pero ustedes han tenido relaciones.

Quedé estupefacta con su tono hiriente y sus palabras desbocadas.

—¿Cómo lo averiguaste?—, le pregunté.

—No tuve que hacerlo—, me dijo mientras ponía sus manos sobre sus piernas. Una sonrisa malévola ya estaba en su cara.

—Ahora lo sé. Te delataste por el asombro de tu cara Era como si hubieses visto a un fantasma.

Traté de recuperar la calma.

—Yo no dije que me hubiera acostado con tu hermano.

—Gabriela, me parece irrelevante si duermes con Alejandro. Honestamente, me impresiona que lo haya hecho contigo en tan poco tiempo—, me dijo—. Pero ahora lo entiendo. Eres una linda mujer, aunque no tanto como las que suele cogerse.

¿Lo decía para que yo me sintiera bien o me ofendía? Me convencí de lo segundo.

—No me digas que soy linda—, le solté—. No nos tenemos tanta confianza. No quiero oír esa palabra de ti.

—Disculpa. No quería hacerte sentir mal—, me respondió.

Viéndolo frente a mí, noté cómo se parecía mucho a su hermano. Incluso en sus musculaturas se semejaban bastante. Sí, Marcos era un tanto más delgado y un poco más pequeño. Sus ojos también eran de un color muy diferente, pero sin duda se parecían.

Además, ambos eran muy elegantes. Solamente había una pequeña diferencia: Alejandro me parecía una buena persona. Marcos, en cambio, me parecía un dolor de muelas.

Reí suavemente mientras pensaba pedirle que se tragara sus palabras.

«Toma tu 'linda mujer' y 'suele cogerse', llévalas de vuelta a tu garganta y bájalas por tu cuerpo hasta que lleguen a tu culo», pensé decirle.

Pero me contuve.

Solo podría ver a Alejandro mediante Marcos, y así le preguntaría sobre su familia y cómo sería la vida de mi hijo en su casa.

Marcos era un patán más. O incluso peor de los que iban al bar.

—Bueno, ya podemos irnos. Estoy lista—, le dije mientras abría la puerta.

Esperaba que Marcos se levantara y me acompañara.

Vio por última vez el estudio de mi amiga y luego salió con lentitud. Cerré la puerta y fui tras sus pasos.

—Acá está tu limosina—, me dijo mientras abría la puerta delantera para mí.

Casi le digo que podía abrir la puerta mi cuenta, pero no lo hice.

Pensé que se comportaba así para mostrar algo de educación, pero se notaba su interés oculto. Casi vomito con su expresión. Era uno de esos hombres que veían a las mujeres como objetos.

Deseé llegar pronto y no tener ningún tipo de contacto con él por el resto de mi vida.

Eso no sería posible. Si Alejandro decidía quedarse con el bebé, Marcos sería su tío. No podría alejarlo de él. Entonces irritarlo sería inútil. Me parecía asqueroso, pero él formaba parte de esa familia.

—Un auto deportivo—. Esa frase sí salió sin que yo pudiera evitarlo.

—¿Cómo dices?—, me preguntó mientras encendía el auto, abrochaba su cinturón y me pedía hacer lo mismo.

—Olvida eso—, le pedí—. Solo que pensé que tendría un auto de lujo, como la mayoría de los hombres adinerados.

Él rió sonoramente.

—Los deportivos no son tan malos—, le dije—. Igualmente, yo no podría comprar uno como este. Ni siquiera una bicicleta.

Si no quería hacerlo enojar, iba en la dirección contraria. Tenía que buscar la forma de controlar mi imprudente boca.

—Alejandro no te contó, ¿verdad?—, me preguntó.

Parecía desanimado cuando pronunció esa pregunta. Vi el cambio en su rostro. El dolor surcaba sus ojos. Pero fue fugaz. Volvió a mostrar un semblante serio rápidamente.

—¿Qué no me contó?—, le pregunté.

Marcos suspiró largamente y se detuvo en mi mirada. Era como dudara si contarme o no.

Si era una persona en la que podía confiar. Al cabo de un rato, se abrió. Pareció convencerse de que yo era una persona discreta o que Alejandro no me había contado nada sobre él.

—Alejandro pudo crecer al lado de mi padre, pero yo no tuve la misma fortuna. De hecho, yo no sabía quién era mi padre. Lo supe hace pocos años—, me dijo.

Su garganta estaba rota por el sufrimiento.

—Él me mantenía, aunque solo nos enviaba poco dinero mensualmente. Me entristecía ver a mi madre casi rogándole a mi padre para que nos enviara esos pocos pesos. Ahora tengo la posibilidad de trabajar para mi padre, pero nunca podré vivir todo lo que ha vivido mi hermano. Trabajo atendiendo llamadas, y él se prepara para dirigir la empresa. Y aunque ahora gano dinero suficiente para mantenerme, solo espero...

Guardó un terrible silencio. La tristeza volvió fugazmente a su cara.

Se concentró en el camino y el volante, pero parecía que su alma estuviera en otro lugar.

En otro planeta o en otra vida. No sabía dónde estaba. Solamente sabía que no estaba ahí.

—Marcos, ¿qué esperas?.

—No espero nada—, dijo, abriendo bien sus ojos—. Solo olvídalo.

Marcos y sus sentimientos no me preocupaban en absoluto. Podía reservarse todo lo que sintiera y no me importaría en lo más mínimo. De hecho, me parecía mejor así.

Ya tenía suficientes inconvenientes y asuntos por resolver como para abrir un lugar para el dolor de Marcos. Lo recordé mientras veía la ciudad por la ventana del auto.

Pero no podía dejar de lamentarme por lo poco que Marcos me había contado. No me simpatizaba para nada, pero era un ser humano. No había crecido con su padre, pero su padre era un Smith.

Ese simple hecho le había abierto más puertas que a mí.

Trabajaba atendiendo centenares de llamadas de mierda todos los días, pero tenía dinero, algo que yo no tenía. Empleo, casa, pesos en el bolsillo.

Todas eran cosas que yo no tenía. Yo solo tenía la preocupación de no saber qué comería mañana o cómo pagaría el gas.

Fuimos a Las Colinas. Era previsible. Naturalmente, con tanto dinero la familia Smith vivía ahí. Pero sí sentí cierta sorpresa después de todo, la sorpresa de saber que tenían tanto dinero. Yo podía descubrir la personalidad de Alejandro con nuestras conversaciones, saber más del él.

Su dinero no era un tema importante en esos momentos. Era un hombre educado y amable, capaz de hablar sobre muchos temas sin tantos complejos. Un tipo muy gentil, muy diferente a su hermano o a los idiotas que iban casi todas las noches a El Círculo.

Llegamos a una mansión. Una puerta inmensa de hierro estaba frente a nosotros.

Marcos tocó el teclado de seguridad a un costado del conductor y digitó varios números. Entonces la puerta se abrió lentamente.

Manejó por una delicada curva hasta que llegamos al palacio de su familia. Parecía un sueño hecho realidad. Una construcción sacada de un cuento de hadas.

—Prepárate para conocer a la poderosa y perversa familia Smith—, me dijo con brusquedad.

Una sonrisa de emoción saltaba en su cara. Lo vi muy emocionado, como si quisiera que yo conociera a su familia. Yo no me sentía así. Alejandro no sabía que yo iría a su casa y tampoco sabía si se alegraría de verme.

Nunca planeamos que yo conociera a su familia. Incluso, su abogado había recomendado que me mantuviera al margen.

Alejandro seguramente tendría un motivo importante para que no los conociera.

Yo ya sabía que no acostumbraba tener citas con una mujer como yo. Una chica como yo, que venía de la zona sucia de la ciudad. Si lo veían conmigo, pensaría que había rebajado su nivel. Que él debía estar con una chica de clase alta y todo ese blablablá.

¿Cómo reaccionaría cuando supieran que una chica pobre como yo era la madre del hijo de Alejandro?

—¿Repasamos lo que diremos?—, le pregunté.

Lo vi antes de que bajáramos de su auto. Frente a nosotros estaba la maravilla arquitectónica en la que él vivía.

—Claro. Me acompañas esta noche. Eres mi cita—, me dijo.

—Es muy sencillo. Además, me han visto con otras chicas. Por cierto, Katiuska será ruda contigo. No tiene nada en tu contra. Es solo que me detesta.

—¿Puedo saber quién es Katiuska?.

—Es la madre de Alejandro. Disculpa si no te lo dije antes.

—Vaya…—, le dije.

Estaba sintiendo cómo mis músculos se tensaban y mi cabeza estaba a punto de estallar. Estuve a punto de pedirle a Marcos que olvidara todo, que me pidiera un taxi para volver al estudio de "Muñeca".

Alejandro se molestaría conmigo si yo entraba a ese palacio frente a mí. Probablemente me echaría de su casa y no sabría más de él.

Mierda. Estaba asustada, pero no podía hacer eso. Yo esperaba a su bebé. Él no podía echarme a un lado, así como así. Para bien o para mal, yo era parte de su vida. No le permitiría que me sacara de esa forma de su presente.

Teníamos que hablar como adultos y resolver el asunto cara a cara. Se negaba a contactarme por teléfono. Entonces fui tras él.

—Perfecto, Gabriela—, me dijo Marcos entre susurros—. Entremos.

Abrió mi puerta. No me molesté cuando lo hizo. Con tantas preocupaciones en mi cabeza, se me hacía muy difícil pensar en otra cosa. Me costaba también estar de pie. Él tomó mi brazo para que subiéramos juntos por las escaleras.

Después, contemplé el amplio porche de estilo barroco en el que terminaban las escaleras por las que habíamos caminado. Unas grandes luces anticipaban el interior amplio y reluciente. Grandes ventanas blancas dejaban pasar la luz de la luna.

Una puerta de madera decorada con finos detalles nos recibía. "Molina" se leía en grandes letras de hierro.

—Creo que este es el momento—, dije—. Es todo o nada para mí.

—Gabriela, relájate. Todo saldrá bien—, me dijo Marcos. Pasamos por la inmensa puerta después de que la abrió.

Todo saldría bien, como me había dicho Marcos. Para ello, debía evitar vomitar el tapete antiguo bajo mis pies o desmayarme sobre él. Marcos no sentía ninguna preocupación. Se veía sosegado.

La tristeza que me mostró en el auto ya era parte del pasado. Ahora, volvía a ser el cabrón insolente que se mostraba sin recelo casi todo el tiempo.

Una dulce mujer mayor nos recibió en el pasillo. Se notaba que venía de un país africano.

Vio a Marcos y luego me lanzó una amable sonrisa. Comprobé cómo sus ojos se llenaban de calidez. Era una calidez sincera. Me pareció una buena persona. Era como ver a mi abuela.

—Te presento a Alicia—, me dijo.

—Alicia, soy Gabriela. Es un gusto conocerte—, le dije en su idioma.

Volvió a ver a Marcos. Después me vio, y su cara ahora mostraba mucha sorpresa. Su sonrisa apareció de nuevo.

—El gusto es mío—, me dijo Alicia, también en su lengua materna. Sujetó mis manos y parecía que quería abrazarme.

—Marcos, parece una buena persona.

Parecía que yo iba ganando terreno. Parecía que era el ama de llaves de la casa. Me gustaba pensar que ella podría llegar a ser como una amiga para mí.

Marcos rió.

—No entendí ni una palabra de lo que dijeron, pero está bien para mí.

—Le dije que era un gusto conocerla, y ella me respondió lo mismo —, le dije mientras abría mis ojos de par en par.

—Al parecer, solo sabes hablar tu lengua materna.

—Tomé clases de idiomas extranjeros, pero las olvidé—, me dijo—. De todas formas, tomaré eso como mi lección de hoy. Ya verás que hablaré otros idiomas muy pronto.

Me calmé y me convencí de ignorar sus sarcásticos comentarios.

Me tomó de la mano y caminamos por el pasillo. Luego pasamos a un pequeño salón que remataba en una altísima escalera. Oí voces a lo lejos. Era Alejandro. Mi cuerpo tembló. Me quedé sin aliento y cerré los ojos esperando que se apareciera frente a mí en cualquier momento. No lo noté al principio, pero después vi cómo sujetaba con mucha fuerza la mano de Marcos. Era el momento de abandonar el lugar.

¿Por qué estaba en esa casa? ¿Por qué tomé la horrible decisión de llegar así a su cena familiar?

Giré para emprender mi camino al estudio de "Muñeca", pero los pasos que escuché al fondo me detuvieron. Se oyeron más cerca de mí.

Era Alejandro. Lo acompañaba una mujer. Yo ya la había visto en algún lugar.

Recordé quién era y dónde habían estado juntos. Era su novia, los había visto en el bar. Vanessa. La chica con la que supuestamente había terminado. La chica que presuntamente lo había decepcionado, a tal de no querer verla nunca más. Nunca más.

Ellos conversaban alegremente mientras se miraban fijamente. Caminaron hacia nosotros. Vi cómo las manos de Vanessa tocaban su barriga con inocencia.

Usaba un largo vestido ancho que se despegaba de su vientre. Ninguna mujer vestiría algo así, a menos…

—Marcos, no debí haber venido—, le dije—. Debo irme cuanto antes.

Pensé que había hablado tan bajo que solo Marcos había podido escuchar mi voz, pero al parecer Alejandro y su noviecita también me escucharon a la distancia y me miraron.

—¿Gabriela? ¿Tú y él…?.

Vanessa interrumpió a Alejandro.

—¿Ella es la tal Gabriela?—, dijo con un tono burlón—. ¿Por qué vino?.

Alejandro estaba molesto. Trataba de disimularlo, y casi lo conseguía. Vio a Marcos, y su cara cambió por completo. Ya no se veía como un hombre que había aprendido a disimular sus emociones.

Era como un animal salvaje consumido por la ira. Había tanta tensión y fuego en el aire que me costaba respirar.

Fui hacia la puerta con la intención de correr. No quería ver los ojos cargados de Alejandro ni de su hermano. Alejandro quería destrozar a su hermano. Pero Marcos solo sonreía con ironía.

Alejandro llevó sus ojos sobre mi cara. Una pequeña parte de su molestia permanecía en su linda cara. Me vio fijamente. Me sentí caliente por la forma en la que me miraba.

—Me gustaría estar unos minutos a solas con Gabriela—, pidió Alejandro.

Seguía mirándome fijamente.

Vanessa vio a Marcos en busca de respuestas.

—Marcos, sigo sin entender que hace ella aquí.

—Es mi cita—, dijo con frivolidad.

—¿A qué se debe la curiosidad? ¿Ya ustedes se conocen, Alejandro?.

—Gabriela, necesito saber qué sucede—, dijo Alejandro con rabia. Me hablaba con rudeza—. ¿Por qué viniste? ¿Por qué estás con él?.

Se movió unos pasos hacia mí. Me retiré un poco de Marcos para avanzar.

Lo miré unos segundos más, pero luego fui hacia la puerta, sin responder sus preguntas.

Salí de allí porque necesitaba calmarme. Por mí y por mi bebé. Me asfixiaba el aire venenoso que se respiraba en ese lugar. Alejandro me presionaba de tal manera con su mirada que sentí cómo mi pecho se había oprimido.

Tenía que salir de esa mansión.

Claramente, yo no encajaba en ese lugar.

Alejandro y Vanessa habían bajado y luego me habían visto. Fui tonta. ¿Cómo no me había dado cuenta? Vanessa era la mujer que había estado con él en el bar. Esa cara de zorrita era inolvidable.

Ella estaba al lado de Alejandro, en su casa. Sonreía mientras disfrutaba su compañía. Era como si no hubiesen terminado. Y no solo eso: seguramente la reconciliación había abierto paso a su embarazo.

Ella estaba embarazada de Alejandro.

Me costaba respirar cada vez más, pero pude descubrir en mi mente lo que había pasado.

Yo estaba embarazada de Alejandro y Vanessa también. Las piezas del rompecabezas ya encajaban.

Él no había querido seguir conmigo supo del embarazo de Vanessa. Se había acostado con ambas para asegurarse de tener un bebé. Vanessa había quedado en estado antes que yo. Era una clara victoria para ella. Y una humillante derrota inesperada para mí.

Corrí hasta que llegué a la puerta. La abrí, pero algo la empujó para que yo no pudiera salir de la casa. Era la mano de Alejandro.

—Tienes que escucharme, Gabriela—, me dijo.

Hablaba con calma. Con su tono de voz tan bajo, pude sentir que me acariciaba con sus palabras. Calló unos segundos, tiempo suficiente para que yo descubriera un enjambre de emociones en sus ojos. Había temor, frustración, dolor. Parecía sentir realmente alguna de esas emociones. O todas a la vez.

—Quiero que hablemos—, me dijo.

—¿Hablar de qué?—, le pregunté—. Sé dónde estoy y lo que me toca hacer.

Tomó mis codos y me impulsó a girarme. Nos vimos fijamente.

Marcos y Vanessa nos miraban desde la esquina. Sentí un impulsivo deseo de regresar solo para borrar la sonrisa socarrona de Marcos de una bofetada y patearlo en las bolas.

Marcos lo había planeado todo. Lo supe cuando vi esa malicia en su sonrisa. Siempre fue su idea. Ya sabía qué nos encontraríamos al llegar a la mansión de los Smith. Sabía que Alejandro y Vanessa se habían reconciliado. Con toda su maldad, me había traído para cagarme la vida.

Vanessa estaba expectante al otro lado de la sala. Sus brazos reposaban sobre su vientre. Noté la belleza de su rostro, el amberino matiz de su cabello, el tono perfecto de su piel. Era el sueño de un hombre como Alejandro.

Había moldeado su cuerpo con el modelaje. Era lo que había oído cuando había trabajado en el bar. No era una modelo conocida en todo el mundo, pero obviamente estaba a miles de kilómetros de mí.

Vanessa y yo éramos muy distintas. Encajaba en el perfil de Alejandro. Yo no, porque era de un barrio pobre. Él perfectamente podría casarse con ella. Yo solo podría servirle para una noche de placer.

Las lágrimas se agolpaban en mi garganta.

Mi corazón adolorido apenas latía y mis brazos querían refugiarse en mi almohada. Pero no iba a llorar. Apreté mis puños. Ellos no tendrían el placer de ver mis lágrimas.

Alicia llegó unos minutos después. Vi sus ojos. Estaba muy preocupada por lo que sucedía. Se acercó a nosotros, nos vio y mostró una amplia sonrisa.

—Vamos—, me dijo susurrando.

—Es hora de cenar. Los Molina esperan en el comedor.

Marcos y Vanessa siguieron sus pasos, pero yo solo quería salir cuanto antes.

Alejandro bloqueó la puerta. Me giró, Se acercó a mí y llevó sus manos a la puerta. Quedé entre su cuerpo y la puerta. Para que no me viera llorar, bajé mi cara.

—Nadie está viéndonos. Así que...—, me dijo con voz suave.

Pensé que acabaría su frase con alguna pregunta, pero me besó con la misma pasión de siempre. Quedé perpleja. Tanto, que no reaccioné al principio.

Pero luego sí lo hice. Moví mis manos, las cerré y las puse sobre su pecho. Quería alejarlo de mí, pero no tuve éxito.

Era un hombre fuerte y alto que casi me doblaba en poder y estatura, aunque sí retiró sus labios de los míos y se acercó a mi rostro unos segundos después.

—Entiendo que estás molesta—, me dijo.

—No estoy molesta en absoluto—, le dije—. Me siento bien.

Le había dicho dos frases. Ambas eran mentira.

Sonrió y anticipé que diría una frase cargada de sarcasmo. Pero evitó hacerlo.

Me conocía y sabía que podía reaccionar impulsivamente si no me gustaba su comentario. Y me alegró que lo hiciera, porque pude haber abofeteado su rostro y luego me habría arrepentido.

—No lo estás—, me dijo—. Puedo explicarte todo con calma.

—Vaya... Entonces explícame por qué ignoras mis mensajes o evitas contactarme—, le dije.

Hablaba con un tono de voz bastante alto.

—Cuando te dije que teníamos que hablar, lo decía muy en serio.

—¿Soportaste al pendejo de Marcos solo para venir a hablar conmigo?—, me preguntó.

Pareció asombrarse del hecho de que yo hubiera tenido que aguantar las estupideces de su hermano solo para ir a su encuentro en su casa.

—Pues sonará increíble, pero así es—, le dije.

—Muy bien. Comienza a hablar entonces.

Se oía expectante. Y noté que aún estaba un tanto molesto. No sabía si el causante de esa molestia era Marcos o yo.

—Tienes una cena familiar—, le dije. Le hablé con desprecio.

Encogió sus hombros.

—Pueden irse todos a la mierda, Gabriela. Me desagradan casi todos—, me dijo.

—Viniste a mi casa, pasaste terribles momentos con mi hermano para venir aquí. Creo que lo más justo es que me hables. ¿Qué asunto reviste tanta importancia como para hacer todo esto?.

—Pensé que estabas terminando todo—, le dije—. Quiero decir, tú yo no somos... tú me entiendes. Pero tu actitud me hizo dudar si seguiríamos con el contrato.

Él inhaló todo el aire que pudo y luego exhaló profundamente.

Cerró sus ojos.

Tocó levemente mi hombro con su cara. Carajo.

Era difícil resistirse a sus encantos. Mi piel se erizó y mi estómago parecía estar a punto de explotar por el revoloteo de millones de mariposas.

Y lo peor era que no había hecho nada. Solo estaba frente a mí, con sus ojos cerrados, pero ya mi cuerpo palpitaba con frenesí. Una erección que sobresalía de sus pantalones rozó mis muslos, lo que me llevó a pensar que él sentía lo mismo que yo.

—Gabriela, tengo que...

Alicia llegó e interrumpió a Alejandro.

—Tu padre quiere saber dónde estás—, dijo.

—Voy en camino—, respondió Alejandro. Su mandíbula estaba tensa.

—Si no llegas pronto al comedor, vendrá por ti.

Otro suspiro de su boca aterrizó en mi pecho. Se separó un poco de mí. Su cara nuevamente ocultaba sus emociones. Apenas sus ojos azules manifestaban una pequeña muestra de alegría por mi presencia.

—Te explicaré todo después de la cena. Puedes estar segura—, me dijo.

—Pero me gustaría que me acompañaras a cenar.

—¿Quieres que yo te acompañé?—, le dije.

—Te lo pregunto porque después de todo, creo que debes pensarlo muy bien. Esto podría salirse de control.

—No tengo nada que pensar. Quiero que me acompañes—, me dijo.

—Y me gustaría que no le contemos a nuestra familia sobre lo nuestro. No quisiera darles más información por los momentos. Me hace sentir más seguro contarles solo lo estrictamente necesario.

Lo nuestro.

—De acuerdo, Alejandro—, le dije. Apenas se oía mi voz.

Subió mi mano y la besó suavemente. Mientras la magia de su beso en mis dedos me ponía de cabeza, el azul de sus ojos hizo contacto con mi alma.

—Gabriela, créeme—, me dijo—. Te pido que creas en mí, por favor.

Asentí con mi cabeza. Soltó mis manos y caminamos en dirección al comedor.

Alicia se acercó y nos miramos fijamente. Sabía que él y yo estábamos juntos. Había notado la intensidad de nuestras miradas. Pero Alejandro siguió caminando, como si le restara importancia a ese hecho.

Alicia me mostró otra sonrisa y caminó a mi lado hasta que llegamos a la mesa.

ALEJANDRO

—Por fin llegas—, me dijo mamá.

Se levantó para saludarme cuando llegamos al comedor. Descubrió a Gabriela, quien se mantenía a mi lado, y me vio con mucha inquietud.

—¿Te sientes bien?—, preguntó.

No entendía la pregunta, pero luego me percaté de que hablaba con Gabriela. Giré y ella no sabía qué decir, hasta que pudo calmarse y abrir la boca.

—Sí, me siento muy bien—, dijo ella—. Gracias por preguntar.

—Ven—, le dijo Marcos a Gabriela.

Le hizo un gesto con su mano derecha mientras sonreía.

—Esta silla es para ti.

Gabriela no tenía opciones. Tenía que sentarse al lado de mi hermano.

Me vio mientras suspiraba. Desafortunadamente, ella había llegado con Marcos y se suponía que lo acompañaría en la cena. Por mi parte, debía sentarme al lado de Vanessa.

Era la única silla vacía que quedaba. Me senté, aunque quise mantener la máxima distancia posible entre nuestros cuerpos.

—Me gustaría conocer a tu amiga, Marcos—, dijo mi padre.

—Oh, claro. Gabriela, ellos son la familia Smith—, dijo con molestia.

—Sé que conoces a Alejandro, mi querido hermanastro. No sé si conoces a su novia, Vanessa.

—De hecho, es mi exnovia—, contesté.

Marcos abrió sus ojos con sorpresa y contuvo el aliento.

—Disculpa, exnovia—, dijo—. También podría presentarla como la mamá de tu bebé, si te parece bien.

—Marcos, compórtate—, dijo mamá con firmeza—. No entiendo tu actitud de cerdo. Siempre hablas así.

Marcos reaccionó con molestia. La miró y luego continuó.

—Ella es Katiuska Molina de Smith—, dijo.

—Es mi madrastra o algo así. No podría decirlo con certeza porque igualmente soy un hijo bastardo.

—¡Marcos!...—, dijo mi padre. Sonaba muy molesto.

—Él es mi padre—, dijo—. Alejandro Smith padre. El jefe de la familia Smith.

Gabriela se mantuvo en su silla todo el tiempo, limitándose a escuchar. Ofreció una sonrisa modesta a todos en la mesa cuando Marcos dejó de hablar.

Para mí, era imposible entender cómo se sentía en un momento tan incómodo ese. Solo sabía que ella quería salir corriendo del comedor, y quise tomarla entre mis brazos y que nos fuéramos de allí.

Era mi responsabilidad alejarla de mi familia, pero ya no podía. Ella había ido por su voluntad, así que ya era parte de ese infierno. Me restaba únicamente desear que no la pasara aún peor.

Pero ella se mantuvo firme y no se dejó amilanar. Mostraba sus ojos desafiantes y su expresión de seguridad. Nunca había aceptado pendejadas de nadie, y tampoco se las aceptaría a los Smith.

Ellos no la harían sentirse nerviosa. Admiraba esa parte de su personalidad.

—Me alegra conocerlos—, dijo con amabilidad—. He oído cosas agradables de ustedes.

—¿De verdad? Supongo que Marcos te ha contado cosas muy buenas sobre nosotros—, dijo mamá, con un inexpresivo tono de voz. Aún estaba un tanto molesta.

Dejó de hablar y vio a Gabriela con algo de compasión en su mirada.

¿La miraba así porque acompañaba a Marcos o porque él había envuelto en un lío familiar digno de una película de terror?

No lo sabía en ese momento.

Luego pensé que sentía lástima por ambas cosas.

Carajo.

Gabriela abrió la boca para contestarle a mamá, pero Vanessa empezó a hablar antes que ella.

—Gabriela… Me suena ese nombre—, dijo—. ¿Eres la misma chica que Marcos mencionó el otro día?.

Tomé vino y respiré profundamente. Vi la mesa frente a Gabriela, y noté que solo tenía agua.

—En realidad… no lo sé—, dijo ella.

Me vio unos segundos y luego continuó—: Como no sé qué dijo Marcos, no puedo dar fe de que sea la misma persona.

—Marcos dijo que salías de la oficina de Alejandro y que él habló contigo—, dijo con un tono chillón.

—Y que tu cabello estaba un poco despeinado cuando te vio.

Tanta información estaba alertando a Gabriela. Ya estaba asustada. Nuevamente me vio, con sus ojos abiertos de par en par, y llevó su mano a su cuello. No sabía qué responder.

—Alicia, me gustaría que le trajeras una copa de vino a Gabriela—, dije para cambiar el tema rápidamente.

Enseguida, Alicia buscó un vaso y lo puso frente a Gabriela. Ella se acercó a Alicia.

Le dijo unas frases en un idioma africano que yo no reconocí.

Alicia la escuchó con atención, sonrió ampliamente como yo nunca había visto y fue a la cocina.

Gabriela descubrió cómo la miraba con pasión, y rápidamente volteé para mirar a Vanessa.

—Vanessa, quiero recordarte que Marcos no vio nada—, le dije—. Ya hablamos de ese tema y lo dimos por cerrado.

Gabriela me miraba y luego cerraba sus ojos. Veía su vaso de agua y luego me miraba otra vez. Alicia llegó al comedor y traía un segundo vaso. Quitó la copa para el vino y puso el vaso que había traído. Entonces lo recordé: Gabriela no tomaba alcohol.

Recordé el momento en el que le había dicho que tenía que firmar un acuerdo adicional, en el que se comprometía a no tomar licor ni consumir drogas durante el embarazo, y cómo estuvo a punto de arrepentirse de avanzar en nuestro acuerdo por mi solicitud.

También recordé que no le creí cuando me dijo que no había consumido nada de alcohol en años.

—Pues me cuesta creer que hablara sobre una chica pequeña y linda llamada Gabriela, y luego se aparezca aquí con una chica de esas características y con ese nombre—, argumentó Vanessa.

Marcos no pronunciaba ni una palabra. Era algo muy raro en un hombre tan metiche como él. Cuando lo vi, me percaté de que veía Vanessa. Ella también lo veía por instantes, pero sus miradas iban y venían.

Me pareció que la intención de Marcos era que todo saliera dramáticamente a la luz mientras él veía desde su silla y se burlaba dentro de sí mismo. De otra manera, no permanecería callado.

Pero Vanessa insistía, así que Marcos no tuvo más remedio que hablar.

—De acuerdo, la vi en el edificio de las empresas Smith, pero quizás no salía de la oficina de Alejandro como dije—, dijo.

—¿Ya estás feliz?.

—Pues no—, dijo Vanessa muy molesta.

Vio a Marcos como si quisiera clavar una daga en su pecho. Después recuperó la tranquilidad.

—Olvidaré este asunto por los momentos—, dijo ella—. No quiero ser maleducada y estropear esta cena.

—Perfecto. Comamos entonces—, dijo mamá—. Voy a la cocina. No entiendo por qué Alicia está demorando tanto.

Mamá fue a la cocina para ver qué sucedía. Desde nuestros asientos oíamos la charla entre ellas, aunque yo no entendía qué se decían porque estaban un tanto lejos de nosotros.

Todos esperamos en silencio, a excepción de Vanessa, que movía sus manos con frenesí y movía su cabeza para que le prestáramos atención.

Ella pretendía que nos fijáramos exclusivamente en su rostro. Yo había visto su comportamiento durante la cena, pero me había abstenido de preguntarle nada.

Ya no me importaba lo que le sucedía ni sus motivos. Solo quería que Gabriela se sintiera bien y pudiera sobrevivir al infierno de mi familia sin que ellos le causaran heridas irreparables.

Ella llevó sus ojos a sus uñas perfectamente pintadas y tocó sus nudillos suavemente. Tenía un vestido blanco que mostraba sus hombros, llenos de pecas que nunca había notado que existían.

La había visto desnuda cuando habíamos hecho el amor, había recorrido su cuerpo con mis dedos y mi mirada, pero no había visto esas luminosas pecas. Recordé nuestros besos en la cama, y quise besarla nuevamente. Suspiré con esos recuerdos y ella se percató de mis pensamientos. Sonrió mientras me veía.

Yo también le sonreí. Quería demostrarle que podía estar calmada, que sobreviviría para contarlo. Ellos, esos sujetos extraños frente a nosotros, eran mi familia, y como cualquier otra, discutíamos y nos reclamábamos cosas durante la cena. Alicia y mi madre eran parte importante de mi vida y las amaba.

También lo era mi padre, a quien respetaba mucho, pero nos irritaba con su presencia. Presentí que irremediablemente empezaríamos una discusión en cualquier momento. Esperaba que no fuese tan fuerte como en anteriores ocasiones. Gabriela estaba allí y no quería que se llevase una mala impresión de mi familia.

Su opinión y sus emociones eran importantes para mí. Quería que se sintiera bien con ellos.

Vanessa sacudió mis pensamientos al tomar mi mano mientras miraba a Gabriela. Inmediatamente la llevó a su vientre.

—Alejandro, ¿puedes sentir el movimiento ahora?—, me preguntó con alegría.

—Dime que lo sentiste, porque yo sentí que su patada atravesaría mi vientre.

Gabriela ya no sonreía. En cambio, volvió a tocar sus nudillos. Se había cortado la alegría entre nosotros.

—Nada, Vanessa. Sigo sin sentir nada—, le dije en voz baja.

Alicia llegó con bandejas de comida en ambas manos. Era comida caliente y humeante. Empezó a servirnos a todo.

—Espero que no seas alérgica al pescado—, le dijo mamá a Gabriela.

—No, señora Katiuska—, dijo ella—. No sufro de ninguna alergia.

—Qué bueno, porque hoy comeremos salmón con vino tinto. Es uno de mis platos favoritos—, dijo mamá. Irradiaba alegría con su sonrisa.

—Parece que a todos nos gustará—, dijo Gabriela.

Empezamos a comer.

Mi padre y yo iniciamos una conversación sobre algunas cosas de la compañía. Marcos escuchaba, pero no decía nada. Más bien parecía aburrirse con mis comentarios.

Vanessa veía la comida con cierto asco. No me sorprendía de su cara. Comer proteínas no era algo que le gustara mucho, aunque había pensado que al estar embarazada eso cambiaría.

Me había equivocado. Gabriela hizo todo lo contrario. Comió todo lo que tenía en su plato.

Mi madre sonrió cuando vio su plato vacío. Sentí que estaba

contenta por saber que no era la única a la que el plato le parecía exquisito. Pero Marcos no opinaba lo mismo. Parecía estar hundido en sus pensamientos, por lo que estaba pendiente de que dijera o hiciera algo solamente para hacer sentir incómoda a Gabriela. La atmósfera se sentía tensa, y esa sensación se incrementaba a medida que comíamos y Alicia llegaba para retirar los platos.

Yo confiaba menos en Marcos con cada minuto que pasaba.

—Esta noche te quedaste para terminar tu cena—, me dijo papá.

—Así es. No me parece educado retirarme porque tenemos visita —, respondí.

Sonreí a Gabriela mientras la miraba, pero ella no hizo lo mismo. Su mirada se paseó por su plato de postre. Era un trozo de torta de mora, pero no había probado ni un solo bocado.

Quería preguntarle si no le gustaban las moras, pero se levantó repentinamente de su silla.

—Deberán disculparme—, nos dijo—. Volveré en un momento.

Apenas pronunció esas palabras y corrió por el pasillo.

Parecía tener mucha prisa.

Vi a Marcos y él solo encogió sus hombros. Seguí mirándolo fijamente, como si lo invitara a levantarse. Pero él no hizo nada. Entonces me levanté y respiré profundamente.

—Iré a ver si no le pasó nada—, dije, y vi Marcos— Alguien debe hacerlo.

—Creo que debería ser Marcos el que lo haga—, dijo Vanessa con frialdad.

—Ya Alejandro se levantó—, dijo Marcos con soberbia—. Él puede ir.

—Marcos, eres todo un caballero—, soltó Vanessa—. Lo tomaré en cuenta cuando decida salir contigo... tal vez nunca.

—¿Crees que quiero salir contigo otra vez?—, le respondió—. No me interesa, y ahora entiendo por qué Alejandro tampoco quiere volver contigo.

Sus frases irritadas iban y venían. Fui hacia el pasillo en busca de

Gabriela. Ella no sabía dónde estaba el baño e incluso podía perderse por el tamaño de la casa. Debí haberle pedido a Alicia que le enseñara nuestra mansión.

No podía encontrarla. La busqué por la escalera y sus alrededores, pero Alicia venía sola del baño que estaba en la parte de abajo. Cuando me vio, noté que estaba sorprendida.

—¿No sabes dónde está Gabriela?—, le pregunté con inquietud.

Ella negó con su cabeza:

—No, Alejandro. Lo lamento, pero no sé dónde está—, me dijo.

—Parece que se perdió—, dije en voz baja.

Continué buscándola, sin éxito. Incluso abría las habitaciones, pero no la encontré en ninguna de ellas. Entonces escuché pasos suaves que venían de las escaleras y giré para subir.

Ella venía bajando con suma cautela.

Su cara estaba blanca como un fantasma y su cabello estaba empapado de un sudor que llegaba a su frente.

—¿Qué sucedió?—, le pregunté.

—Nada grave. Solo tenía que ir al baño. El de abajo estaba ocupado. Tuve que subir a buscar uno—, dijo. Se quedó de pie justo en el último escalón.

—Espero que no te moleste.

—No te preocupes—, le dije.

—¿Pero de verdad estás bien? Te noto un poco apagada.

Pasé mi mano por su frente para quitarle algo de sudor. Su piel no estaba tan caliente.

Supuse que no tenía fiebre. De todas formas, me pareció que su rostro mostraba señales de problemas de salud.

—Sí, me siento bien. Tranquilo, Alejandro.

Evitaba mirarme. Sus ojos se mantenían sobre el escalón que la sostenía. Tenía un semblante de molestia, pero quería disimularlo. Conmigo, eso no funcionaba.

—Sé que es mentira. Dime lo que sucede—, le dije.

—Te lo diré, pero no aquí—, me dijo—. Este no es el lugar apropiado.

Se movió un poco y sus ojos recorrieron la habitación con inquietud, como si quisiera comprobar que nadie estaba cerca de nosotros.

No quería que nadie nos viera ni nos escuchara. Y con razón. Entendía su miedo. Unos metros más adelante, estaba toda mi familia comiendo. En algún momento mis padres terminarían sus postres y saldrían. Vanessa y Marcos también lo harían.

Subimos las escaleras y llevé mi mano sobre su cintura.

—¿Adónde me llevas?—, me preguntó.

—Dijiste que la escalera no era un lugar apropiado para hablar—, respondí—. Hablaremos en un lugar mejor.

—¿Y tu familia?—, me preguntó.

Encogí mis hombros.

Terminamos de subir y retiré mi mano de su cuerpo. Llegamos y abrí la puerta del pequeño cuarto donde jugaba cuando era niño. Cerré la puerta y la abracé con mucha fuerza, como nunca había hecho.

—He querido abrazarte desde que llegaste—, le dije.

Gabriela no me rodeó con sus brazos, como había hecho en otras ocasiones. Me separé de ella y llevé mis manos a sus mejillas.

—Discúlpame por no contarle sobre Vanessa—, dije—. Es un tema difícil para mí.

—¿El bebé que espera es tuyo?—, me preguntó.

—Es lo que ella dice.

Sentí cómo el cuerpo de Gabriela se tensó.

Se alejó de mí como si me odiara. Sus ojos se abrieron de par en par y mostraban varias emociones.

La primera que saltó fue una enorme rabia.

—Si es así, es una buena noticia para mí—, le dije.

—Podría recibir la parte de la herencia que me corresponde y dirigiría la compañía de mi familia. Ya no tendrías que seguir con este asunto.

—Alejandro, estoy embrazada—, me dijo, interrumpiéndome.

Mi respiración se cortó y quedé inmóvil con su revelación.

—¿Qué dijiste?—, le pregunté. No sabía si había dicho la frase que yo había creído oír o si mis oídos estaban traicionándome.

—Que estoy embarazada. Me hice una prueba que arrojó un resultado positivo. Pero eso quería venir y decírtelo. Entonces...—. Su garganta se quebró y miró las paredes del cuarto.

Gabriela se mostraba tan vulnerable y sentimental que no recordaba cuándo fue la última vez que la había visto así. De hecho, creí que nunca se había mostrado tan triste como en ese momento. El llanto inundaba su cara.

Era un ser humano que se escudaba en su firmeza y su temperamento, pero también sentía emociones como la tristeza y el dolor. Llevó su cuerpo a la pared y luego se sentó. Sus rodillas llegaron a su pecho.

—Alejandro, creí que estaba sola—, me confesó—. Creí que me dejarías. No sabía qué pasaría con nosotros.

Suspiró profundamente y dejó de hablar. Pensé que agregaría algo, pero una avalancha de lágrimas salió de su alma. Llevó sus manos sobre sus ojos.

La vi llorar, y sus palabras seguían agitando mis pensamientos y mi cuerpo. Sentí cómo mi mundo se movía, y tuve que sentarme para no caer. Si no lo hacía, me quebraría o me desmayaría.

Me acerqué a Gabriela, sin poder decirle nada más por temor a expresarle algo que no la consolara, sino que, al contrario, la hiciera sentir peor. Me recosté sobre la pared y quedé a su lado, tratando de encontrar las palabras correctas.

—Gabriela, me siento muy feliz—, le dije, mientras mi cuerpo se estremecía por su cercanía.

Sacó sus manos de su cara y me vio.

—¿En serio?—, me preguntó ella entre lágrimas.

La abracé con fuerza otra vez. Después, toqué sus mejillas y besé su frente.

—Sí. Muy feliz—, le respondí.

—Pero Vanessa también está embrazada de ti—. me dijo.

—No estoy feliz por el dinero, le dije.

—Me dijiste hace un momento que estabas esperando a mi hijo, y me asusté mucho. Pero luego pensé en el bebé y en lo que siento por ti, y sentí una felicidad que nunca había sentido. Me haces el hombre más feliz del planeta.

Era una felicidad que no podía describir con palabras.

Ninguna frase en el mundo sería lo suficientemente justa para expresarle a Gabriela lo que sentía por ella.

Solo tenía que sentir esa felicidad dentro de mí y demostrársela con hechos. Pasé mis ojos por el cuarto y me di cuenta.

El cuarto estaba decorado con imágenes de trenes y locomotoras. Todavía había pequeños trenes y vagones sueltos sobre las gavetas, y un pequeño oso con traje de ingeniero de tren estaba sobre la pequeña cama. Tomé al osito y se lo mostré a mi amada Gabriela.

—Puede que a mi hijo también le encanten los trenes, como a mí—, le dije mientras ponía el peluche en la cabeza de Gabriela.

—Aún no sabemos si es un niño—, me dijo ella, separando el osito de su cara—. Pudiera ser una niña a la que le gusten las locomotoras.

—Sabía que dirías algo—, le respondí entre risas.

Gabriela me quitó el oso. Lo sostuvo entre sus brazos. Vi cómo lo observaba con alegría.

Pero también noté cierta preocupación detrás de esa emoción. Sí, había estado feliz de hablar conmigo y desahogarse, pero aún no sabía qué pasaría.

Mi misión era calmarla, despojarla de ese temor y esas preocupaciones por el futuro. Debía recordarle que yo me encargaría de ella y de nuestro hijo, la criatura que ya venía en camino.

La alegría ya se había esfumado de su rostro y ahora solo quedaba el temor por lo que podría pasar.

—Quiero que recuerdes lo que te dije. Me encargaré del bebé. Y de ti—, le dije.

Se mantuvo en silencio mientras sus ojos seguían contemplando al osito de los trenes.

—Nunca estarás sola. Voy a estar contigo—, añadí.

—Pero tienes tu trabajo—, me dijo—. Y tendrías que hacerte cargo de dos mujeres con niños pequeños.

—Estaré más ocupado que nunca—, dije mientras pegaba mi cabeza a la pared.

Estaba consciente de que la dimensión de lo que me pasaba era enorme. Sí, quizás tranquilizaría a Gabriela, pero tal vez más tarde o al día siguiente sería yo el que tendría un ataque de pánico.

Pero dejé de pensar en eso, porque Gabriela era mi prioridad. Ella necesitaba mi apoyo. Seguiría ahí para ella, apoyándola en todo momento. La daría todo lo que necesitara. La vi y la avellana de sus ojos me derritió.

—Yo te involucré, Gabriela, y no voy a abandonarte nunca—, dije.

—Ni a ti ni a nuestro hijo.

Se levantó y dejó el osito en la pequeña cama de mi infancia.

Yo también me levanté, la ayudé a estabilizarse y la abracé.

Ya no discutía ni se separaba de mí. Al contrario, llevó sus brazos a mi cuello y pude besar su frente. Tampoco lloraba, pero sus nervios afloraban por su piel.

Me separé un poco de ella. Puse mis dedos en su mentón y levanté su cara para que me mirara. Su maquillaje corría por sus mejillas, pero su belleza seguí ahí. Era una sensación increíble, pero quería besar sus lágrimas. Besé sus labios y ella respondió mi beso después de unas milésimas de segundos.

—Creo que debemos volver con tu familia—, dijo, enjuagando su llanto—. Podrían preocuparse por nosotros o empezar a hacernos preguntas.

—Nos harán preguntas. No lo dudes—, le dije.

—Pero yo las responderé. No quiero que te involucres más. Quiero mantenerte lo más lejos posible. No querrás estar tan metida en este lío. Podrías llenarte de mierda.

—Creí que querías mantenerme lejos porque podría desagradarles.

—¿Desagradarles? Claro que no. No son tan maniáticos—, le dije riendo.

—Lo hice para protegerte. Son fríos y maliciosos. Tienes que mantenerte lejos para que no te hagan daño".

—Pero me parecieron buenas personas—, me dijo.

Fruncí mi ceño.

—¿De verdad piensas eso? ¿Sobre todo de Marcos y Vanessa?.

Ella rió.

—Te aseguro que mi padre es peor.

—Quizás puedas presentarme a toda tu familia algún día—, le dije —. Y si no lo haces, tendré que ir a una cena familiar, aunque no me invites.

Rió con dudas, pero después me mostró una amplia sonrisa.

—Tal vez—, me dijo—. Tal vez lo haga.

Empecé a oír voces a lo lejos. Eran Marcos y Vanessa. Estaban alterados.

—No debiste traerla. ¡Estás cagándola!"—, le gritó Vanessa a Marcos.

Gabriela y yo nos miramos. Llevé mi dedo índice a mi boca para pedirle que nos quedáramos en silencio.

Marcos le respondió:

—Vanessa querida, quizás no lo entiendes, pero esto forma parte del plan.

Bajó su voz, Tuve que esforzarme para seguir escuchando la conversación. Me moví sigilosamente y puse mi oído sobre la puerta.

—Quería que supiera que aún estás con él—, le dijo—. También quería que hablaras más sobre el embarazo. Sin embargo, vi que...

—¿Mientes? ¿No estás saliendo con ella?—, dijo Vanessa interrumpiéndole.

Cada frase que decía sonaba más alterada que la anterior.

—Lo hago para ayudarte, preciosa—, le dijo.

—Vanessa, ella podría perjudicarnos. Podría quedar embarazada de su hijo. Creo que está aquí por esa razón. Si lo logra, me jodí. Perdería todo. Y si yo caigo, tú también caerás. Creo que no hace falta decírtelo porque ya lo sabes.

—Tendremos que seguir con la mentira—, dijo ella.

—Hazlo—, le respondió Marcos—. Te descubrirán cuando hagan la prueba de paternidad.

—Tú también estarás hasta el cuello de mierda, Marcos—, le dijo.

Callaron. El silencio fue tan largo que casi abro la puerta, pensando que se habían ido. Sin embargo, esperé unos minutos más.

Ellos mismos estaban confesando todo.

—Deberíamos dejar de hablar—, dijo Marcos después del atronador silencio.

—Alguien podría estar oyéndonos.

Demasiado tarde. Marcos había dicho todo en nuestra casa. Nunca me habría imaginado que hablaría en ese preciso lugar.

Puse mi mano sobre el pomo de la puerta para abrir, pero Gabriela tocó mi brazo.

—¿Esto quiere decir que...?—, me preguntó, con una voz susurrante.

—Aparentemente, sí—, dije.

Vanessa había mentido, como había pensado yo inicialmente. Marcos me había traicionado, lo cual no debería sorprenderme. Juntaron su maldad para acabar con mi vida, quitarme mi herencia y quedarse con la dirección de la empresa.

Todo eso debería haber destrozado mi alma. Tanta traición, tanta maldad. Pero no sentía nada de eso. Estaba feliz. Estaba al lado de Gabriela.

Le sonreí ampliamente.

Gabriela esperaba a mi hijo. Y no solo eso: ella me amaba y yo también la amaba. Todo había salido totalmente distinto a como había previsto al principio, cuando la posibilidad de pasar el resto de mi vida con alguien me aterraba. Pero con Gabriela estaba decidido. Quería estar con ella. Para siempre.

—Alejandro, lo siento—, susurró—. Son unos monstruos.

—Sí. Y son parte de mi familia, Gabriela. Ahora entiendes por qué no quería involucrarte—, le dije.

—Sí, Alejandro, ahora lo entiendo perfectamente—, me respondió.

Pasó algunos dedos de su mano por mi cara. Acarició mi nariz y mis mejillas. Yo me sentí aliviado y cerré mis ojos. Suspiré y la calidez de su tacto alcanzó mi alma.

—Pero eso ya no me importa. Solo me importa estar contigo—, le dije.

Abrí mis ojos y suspiré. Ella me veía fijamente y sonreía. Yo le respondí con una sonrisa más amplia. Una sonrisa que reflejaba mi regocijo. Por ella sentía cosas que nadie me había hecho sentir. Emociones reales y puras.

Unos sentimientos que estaban cobijados en lo más profundo de mi alma. Al compartir mis días con Gabriela. Supe que era el hombre más feliz del mundo.

Era una emoción tan grande que me hacía decir cosas que nunca imaginé que le diría.

—Quiero que lo nuestro sea algo más que una relación comercial —, le dije con sorpresa.

—Quiero que tú yo seamos mucho más que eso.

Abrió a medias su boca.

Sus ojos parpadeaban.

—Alejandro, ¿qué quieres decir?.

—Que no quiero que seas solo una madre sustituta—, le dije—. Quiero que estés conmigo. Que vivamos juntos y criemos a nuestro hijo, si estás de acuerdo.

Sus mejillas se ruborizaron y su garganta tragó grueso. Me mostró una amplia sonrisa. Después rió. Su risa era la sinfonía que mis oídos necesitaban. Anticipé su respuesta positiva. Gabriela era mi compañera ideal. Era la mujer de mis sueños. Me recriminé por no haberme dado cuenta antes.

—Claro que sí, Alejandro—, me susurró—. Es lo que más quiero en este momento.

—Me alegra oírlo, Gabriela, porque te amo—, le confesé—. Y también amo al niño que viene en camino. Lo amo como jamás imaginé amar a nadie. Los amos y los cuidaré a ambos por el resto de mi existencia.

—Alejandro, yo también te amo—, me respondió.

Nos vimos unos segundos y luego nos besamos suavemente.

Mi cuerpo sintió el calor y quise poseerla cuanto antes.

Mi pene la reclamaba.

Todo mi cuerpo lo hacía.

Me acerqué y pausadamente la puse contra la pared. Pasé mis manos por todo su pecho.

Un gemido escapó de sus labios y seguí tocándola, ahora por su cintura y su culo.

—Alejandro, me parece que este momento no...—, me dijo.

—Ya no tenemos que escondernos—, le dije mientras daba unos pasos atrás—. Si se enteran, me da igual. Estaremos juntos para siempre.

—Eso no era lo que iba a decir—, dijo entre risas y tocándose la frente para echar sus cabellos hacia atrás.

—Lo que me gustaría hacer ahora es confrontar a Marcos y Vanessa. Que todos sepan lo que han hecho. Dejarlos al descubierto frente a tus padres. Quiero que lo hagamos ahora. Quiero ver sus caras humilladas frente a ti.

—Vaya. Una mujer que lee mi mente y sabe lo que quiero—, le respondí.

Sonreí levemente.

—Vamos a mostrar quiénes son esos pendejos.

—Y hagamos que puedas dirigir la compañía, Alejandro—, completó ella.

—Te lo mereces.

Definitivamente, era la mejor compañera que la vida me había podido dar. No solo me acompañaba y me hacía sentir bien, sino que sabía lo que quería y estaba dispuesta a ayudarme a conseguirlo. Podría lograr todo lo que me propusiera con ella.

Una mujer agradable que se preocupaba por mí y estaba a mi lado por amor. Amor real.

La vi y le ofrecí una gran sonrisa. Supe, al tenerla frente a mí y sujetar su mano, que el futuro sería incluso mejor que mi presente.

EPÍLOGO

UN PAR DE MESES DESPUÉS...

*A*LEJANDRO

Mi abogado Franklin y yo nos sentamos a la mesa, en el salón de reuniones.

—Me alegra saber que todo marcha muy bien, Alejandro— . En estos pocos meses que llevas como director ejecutivo de las Empresas Smith has demostrado ser un profesional competente, el mejor para liderar la compañía. Imagino que tu padre está tan feliz como yo.

—Franklin, agradezco mucho esas palabras—, dije—. Y agradezco también tu confianza y sinceridad. Entiendo que tengo la gran responsabilidad de dirigir esta empresa tan bien como mi padre lo hizo. Es parte de su legado y debo demostrarle que todo quedó en buenas manos.

Estaba siendo más educado que de costumbre.

—Por mi parte, reconozco que en el pasado dije cosas que no debí decir. Lamento haber cometido errores—, me dijo.

Franklin trataba de aparentar una calma que no tenía.

Había dicho algunas palabras hirientes sobre Gabriela. Tan hirientes que cuando lo supe, quise despedirlo. Y antes de despedirlo, patearlo en las bolas. Ningún hombre debía atreverse a expresarse de esa forma de mi futura esposa.

No obstante, fue la propia Gabriela quien me había pedido llevar las cosas con mucha calma. Una recomendación que me tomó por sorpresa, pues ella era una mujer muy impulsiva, sobre todo a la hora de oír insultos.

Me había pedido ponerme en el lugar de Franklin, un abogado familiar que buscaba resguardar los intereses de toda la familia, evitando así que una circunstancia puntual pusiera en peligro nuestros bienes.

Quizás me lo decía porque había cambiado gracias a las hormonas. El embarazo cambia mucho a las mujeres.

—Eso quedó en el pasado, porque ahora me siento muy feliz por ustedes—, dijo Franklin, sacándome de mis pensamientos.

—Y por sus gemelos. Nunca hubiera imaginado que las medicinas para la fertilidad harían el trabajo tan rápidamente. Mis felicitaciones sinceras, Alejandro. Estoy muy contento por los cuatro.

Asentí con mi cabeza, para mostrarle que le creía. O al menos, fingía hacerlo.

—Yo también estoy muy feliz por todo lo que ha pasado—, le dije.

—Y también me alegra que hayas permitido que Marcos siguiera trabajando en la compañía—, me dijo Franklin.

—Con todo lo que hizo para perjudicarte y quitarte la parte de la herencia que te correspondía, casi todos pensamos que lo echarías de la casa para siempre. Fuiste un hombre muy maduro y actuaste con sosiego para resolver la situación. Eres el líder que esta empresa necesita. Ya tu padre no puede estar al mando, pero estás tú, que lo haces tan bien como él.

Encogí mis hombros.

—Sí, Marcos ha sido un idiota, pero merece tener la parte que le corresponde—, le dije—. Es hijo de mi padre y también cumplió su voluntad.

Vanessa ya había dado a luz y el niño era de Marcos. No habían sido novios, pero sí la había dejado embarazada una noche de sexo casual.

Eso me permitió saber que no solo se había acostado con Henry. Pero ya no quería saber más detalles. Me molestaba muchísimo cada vez que recordaba todo lo que me había hecho.

A pesar de ello, yo quería que mis hijos tuvieran contacto con su tío y su primo. Aunque el pasado fuera tan atroz y personas como Vanessa jamás me harían sentir, bien, que los niños crecieran juntos.

La familia era el activo que yo consideraba más importante, y el hijo de Marcos, Leonel, era parte de mi familia. Era mi sobrino.

Leonel no tenía la culpa de lo que había pasado. Marcos tampoco había pedido caer en nuestro desastre familiar, así que decidimos enterrar las situaciones negativas que vivimos y continuar por el bien de los niños. Todos necesitábamos que la familia estuviera unida.

Suspiré profundamente cuando recordé el desenlace de la trampa que habían planificado Marcos y Vanessa. Querían que siguiera creyendo que el bebé de Vanessa era mío. Después de que todos hubiéramos creído esa historia falsa, reconocerían que Leonel no era mi hijo sino de Marcos.

Vanessa había quedado embarazada después de que termináramos, y apenas tenía unos días de gestación cuando lo supo. Como no podía ser mío, tendrían que realizar pruebas para determinar quién era el padre. Resultó ser Marcos.

Él lo reconoció, y una vez que lo hizo, le permití que siguiera trabajando con nosotros.

En cuanto a mí, yo sería el padre de dos hermosos bebés.

Sonó mi teléfono y mis pensamientos cesaron.

Era mi madre, atendí de inmediato.

—¡Ya Gabriela está en trabajo de parto!—, gritó—. ¡Alejandro, muévete!.

Los latidos de mi corazón se aceleraron como nunca. Mis venas saltaban. Trataba de recordar lo que tenía que hacer, pero era imposible.

—Franklin, debo irme—, dije, y después busqué mis cosas.

Terminé la llamada con mi madre y fui hacia la puerta. Franklin corría detrás de mí.

—¡El señor Ramírez te espera!—, me gritó—. No puedes postergar la reunión.

—Gabriela ya está en trabajo de parto—, le dije—. Nuestros bebés ya vienen. Encárgate de esto por mí.

—Tu padre se reuniría con Ramírez si todavía manejara la empresa —, me dijo—. Él no cancelaría la reunión ni la delegaría a nadie más.

Él tenía razón. Toda la razón.

Mi padre se quedaría, como hizo muchas veces, y dejó de lado los momentos familiares más importantes de su vida.

Esa era una diferencia importante entre él y yo.

Mis hijos y Gabriela nunca quedarían en segundo plano. Ellos estaban por encima de cualquier junta de negocios.

—Franklin, no actuaré como mi padre—, le dije—. Disfruto trabajando aquí y seguiré al frente, pero ellos están primero en mi lista.

Salí corriendo del salón y del rascacielos. Gabriela necesitaba mi compañía. No quería saber de reuniones ni nada de eso. Solo de mi amada Gabriela y mis bebés.

Nuestros bebés.

* * *

—Me parece que tus manos estarán ocupadas, hijo—, me dijo papá, con brillo en sus ojos.

Ya no podía caminar. Solo podía desplazarse en silla de ruedas, pero sus facultades mentales se mantenían. Su humor había mejorado en las últimas semanas.

Pareciera que sentía la cercanía de su muerte y quería ser una persona mejor con todos durante sus últimos días.

—Cómo quisiera verlos crecer—, me confesó.

Dalia, mi hija mayor, aunque solo por un minuto, estaba en los brazos de su madre. Mi hija menor, Rosa, estaba en mis manos. Extendí mis brazos para que mi padre sostuviera a Rosa.

Nunca lo había visto tan feliz, al menos no desde mi infancia.

Mi madre lucía incluso más feliz que mi padre. Gabriela extendió sus brazos y mi madre cargó a Dalia.

El bebé sonrió cuando la vio, y mi madre soltó lágrimas de felicidad. Besó su frente e inhaló su aroma fresco. Estaba feliz por cargar a una de sus nietas.

¿Quería mi padre que tuviéramos hijos porque se acercaba su muerte o porque quería ver la felicidad en la cara de mi madre por la llegada de sus nietos antes de que él muriera?

No lo sabía, pero al verlos tan radiantes, me pareció una posibilidad que él también hubiera pensado en ella.

Alguien tocó la puerta.

Catherine, Alfonso y la madre de Gabriela llegaron con peluches en sus manos.

Todos estaban felices y sonreían. Catherine fue la primera en pasar. Abrazó a Gabriela y la besó en la mejilla.

—¡No puedo creer que soy tía!—, dijo alegremente.

—Créelo, porque ya lo eres—, le respondió Gabriela desde la cama.

Se dijeron frases en otro idioma, que yo aún no entendía, mientras se tomaban de la mano.

Pero tomaría lecciones.

Alicia ya estaba enseñándome y mis hijas también aprenderían. Queríamos que ellas supieran al menos dos idiomas.

—Es un gusto verte de nuevo, Ana—, le dije mientras la abrazaba.

—También es un gusto para mí—, me dijo radiante.

Habíamos hecho todo lo posible para ayudarlos en las últimas semanas. Tanto, que ya Ana no tenía que vivir con el papá de Gabriela. La separación fue difícil, pero valió la pena después de años de golpes.

Ciertas personas recibían segundas oportunidades, incluso terceras, pero no las aprovechaban. Ese había sido el caso de su padre.

El caso de Ana era distinto, porque habíamos comprado una vivienda para ella en Playa Grande.

Era el lugar donde ella siempre había soñado vivir. Un poco lejos de Castillo Azul, pero no tanto como para perder contacto con sus amigos, a quienes podría visitar cuando quisiera.

Alfonso aguardó en la entrada de la habitación. Quizás la alegría lo desbordaba o tal vez se incomodaba por los gritos y abrazos de las mujeres, que pasaban a las bebés por todas las manos para cargarlas. Sonreía tímidamente y sus manos quedaron pegadas a sus bolsillos.

Me parecía que no se sentía muy gusto con tanta algarabía.

—¿Ya estás preparado para empezar?—, le pregunté.

Empezar a trabajar.

Iba a ser su primer trabajo parcial.

Ya tenía quince años. Esa era la edad que yo tenía cuando inicié mi trayectoria profesional en la empresa de mi familia. Pero yo no le pediría que dejara de hacer las cosas que hacen todos los chicos de su edad.

Tenía que vivir todo lo que cualquier adolescente debe vivir para crecer con normalidad.

Alfonso tendría un trabajo de medio tiempo. Una experiencia laboral para conocer más sus potencialidades y adquirir una valiosa experiencia laboral. Él era mi cuñado y también merecía mi ayuda.

—Quiero empezar cuanto antes—, me dijo—. Es mi primer trabajo de medio tiempo, y no será en un restaurante de comida rápida. Mis compañeros de clases me envidian.

Parecía que las cosas iban viento en popa para todos. Me levanté para acercarme a Alfonso.

Vi la imagen familiar que se mostraba frente a mí. Era mi familia y estaba creciendo.

Todos sonreían y se abrazaban. Era una imagen impensable para mí apenas unos años antes, cuando el dolor me hería. Todo había cambiado para mí.

Ahora era parte de una familia hermosa, cra el compañero de vida de una linda e inteligente mujer y era el padre de dos niñas preciosas. Era lo que necesitaba para ser completamente feliz.

Gabriela descubrió la felicidad en mis ojos. La vi y ella descubrió mi mirada. Quería que fuese a abrazarla. Alfonso tocó mi brazo.

—Creo que debo ir—, le dije.

Fui hacia la cama de Gabriela.

Besé su mejilla y entrelacé mis manos con las suyas. Ella suspiró y besó mi boca.

—Dijiste que me cuidarías y pensé que mentías—, me dijo, con una voz suave—. Ahora veo que me equivoqué. Lo decías en serio.

—Totalmente—, le dije—. Te lo prometí y estoy cumpliéndolo, Gabriela. Te vi mientras estaba en la puerta, y pensé en la magia que envuelve nuestras vidas. Me haces un hombre muy feliz.

—Te amo—, me dijo.

—Yo solía ir a tu bar—, le dije.

—¿Pensaste que te casarías con un hombre como yo y me amarías? —, le dije entre risas.

—Bueno, nunca me trataste como un imbécil—, me dijo mientras llevaba su índice a su mentón—. Eso me atrapó desde el momento en el que te conocí.

Me sorprendió su respuesta.

—¿Desde el momento en el que me conociste?—, dije mientras me reía.

—Si mal no recuerdo...

—Mejor haz silencio—, me respondió mientras me daba golpecitos en el pecho.

—Tú me entiendes perfectamente. Lo que quiero decir es que eras un caballero. No como otros idiotas del bar, como tu amigo Osvaldo.

—Ya no lo considero mi amigo—, le dije.

Habíamos dejado de tener contacto desde la noche del incidente en el bar. No había nada que me hiciera sentir identificado con él.

Él se comportaba como un patán, y en los últimos meses de

nuestra amistad, había empeorado. Me pareció un tipo agradable, pero solo porque no lo conocía bien.

Además, ya yo no quería ir a bares ni tomar alcohol.

Tenía una vida por delante y mis hijas me necesitaban.

Gabriela sacó otra sonrisa de mi alma. Era la dueña de mis deseos y mis sentimientos.

—Gabriela, te amo—.

Ella también sonrió.

—Alejandro Smith, yo también te amo.

Mi vida era perfecta. Gabriela apretó mis manos con fuerza y me vio fijamente.

—Y lo mejor vendrá después—, me dijo.

Asentí con mi cabeza.

—Tienes razón—, le dije.

—Por eso quiero estar contigo por el resto de mi vida.

Fin

AGRADECIMIENTOS

Muchas gracias por leer mi amado trabajo…

¿Te gustaría compartir tu experiencia conmigo y otros lectores?

Quiero mejorar y tus comentarios son valiosos. Te agradeceré puedas tomar apenas 3 minutos de tu tiempo y dejar un **comentario de forma totalmente honesta en Amazon** sobre la novela que acabas de leer.

Muchas gracias por la confianza y espero sorprenderte en una nueva entrega.

Saluda atenta y calurosamente.
Bianca De Santis

www.ingramcontent.com/pod-product-compliance
Lightning Source LLC
Chambersburg PA
CBHW021942120726
47992CB00001B/100